佐《さ》藤《とう》 冥《めい》

さようなら、私たちに優しくなかった、すべての人々

中西 鼎
ill. しおん

・中川 栞 ――――阿加田町で生まれ育った少年。

・佐藤 冥 ――――東京からやって来た少女。

プロローグ

六月の夜、ぼくと冥《めい》は阿加田山《あかだやま》の見晴台に立っていた。

「町を去る前に、火を放とう」と冥が言って、ぼくもそれに賛成したからだ。

どうせ火を点《つ》けるのならば、高い場所から一望したい。それが今日ここに来た理由だった。

眼下にはぼくらが住んでいた町がある。今日のうちに灰燼《かいじん》に帰《き》することになるだろう。

こうして見ていると、自分たちがそこに暮らしていたことが、不思議に思えるくらいに小さな町だった。日本中に何百と似たものがありそうな、ありふれた田舎町だ。

古びた家屋が肩を寄せ合っている。どれも示し合わせたように似たベージュ色の外壁で、三角屋根で、まぶたを閉じれば直《す》ぐに忘れてしまいそうなほどに印象の薄い外観をしていた。どの家も目立ちすぎないように、他人と違いすぎないように息を潜めているふうに見えた。そんな退屈な町に火を点けようとぼくは思った。

「栞《しおり》」

と、冥がぼくの名前を呼んだ。つっけんどんながらも、どこか無防備な印象のある、普段の冥らしい言い方だった。

ぼくは冥に促されるがままに、自分のスマートフォンを彼女に手渡した。既に発火装置に繋《つな》がるアプリケーションが立ち上げられている。

ホームセンターで売っているどんな電球だって、ガラス球を外して、フィラメントを露出させてやれば発火装置になる。それをマイコンボードに繋げて、遠隔操作が出来るようにするくらいなら、高校二年生のぼくにも可能な、朝飯前の日曜大工だった。

発火の仕組みは簡単でも、火が町中に広がることは確定的だった。なんせ冥には『オカカシサマ』という神様が憑《つ》いていて、今日の火災にも神様の力を使うからだ。

冥はスマートフォンの画面に表示されたボタンの上に親指を浮かせると、どこか涼しげな目つきで町を一望し、六月のなまぬるい風に髪を揺らしながらこう言った。

「さようなら、私たちに優しくしなかった、すべての人々が住む町」

そしてボタンを押した。

すると町の風上に、オレンジ色の小さな炎が灯《とも》った。

頼りない火元だ。風に吹かれてゆらゆらと揺れている。

だがその炎が、大きなタバコを吹かしたように灰色の煙を燻《くゆ》らせると、あとは一瞬だった。

炎はいつの間にか、遠近感を失いそうなくらいに大きくなっていた。業火に照りつけられて橙色《だいだい》に染まった煙は、天と地を梯子《はしご》のように繋《つな》げた。その巨大な火の柱は、風上から風下まで、前後左右に躍りながら、町を気ままに呑《の》み込んでいった。そこから逃げようとする人々の影法師が見え、炎のゆらめきによる光の明滅によって、かき消えていった。

ぼくらは町から離れた場所にいるから、ほとんど火災の音は聞こえなかった。時たま何かが爆《は》ぜるような音は聞こえてくるけれども、すぐに鳥の鳴き声や、梢《こずえ》の音の中に消え失せた。だからその火災は無声映画のようで、ただ美しかった。ぼくと冥《めい》は無言で、ぼくらが作り出したおびただしい煙と火の粉を見つめていた。

ふと冥がぼくの肩を叩《たた》き、炎の行き先を指差した。

彼女の指先には、この町の実質的な支配者である、田茂井正則《たもいまさのり》のセメント工場があった。普段はひっきりなしに騒音と悪臭を吐き出しているセメント工場だが、近々行政の公害調査でもあるのか、あるいは別の理由なのか、今は停止されていて、電気も点《つ》けられておらず、ただ夜の闇の中にひっそりと佇《たたず》んでいた。高さは二十階建てのビルくらいあり、この町のどこからでもその建物を仰ぎ見ることができた。遠くから見ていると、まるでぼくらの町のささやかな墓碑のようにも見えてくる。

風向きのせいだろうか、炎はセメント工場の方に燃え移り、いまや工場をすっぽりと取り囲んでいた。

冥が嬌声《きようせい》を漏らすのと、炎が工場のタンクの可燃性ガスに引火したのはほぼ同時だった。

丘の上からでも聞こえるほどの爆発音が鳴った。

セメント工場のタンクが爆発したのだ。続いて二、三回の轟音《ごうおん》が連続して聞こえた。爆発によって、タンクや反応釜《がま》を覆っていた、ステンレスの欠片《かけら》が宙を舞った。風の影響を受けたのか、ややスローモーションな動きで浮き上がり、ひらひらと宙を回り、地上の炎の光を跳ね返しながら、最後には火中に融け込んでいった。それと同時に、空中でゆっくりとたわみながら煙突が横倒しになり、そばにある田んぼに崩れ落ちていった。

それを見て、冥は無邪気な子供のように笑った。ぼくもなんだか可笑《おか》しくなってきて、腹を抱《かか》えて笑った。

しばらく笑い合った後、ぼくらは抱き合い、キスをした。まるで記念日を手帳に書き込むみたいなささやかなやり方で。

町が燃え落ちる光景は確かに美しかったけれども、どこか芝居の書き割りが燃えていくのを眺めているような現実味のなさはあった。だが胸元に覚える冥の感触はリアルで、彼女がぼくの胸元に軽く爪を立てるだけで、まるで記憶の中のピアノが忘れられない音を奏でているような気がした。それは町を燃やすことよりも、よっぽど鮮烈な経験に思えた。

町はまだ燃えていた。しばらくは燃え続けるだろう。でも肝心な部分は見終えたとでも思ったのか、冥は阿加田町《あかだまち》を出る方、山を登る方角に足を向けた。

「ほら、行こ」

冥《めい》はそう言って、ぼくに手を伸ばした。すこしだけ名残《なごり》惜しい気持ちはあったけれども、ぼくはその手を取った。

＊

佐藤《さとう》冥はぼくの一つ年下の高校一年生で、三週間前にぼくの家に引っ越してきた。

それからぼくらは『オカカシツツミ』という儀式を行い、七つの死に立ち会った。様々な出来事が起こり、その中でぼくらは愛し合うことになった。

ぼくらは町を出る。そして最後の目的を果たす。

その先には――。

ふと冥の体がよろける。慌《あわ》ててぼくが彼女の体を支えようとするが、冥は不要といった様子でぼくの手を除《の》けただけだった。

オカカシサマの力を使いすぎたのかもしれない。あの力は彼女の体に負担をかけるのだ。冥は自分が弱っていることをあまり認めようとはしないけれども。

小柄で細身の彼女が、スニーカーで六月の濡《ぬ》れた山を登っていく。そのどこかおぼつかない足元を眺めていると、ぼくはどうしても意識せざるを得なくなる。

冥の命は、あと一週間もしないうちに失われる運命だということを。

〈第一章〉

赤いカラスか、白いカラスか

1

その日、ぼくはいつもと変わらない退屈な日曜日を過ごしていた。座椅子《いす》に腰かけて、読みかけの本の続きを読んでいた。

でも昨日の不眠が原因なのか、内容が頭に入ってこなかった。やむなく中断して目をつぶり、少しだけまどろんだ。

ぼくの住んでいる家は古い木造なので、やや距離のある和室で父親が、死んだ姉二人の仏壇に向かって唱えている念仏の声がやけにはっきりと聞こえてきた。

ぼくが中学二年生くらいの時に、父親は単純に手を合わせるのではなく、念仏を唱えるのに祈り方を切り替えたのだが、唱え出しの「光顔巍巍《こうげんぎぎ》、威神無極《いじんむごく》」というところは、もう覚えてしまった。

念仏は「是我真証《ぜがしんしょう》」のところで途切れた。そこで父親の携帯の着信音が鳴ったのだ。

父親はぼくの部屋のドアを開けると、思春期の息子にどう関わっていいかわからないという、その表れのような照れ笑いと共に「冥《めい》ちゃん、駅に着いたらしいよ」と言った。

ぼくと父親は、佐藤《さとう》冥を迎えに行くために自動車で阿加田駅《あかだえき》に向かった。

佐藤冥のことは、父親から何回説明されてもよくわからなかった。

ぼくがありふれた反抗期を迎えているからか、あるいはぼくらの家庭環境のせいか、父親とは普段から会話が噛《か》み合わないことが多かったのだけれど、にしても理解できなかった。

明らかなことは二つ。

佐藤冥という一つ年下の女の子がいること、その子が今日からぼくらの家に住むこと。

誰かがぼくらの家に住むことは、たぶん構わないと思う。だだっ広い家で、空間も持て余し気味だ。ぼくが小学五年生の時に母親が家を出ていったきり、二階建ての家に二人だけで住んでいる。家の保存のことも考えるならば、むしろ住人が増えた方がいいくらいだろう。

問題はこの佐藤冥という女の子に関して、父親が何もはっきりとしたことを教えてくれないということだ。

どうやら佐藤冥の父親は、ぼくの父親の大学時代の先輩で、それなりに仲が良かったらしい。「親友」と言ってもいいほどの仲だったそうだ。

しかし、だからといって娘をその家で住まわせたりするほどだろうか。ぼくの父親だって息子と年の近い異性を、考えなしに同居させたりするものだろうか。

佐藤冥は現在、東京に住んでいるという。そんな子がわざわざ一人きりで、阿加田町のような何もない田舎に引っ越してくること自体が特殊なことだと思うのだが、父親は何も筋の通った答えをくれない。

　だがそんな疑問も、ちょっとしたコミュニケーションの齟齬《そご》に起因しているのかもしれない。不明な点は、彼女に直接聞けばいいだけの話でもある。だからぼくもそこまで深くは考えずに、彼女が引っ越してくる今日を迎えた。

　阿加田駅《あかだえき》のロータリーに着く。

　佐藤冥《さとうめい》の姿は、遠くからでも直《す》ぐに見分けがついた。広いロータリーで、手持ち無沙汰《ぶさた》に誰かを待っている人間が彼女だけだったというのもあるし、彼女自身が目立つ風貌《ふうぼう》をしていたというのもある。またぼくらの住んでいる田舎町だと、顔見知りか否かにかかわらず、よそ者はすぐに雰囲気で嗅《か》ぎ当てられるというのもある。そう思ったのはぼくだけではないらしく、誰かが佐藤冥の近くを通るたびに、彼女の顔を無遠慮に眺め回していった。

　きれいな女の子だというのが第一印象だった。

　大きな金色のフレームに、黒い半透明のレンズのサングラスを着けているから、目元はよく見えなかったけれども、整った鼻の形や、つんと尖《とが》らせたさくらんぼ色の唇《くちびる》や、卵型の輪郭を見るに、その印象は正しそうだった。

　フランス映画のヒロインみたいなボブカット。すこし茶色がかって見えるのは、染めているのではなく生まれつきだろうか。紺碧《こんぺき》のフロントボタン式のワンピース。ノースリーブで、ワンピースの下にはブラウスを着ている。衣服と違って、やけにあどけない印象のあるほっそりとした素足は、曇り空の下でも白く輝いている。赤いコンバースのハイカットのスニーカー。荷物はショルダーバッグ一つで、軽装だった。引っ越しの荷物の大部分は、後々郵送で届く手はずになっているのかもしれない。

彼女は父親の運転する自動車が近づいてきたのに気づくと、顔だけをこちらに向けた。

父親はハザードランプを点《つ》けながら、佐藤冥の横に車を停めると、ドアウインドウを開けて言った。

「やあ、冥ちゃん」

佐藤冥は何も答えず、無言のまま後部座席のドアを開けた。

車が発進する。

父親は自動車をゆるやかに走らせながら言った。

「初めまして、中川《なかがわ》です。僕はきみのお父さんの二つ年下の後輩。助手席にいるのが息子の栞《しおり》」

佐藤冥はスマートフォンを触りながら、うんともすんとも言わなかった。

彼女は無視をしているようだった。それに驚いたのか、父親は目をぱちくりさせながらルームミラーを見た。

父親はしばらく沈黙の意味を掴《つか》みかねている様子だったが、ただ返事が聞こえなかっただけとでも思い直したのか、何事もなかったかのように話を続けた。

「一緒に暮らすと言ったたって他人なんだから、気になることがあったら直ぐに言ってくれたらいいんだし――」

佐藤冥《さとうめい》は何も答えずに、ただぼんやりと窓の外に目を向けていた。

彼女の視界を些末《さまつ》なものが横切っていく。空き家、森林、ビニールハウス、選挙の立て看板、公民館への距離を示す看板。

「僕たちもなるべく冥ちゃんが暮らしやすいようにしたいし――」

やはり佐藤冥は口を閉ざしたままだ。

空き家、折れたカーブミラー、木々の狭間《はざま》に取り残された地蔵、だだっ広い駐車場を持ったコンビニ。

どうやら彼女は、明確な意思を持ってぼくの父親を無視しているようだ。理由はわからないけれども、行動としては明らかだった。

父親もそれに気づきつつはあっただろうけれども、気づかないふりをして佐藤冥に言った。

「そうだ！　冥ちゃんは好きな食べ物とかある？」

それでも佐藤冥は黙り込んだままだった。

なんだかいたたまれなくなってきた。べつに父親への同情はなかったし、思春期なりの父親への不満から「ざまあみろ」といった気持ちもなくはなかったけれど、気まずさはぼくも三割ほど味わっていた。貰《もら》い事故みたいな感覚だった。

べつに父親に加勢したいわけではなかったが、ぼくだって佐藤冥の素性《すじょう》に関して、気になっていたことがあったから彼女に聞いた。

「どうしてうちに泊まるの？」

どうせ返答は来ないと思っていた。でも彼女はその質問には答える気になったらしく、口元を愉《たの》しげに歪《ゆが》ませると、ゆっくりとサングラスを外し、じっとぼくを見つめた。

サングラスを外すとよくわかる。背筋がぞくりとするくらいに美しい女の子だ。魔性を感じるくらいに瞳《ひとみ》が大きく、見ていると何かに魅入られて、ぼくではない何かがぼくの中に棲《す》み始めて、ぼくの体を乗っ取ってしまいそうな気がした。まつ毛は桜の梢《こずえ》のように長く、優雅に宙を横切っていた。彼女はすうっと獲物の中に入り込む、鋭い刃物のような視線をぼくに投げかけると、

「知らないの？」

と聞いた。思ったよりも舌足らずな言い方で。

「うん」

とぼくは答えた。なるべく平静を装いながら。

すると佐藤冥は車窓の外を見ながら、何気ない調子で言った。

「見殺しにされたの」

「見殺し？」

「うん、私のお姉ちゃんね、殺されたの。中川《なかがわ》さんは助けることが出来たのにね」

ぼくは苦笑しながら運転席の父親に目をやった。佐藤冥《さとうめい》は性質《たち》の悪い冗談を言っているのだと思った。

ところが父親は慌《あわ》てたように車のドアポケットに手を入れると、話を変えたいとでも言うかのような白々しい動作でCDを取り出し、カーステレオに入れた。

まもなくして、ユーチューブでダウンロードした楽曲を、CD－Rに焼いたものがスピーカーから流れ始めた。ひどい音質だ。あらゆる楽器が錆《さ》びたまま演奏されているように聞こえる。

ぼくは絶句してしまった。佐藤冥の言葉を信じたわけではなかったけれども、明らかに父親の反応にはうそ寒いものがあった。

「冥ちゃんは——」

と父親は言った。

なにか新しい質問を口にしかけたが、もちろんさっきの、見殺し発言の残滓《ざんし》は遺《のこ》っていた。だからか観念したように言った。

「……明里《あかり》ちゃんは残念だったね」

その発言に佐藤冥は答えなかった。

佐藤冥はふたたび、あらゆる質問を沈黙に鎮《しず》める、アラスカ辺りの深い流砂のような態度を取った。ぼくらは無言のまま家に帰った。

2

午後七時になる。

というよりも、なっていたらしい。ぼくは本を読みながら、いつの間にか眠り込んでしまっていたようだ。キッチンから父親の「夕食が出来たよ」という声が聞こえて、それで目が覚めたのだった。

体の節々も痛むし、頭もずきずきする。幸せな午睡とは程遠かった。

立ち上がり、腰を回して体の凝りをほぐしながら、先ほどの見殺し発言についてすこし考える。

やはり佐藤冥の発言を、額面通りに受け取ることはできない。

父親が誰かを見殺しにするという状況が、ぼくには想像できなかった。父親の良心を信用しているというよりは、彼には誰かを見殺しにできるほどの甲斐性《かいしょう》がないと思っていた。

彼は親しい友達と遊びに行くことさえ、年に一回あるかないかの孤独な男だった。そんな人間がどうやって、佐藤冥の家族を見殺しにすることができるだろう?

だが彼女の発言が、全くのでたらめだとも思えなかった。父親の反応からしても、部分的には本当なのだろう。

事実を切り裂いて恣意《しい》的に並べれば、見殺しという形にもなるのかもしれない。Listen《聞く》という単語だって、並べ替えればSilent《沈黙》になる。

その辺りで考えるのをやめた。なんだか馬鹿《ばか》馬鹿しくなってきたからだ。

洋室からキッチンに向かうと、二階にある彼女の自室として割り当てられた部屋から、階段を下りてきた佐藤冥《さとうめい》とすれ違った。

佐藤冥はくしゃくしゃの英字の書かれたTシャツに、デニムのショートパンツを穿《は》いていた。それが彼女の部屋着らしい。

意外と普通の格好だ。昼間の衣服からして、フリル付きのネグリジェでも着てきたって驚かないつもりだったのに。今の彼女は高校一年生の女の子として、たぶん一般的な格好をしている。

夕食が始まる。

主菜は潰《つぶ》れたコロッケ。白米、あまり美味《おい》しいとは思えない自家製味噌《みそ》と大根とわかめの味噌汁、ほうれん草のおひたし、以前に作られてタッパーに入れられていた肉じゃが、同じくタッパーに入ったなまこの酢の物、デザートとして緑色のいちご。

いつも通りの夕食だ。母親がこの家にいて共働きだった時から、父親が家事全般を担っていた。彼はいつだって四つ年上の母に頭が上がらないようだったし、頭を下げている方が楽だという態度を見せていた。

彼は料理に関しては凝り性だったが、さりとて上手でもなかった。好きなことと腕が利くことは別なのだ。

「栞《しおり》、ソース」

と佐藤冥が言った。

ソースを手渡す。彼女がぼくを栞と呼ぶのならば、ぼくも冥でいいかと思った。父親だって冥ちゃんと呼んでいるし、「佐藤さん」と呼ぶのも変だろう。

冥はコロッケにどぼどぼとウスターソースをかけ、大皿に茶色い湖を作っていた。かなり濃い味が好みのようだ。やや味覚の独特な女の子なのかもしれない。

真っ黒なコロッケを口に入れて、ようやく冥はすこしだけ上機嫌そうになった。どうやら年中、腹を立てているような女の子ではないらしい。今ならば父親のどうでもいい質問にでも答えてくれるかもしれない。

同じことを思ったのだろうか、父親は冥に聞いた。

「冥ちゃん、部屋の居心地はどうかな?」

すると冥はさらりと言った。

「凌遅刑《りようちけい》」

詳しい意味はわからないけれど、少なくとも質問の答えとしては不適切な気がした。

冥はあのあどけなさの残る言い方で、やはり「部屋の居心地」とは全く違うことを言い始めた。

「凌遅刑《りょうちけい》はね、中国で十九世紀まで行われていた死刑の方法なの。主に重罪人に対して用いられていたそうよ。生きたまま人間の肉をすこしずつえぐり取って、なるべく長く苦しめてから殺すの。最大で三三五七片にまで解体したらしいわ。長い時は三日から五日もかかったんだって。その間、腕の立つ処刑人は罪人を殺さないことが出来たそうよ。すごいわよね」

ぼくと父親はつい黙り込んでしまった。

なぜその話をしたのかはわからないが、少なくとも食欲を削《そ》ぐ話であることは確かだった。

「公開処刑は当時の民衆にとって数少ない娯楽の一つだったから、刑場にはいつだって見物人が押し寄せていたそうよ。有名人が処刑される時は『北京の路地から人が消え失せた』と言われているわ」

と言って、冥《めい》はふたたびソースまみれのコロッケを口に運んだ。

父親は下を向いてしまった。箸《はし》を皿の上に浮かせたきり、料理を摘《つま》んでもいなかった。

冥は父親には目をくれずに、かといってぼくを見るわけではなく、ぼくと父親の間にある中立的な隙間《すきま》に目をやりながら言った。

「処刑が娯楽化する例は、世界各地にあるの。フランスでは一九三九年まで公開処刑が行われていたそうよ。最も有名な公開処刑の立役者は、あのトーマス・エジソンかしら。そう、電球を発明したあのエジソンよ。彼は自分のライバルであるニコラ・テスラの発明品のネガティブ・キャンペーンのために、テスラの発明品を応用して電気椅子《いす》を作り、記者たちの前で死刑を執行させたの。『テスラの発明はこんなに危ないんですよ』って言うためにね」

冥はそこまで言うとわずかな間《ま》を空けた。

仕方がないけれども、相槌《あいづち》を打たなければいけないらしい。ぼくは口の中にあるものを無心で咀嚼《そしゃく》すると言った。

「成功したの？」

「なにが？」

「ニコラ・テスラの評判を下げるというエジソンの作戦」

「いや、エジソン自身が『恐ろしい人物だ』って評判になっちゃったそう」

「そうだろうね」やりすぎだろう。

冥は、まだ主菜を食べ終えてはいないのに、デザートのいちごを何個も自分の取皿に放り込み、自分のものにすると言った。

「一五一九年。これは何の年だと思う？」

いつの間にか冥ははっきりとぼくの方を見ていた。ぼくは箸の先端を曖昧《あいまい》に動かしながら答えた。

「室町時代？」

不正解だったらしい。彼女は何も言わず、不服そうに口を尖《とが》らせただけだ。

世界史だと、「……大航海時代？」

「そう」冥《めい》は口角を上げた。「そして、スペイン軍の指揮者エルナン・コルテスがアステカに入った年。アステカ族がどんな民族だったかは知ってる？」

「いや」

「アステカ族は人身御供《ひとみごくう》を、要するに人間を殺して神様に捧げる儀式を行っていたことで有名なのだわ」

「人を殺して？」

「そうよ」ぼくが驚いているのが面白かったのだろう。冥は嬉《うれ》しそうに言った。「といっても、コルテスはそのことを聞いても大して驚かなかったでしょうね。当時のスペイン人だって、拷問で人の骨を砕いたり、八つ裂きの刑を行ったり、魔女を火炙《ひあぶ》りにしていたんだから。似た者同士だとでも思ったんじゃないかしら」

冥はいちごを口に含み、その後にご飯を食べて、ヨーグルトジュースを飲んだ。実に奔放な食べ合わせだ。

ぼくはなんとなく夕食を中断したまま、まじまじと冥の方を見てしまっていた。冥はいちごの果肉の付いたままのへたを、皿の隅っこに載せながら言った。

「それでも、アステカの首都テノチティトランの、実際に人間が生け贄《いにえ》に捧げられている大神殿に入った時は、血の気が引いたそうよ。神様の像のそばに、ちょうどその日に流されたおびただしい量の血があって、まだ鼓動している三つの心臓が焼かれていて、全体的に悪臭がひどくて、我慢できずに退散したらしいわ」まるで見てきたみたいに冥は言った。「その後、スペインとアステカは戦争状態になって、コルテスは自軍の兵士がこの神殿で殺され、神に捧げられるのを見ることになる」

冥はわずかな沈黙を空気銃の燃料のように挟んでから言った。

「栞《しおり》はこの話についてどう思う?」

すこし考えてからぼくは言った。

「わからないけど、その話が世界史の教科書に載っていたら、今よりも楽しく授業を受けられていたことは確かだろうね」

ぼくの返答を聞いて、父親は眉《まゆ》をひそめたが、冥はぱっと明るい表情を浮かべた。半分は冥の機嫌を損ねないためだったけれども、もう半分は本心だった。安っぽい道徳的な訓話に仕立て上げられた偉人伝を暗記させられるよりも、よほど楽しいだろう。

「人身御供の事例は世界各地にあるの」と冥はさっきよりも早口になって言った。「インド、エジプト、中国、メソポタミア、古代ギリシア・古代ローマを始めとした古代ヨーロッパ。そして、日本で行われていたという例も、『日本書紀《にほんしょき》』や各地の民話に残っているわ」

ぼくは相槌《あいづち》を打った。段々と冥の話に興味を持ち始めている自分がいた。

「『日本書紀』によると、元々古墳には生きた人間が埋められていたらしいの。でもそれが出来なくなったから、代わりに人間の形をした人形《ひとがた》、つまりは埴輪《はにわ》が発明されたとか。……出来すぎた話でしょう？　いかにも書いた人のしたり顔が浮かんでくるような。だからね、これは後世の作り話である可能性が高いと言われているの」

ふうん、とぼくは言った。冥《めい》は残虐な話を好む割には、話が刺激的であればなんでもいいというような、三文小説《ペニー・ドレッドフル》的な考え方はしないようだ。冥なりのバランス感覚があるのだろう。

「この阿加田町《あかだまち》にも生け贄《いにえ》の伝説があるの。名前は――」

そこまで冥が口にしたところで、ぼくはふと思い出して言った。

「オカカシツツミのこと？」

冥は虚を衝かれたらしく、水をかけられた猫のように目を瞬かせた。

「有名なの？」

実に素朴な驚き方をした。どうやらぼくの回答は、彼女にとってかなり予想外なものだったらしい。これまでに見せてくれたことがないくらい、新鮮な反応をした。

「いいや、あまり」とぼくは首を横に振った。「ぼく以外は誰も知らないような、ローカルな伝説だと思う。図書館にあった、一九六〇年代に出版されていた、県内の小規模な出版社の本でたまたま読んだんだ。ぼくは図書館っ子だったから、目につく本を片っ端から読んでいた時期があったんだよ。本によると、オカカシツツミのお祭り自体は実際に行われていて、写真も残っているけれども、そこで人間の生け贄が捧げられたかどうかはわからないって」

冥の箸《はし》が止まった。何かを考えながら、ぼくの胸の辺りに目線を置いていた。

何か良くないことを言っただろうか？　さっきまで淀《よど》みなく続いていた会話が、分水工の門が閉じられたみたいに止まってしまった。

ぼくは沈黙をごまかすために、冷めた肉じゃがに箸を伸ばした。冥も同じように食事に戻り、既にソースでぐずぐずになっているコロッケに追いソースをかけた。

それから、長らくぼくらの話に我慢していたらしいぼくの父親が「どうだい、この味噌《みそ》は自家製なんだよ」と言ったが、誰もその言葉には相槌《あいづち》を打たなかった。まるで沈黙という名の鉄を叩《たた》いて横に伸ばしただけのようだった。

こうしてぼくたちは各々の夕食に戻っていった。そんなふうにして冥のホームステイの一日目は過ぎていった。

3

翌日の月曜日の朝が来た。

また上手《うま》く眠れなかった、とぼくは思った。

高校二年生になった四月から、ぼくは不眠症に悩まされていた。

不眠症にも色んなタイプはあるが、ぼくは眠りを維持できないタイプの不眠症だった。最初の寝付きは悪くないのだが、二時間か三時間で起きてしまう。そして起きてしまった後は、一度打ち上がった花火が二度と元には戻らないように、ほとんど寝つくことができない。

眠りたいのに眠れない状態を何時間と過ごすのは、それ自体が緩慢な拷問だ。でも最も絶望感を覚えるのは、寝付けないまま朝の日差しが、カーテン越しに部屋に入ってきた時だ。眠れなかった事実を再確認させられるのが辛《つら》いという心理的な苦悩よりは、ただでさえ寝付けないものが、部屋に光が入ってきてはますます困難になるという現実的な苦悩の方が大きかった。いよいよ勘弁してくれという気持ちになるのだ。

治療のために町の外の心療内科へ、父親に連れて行ってもらったこともある。

初回の診療で、やたらと体つきが良くて、どこか胡散《うさん》くさい中年の心療内科医から、ぼくはカウンセリングを受けた。

どうやら初回の診療は、彼いわく「人生のまとめノートのようなもの」を作らなければならないらしい。面倒に思えたけれども、これも睡眠薬を貰《もら》うための儀式の一つなのだと思って、仕方なく自分の半生を話した。

三十分ほどぼくの話を聞いて「人生のまとめノートのようなもの」を作った医者は、こう総括した。

「高校二年生になってクラスが変わり、いじめを受けたことによるストレスが、不眠の原因ですね」

長く話した割には、当たり障りのない結論だった。

個人的には、同級生の田茂井蒼樹《たもいそうき》の稚拙《ちせつ》ないじめが自分の不眠を引き起こしているとは認めたくなかったのだが、それで睡眠薬が貰えるなら別にいいかと思った。

ところが医者は、なんと薬を一つも出さないと言った。十代の患者にはなるべく向精神薬を出さないというのが彼の治療方針で、自然な眠気に任せた方がいいと言ってぼくに運動を薦めてきた。

「運動は全てを解決しますよ」

医者は、ぼくの長細い四肢をじろじろと眺めながら半笑いで言った。

最初は馬鹿《ばか》正直にそれに従い、人目に付かない所でランニングなどをしてみたのだが、寝不足の状態での運動ほど耐え難いものはなく、おまけに何日やっても夜の眠りには効果がなかった。そして何度訴えかけたって、彼は自分の治療方針を変えようとはせず、ただ「運動はしていますか?」と聞くだけだった。

だが彼がぼくにくれた、とても便利なアイテムが一つあって、それは『傷病名：適応障害、不眠』と書かれたA5サイズの診断書だった。そのぺらぺらの紙一枚が、彼そのものよりも余程役に立った。これを学校に提出しておくだけで、諸々《もろもろ》の手続きが簡略化され、ぼくは事実上好きに学校を遅刻できたし、出席日数が足りる範囲では欠席もできた。そして「いつでも学校を休むことができる」という心のゆとりが、ほんの少しだけぼくの不眠症を改善したのも事実だった。

今日は眠るのに失敗したから、学校を休もうと思った。

眠りの量は天気のようにランダムで決まる。疲れているかどうかは、繰り返しになるがあまり関係ない。そして眠りの多寡にかかわらず、学校に行ける日と行けない日がある。今日は自分の基準だと休んでいい体調だった。

二階の寝室から一階のダイニングに降りると、父親は既に出勤していて家にいなかった。代わりに冥《めい》がいた。

冥は昨日と同じ、英字の書かれたTシャツを着ていた。手荷物が少なかったから、引っ越しの段ボールが届くまでは、部屋着はそれ一枚きりなのだろう。確か段ボールは今日届くと父親が言っていた気がする。

「おはよう」と一応声をかけたが、冥はうんともすんとも言わなかった。ただ行儀のいい人形のようにじっと座ったままだ。彼女は食卓の上に置いたスマートフォンで映画を観《み》ていた。

といっても、それに熱中しているという感じでもなかった。ストーリーの情報を最低限頭には入れているけれども、気持ちは冷めているという感じだ。頬杖《ほおづえ》をついて、時たま小首をかしげて、まつ毛を宙に揺らしながらスマートフォンの画面を見ている冥の姿は、朝の光の中だとやけにきれいに見えて、そっちの方がよっぽど映画のワンシーンみたいだとぼくは思った。

冷蔵庫からミネラルウォーターを出しながらふと思う。

冥も今日は高校に行く日じゃなかったか？

「冥は学校に行かないの？」

とぼくは聞いた。彼女自身の口から学校の話を聞かされたことはなかったけれども、父親によると既に転校の手続きは済んでいて、今日六月七日から、ぼくと同じ阿加田《あかだ》高等学校に通うことになっているはずだった。

「あなたも行ってないのだわ」

「まあね」

「高校なんて行く必要ないでしょう。あんな退屈なところ」

それもそうか、と思った。

ミネラルウォーターをマグカップに注いでいると冥が言った。

「中川《なかがわ》さんが、冷蔵庫の中に目玉焼きとレタスとプチトマトのモーニングプレートがあるって。あとはご飯と味噌《みそ》汁だって」

あ、うん、とぼくは言った。ちょっと生返事になってしまった。冥のあまりにも日常的な台詞《せりふ》に、ぼくは目の前の女の子と同居しているのだという、当たり前のことを再確認させられた気がしたからだ。

冥自身は既に朝食を終えたらしい。食卓にある扁平《へんぺい》なお皿の上にはドレッシングの沼が出来ていて、食べ残されたレタスの欠片《かけら》が可哀想《かわいそう》にも溺《おぼ》れていた。

朝食をとる。冥《めい》の横顔を眺めながら、なにか話しかけてみようかとも思った。でも退屈な話題だと、彼女はきっと無視をしてしまうだろう。だから良い話題がないかを考える……というよりも、ぼくは半分くらい彼女の白い容貌《ようぼう》に見とれていた。改めて見ても、まるで絵の中にいるようなきれいな女の子だった。

そのうち彼女の観《み》ていた映画が終わったらしい。冥はため息をついて、映像の停止ボタンを連打すると、さっさとエンドロールを飛ばした。一連の行為の中で、彼女は絵の中の女の子から、等身大の十五歳の感情豊かな女の子に戻っていったような気がした。

「つまらなかったわ」

と冥が拗《す》ねた猫のように言った。

「どんな映画だったの?」

とぼくは聞いた。なんとなく聞いて欲しそうだったからだ。

「すべてが予定調和だった。まるで製作者の陳腐な願望を映像にしたみたい。去年ヒットした映画だそうだけれど、どうかしてるわね」

そう言って、冥はぼくに映画のメインビジュアルを表示したスマートフォンの画面を見せた。確かにこれは去年、ニュース番組で何度も特集されていた有名な邦画だった。冥は嘲《あざけ》るようにくすくす笑った。

雑談をしてみようと思った。今の冥は機嫌が良さそうだし、すこしくらいは答えてくれる気がした。

「ここでの暮らしはどう思う？」

でも冥は何も答えてくれなかった。まるで世界の終わりで狼煙《のろし》を焚《た》いているかのようだ。

「慣れない場所だと思うけど、よく眠れた？」

質問を変えてみた。すると冥はおかしそうに笑った。

なぜだろう。折角応答してくれたのに、嬉《うれ》しさよりも不安の方が強かった。冥が話し出すまでの数秒が永遠のように感じられ、その永遠の後に冥は言った。

「眠れてないのは栞《しおり》の方じゃないの？」

束の間《つかのま》、思考がフリーズした。それから慌《あわ》ててぼくは聞いた。

「どうしてぼくが不眠症だってことを知ってるの？」

冥は指を組んでその上に顔を乗せ、いたずらな微笑を浮かべると言った。

「実は私には透視能力があるの。だからそれくらいお見通しなのよ」

「わかった。父さんから聞いたんだな」

「さあね。ともかく知ってるのよ」

やはり父親が話したのだろう。彼は清掃業に就いているからか朝が早い。早朝、冥と二人きりになった父親が、『登校の時間になっても、もしも栞が寝ていたら起こさないでやってくれ。あの子にとって睡眠は貴重なものだから。なぜなら——』といった調子で話しかけているところが容易に想像できた。それに対して、冥《めい》が気のない返事をするところも。

田舎式の表裏のなさなのか、単に父親がそういう性格だからか、プライベートなことを筒抜けにする傾向がある。筒のような気の利いた覆い自体、この町には存在していなくて、なにもかもが表裏なく野ざらしにされているような気もする。

まあいいか。どうせ同居していたらわかることではある。冥は白くて細い人差し指で、何気なくテーブルをなぞりながら言った。

「睡眠薬は飲んでないの?」

「担当医の頭が固くて、出してくれないんだよ。ちなみに薬局にある奴《やつ》は効かない」

「じゃあ、これをご所望かしら」

と言って、冥はショートパンツのポケットに手を入れ、ピンクのマスキングテープが貼《は》られた、小型のサプリメントケースを取り出した。

その中から、白くて底に線が一本入った錠剤を取り出した。ぼくは固唾《かたず》を呑《の》んでそれを見つめていた。

「これはね、ベンゾジアゼピン系の睡眠薬。可愛《かわい》いでしょ? 向精神薬だってこんなふうにケースに入れてあげたらオシャレなのよ」

「………」ずっと追い求めていたものが、いきなり目の前に現れたからだろう。ぼくはつい言葉を失ってしまった。それから言った。「なんで持ってるの?」

「こんなにも支離滅裂な世界で呑気《のんき》に生きていくには多少の化学物質《ケミカル》は必要でしょう」

そう言われてみるとそんな気もしてくる。初めて声を聞いた時から思っていたけれども、冥の声質には、間違っていることでも正しく思わせるような不思議な説得力がある。

「私ね、睡眠薬をたくさん持ってるの」

「どうして？ 自殺でも企ててるの？」

「あはははは、栞《しおり》も面白いことを言うのね」冥は大笑いをした。目の隅に涙が残るくらいの遠慮のない笑い方だった。「そんなわけないでしょう」

「ごめん」軽口だったかもしれない。

「うん、死ぬとしたらもっと成功率の高い方法を選ぶもの」ああ、『そんなわけない』って、そっちの意味なのか。「心療内科のお医者さんにね、寝つきの悪い時のために、すこしだけ多めに睡眠薬を貰《もら》っているの。それを半年間続ければ、半年分の睡眠薬が余るでしょう？ それにね、これは使ってみないとわからないことだと思うのだけど、睡眠薬って段々と愛着が湧いてきて、意味なく集めたくなってくるものなのよ」

そういうものなのか。ぼくはまだ睡眠薬を飲んだことはないけれども、集めたくなる気持ちはわかる気もするな。二十粒余っていたら、二十日分の快眠が保証されるのだから。

「欲しい？」

と冥は聞いた。ぼくは柄にもなく素直になってこう言った。

「欲しい」

「ふうん、どれくらい欲しい？」

「とても欲しい。激しく欲しい。なにもかもを忘れて奪い取りたいくらいに」

「なんだか愛の言葉みたいね」

そう言われて、急に恥ずかしくなった。睡眠薬の話をしているはずなのに、なんだか冥《めい》本人に愛の言葉を囁《ささや》いているような気持ちになってきたからだ。

でも冥自身はぼくの感情の機微には気づいていないようで、Tシャツのほつれた首元を無防備に揺らしながら言った。

「じゃあ、私の質問に答えて」

ぼくはこくりと肯《うなず》いた。

「オカカシツツミについて、どれくらい知ってる？」

冥は言う。さり気ない言い方だったけれども、さっきまでよりも随分と真剣な様子だ。食卓の上に両肘《ひじ》を置いて身を乗り出し、まばたきも控えめにぼくを見つめている。

図書館の本を読んだのはかなり昔のことだったので、ぼくはなんとか思い出しながら言った。

「詳しくは知らないよ。ぼくが知っているのはこれくらい。この町で戦前まで行われていた祭りであること、阿加田《あかだ》神社で行われていた祭りであること。生《い》け贄《にえ》を捧げているという噂《うわさ》もあるけれども、ぼくの読んだ本では否定的な論調だったこと。祭りの間中、神官以外の人間は外に出てはいけないとされていたこと。他にもいくつか散文的なことが書いてあった覚えがあるけれども、本の中でも概要をさらう程度だったこと」

「あなたが読んだ本の名前はわかる？」

「直《す》ぐには思い出せないけれど、読書記録は付けているからそこから辿《たど》れると思う」

「ありがとう、とても助かるわ」

やけにはっきりと礼を言った。これまでのあまのじゃくな態度からは考えられないほどに率直な言い方だった。理由はわからないけれども、オカカシツツミは彼女にとって重要な事柄らしかった。

もう少し、彼女の力になれないだろうかとぼくは思った。そう思ってしまうくらい、彼女はこの件に関してだけはひたむきな様子だったからだ。ふと思いついてぼくは言った。

「書名がわかったら、図書館に行って本を借りてきてあげようか？」

冥は目をぱちくりさせた。そしてあの大きな瞳《ひとみ》で、やけに無警戒にぼくを見た。

「どうしてそこまでしてくれるの？」

「図書館、家から近いんだよ。用事がなくたって、好きで行くくらいだし……」

と言いながらも、口にしている間中、ぼくはひどく恥ずかしい気分になった。ぼくは十六年以上生きてきて、人に親切をしたことがほとんどない。だからか、わざとらしい言い方になってないかとか、気障《きざ》ったらしくないかとか、そんな些細《ささい》なことが無闇《むやみ》に気になった。

「嬉《うれ》しいわ」一方の冥《めい》の方はさっぱりとした口調で、指を組み合わせながら言った。「でもね、時間がある時でいいのよ。ちょっとした事実確認に過ぎないから」

「事実確認？」

「うん。私も別の本でオカカシツツミについて読んだことがあるの。去年、阿加田《あかだ》民俗資料館に訪れて文献も確認したわ。でもあなたが読んだ本からは、それ以上の情報は得られなそうだから」

ふうん、とぼくは言った。たまたま本で読んだというのはともかく、民俗資料館にある文献を確認したというのは、よほどの熱意がないと出来ないことに思えた。さらりと口にしたけれども、その時も東京から阿加田町に来たのだろうし。

もうすこし、踏み込んだ質問をしても良さそうな気がした。だからぼくは聞いた。

「冥はどうしてそんなに、オカカシツツミに興味を持っているの？」

冥はふっと口をつぐんだ。誤って沈黙の帳《とばり》を下ろしてしまったかのようだった。失言をしたのかと思ったけれども、そうではなくて冥はじっくりと、考え事をしているようにも見えた。質問に答えるべきか答えないべきかを、彼女の中でも決めあぐねているような。

「生《い》け贄《にえ》を捧げていたからなの？」

とぼくは聞いた。昨晩の話からして、彼女は世界各地の生け贄に深い興味を持っているようだったからだ。

すこしくらいは答えてくれる気持ちになったのだろう。冥は窓辺に顔を向けて、陽光に目を細めながら言った。

「オカカシツツミが最後に行われたのは、一九三九年のことなの」

　ぼくは驚いた。随分と正確に記憶しているものだ。

「戦争で人手がなくなって中止されて、それきりなの。生け贄が捧げられていたかどうかは、今となってはわからない。学者のどんな説明も、証拠がないって批判される。あると言おうと無いと言おうと、白いカラスを追いかけるか赤いカラスを追いかけるか。どちらを追おうと羽も無くなった、朽ちたカラスの化石が出てくるだけ」

「藪《やぶ》の中、ということ？」

「というより、藪ごと消えてるの。かつて藪のあった沼の中で、水かけ論くらいなら出来るかもしれないけれど」

　なるほど。そして日本の民俗学において、そういう事例は少なくはなさそうだと、詳しくは知らないけれどもぼくは思った。

「でもね、私は思うのだけれど、オカカシツツミの祭りの日に、確かに生け贄は捧げられていたの」あやふやな状況に思えたけれども、意外ときっぱりと冥は断定した。「いや、思うんじゃない、それは実際にあったの。それは本当にあって、毎年少なくない人数が殺されて、オカカシサマという名の巨大な蛇の神様に捧げられていたの。へんてこな女の子がへんてこりんな妄想を口にしていると思うかもしれないけれど、私はちゃんと知っているのよ」

冥《めい》は言う。でも本格的に同意を求めているわけではないようで、主張ははっきりしているものの、口調は軽やかだった。ぼくが信じなくても困らないといったような。

それがかえって、生《い》け贄《にえ》はあったとする冥の確信の強さを表しているような気がした。ぼくがどんな反応しようが真実は変わらず、何百年前の人間は生け贄を捧げていましたとでも言っているかのような。

どうしてそうも躊躇《ためら》いなく言い切れるのだろう? 昨日も思ったことだけれども、冥自身は、それなりに物事の真偽にこだわる女の子のような気がする。それが第一印象という名の単なる誤解に過ぎなかったとしても、今の言い方には彼女なりの論拠があるように見えた。

冥は振り返ってぼくを見ると言った。

「あなたもオカカシツツミに興味がある?」

すこし逡巡《しゅんじゅん》したけれども、ぼくは素直に答えることにした。

「うん」

冥は「そう」と言った。そして一粒の睡眠薬を机の上に置き、ふざけて指で弾《はじ》いてカカカカと机の上を滑らせた。ぼくは慌《あわ》ててキャッチした。これで一夜分の睡眠が保証されるのだ。失くすわけにはいかない。

「じゃあ、教えてあげる」冥は微笑の萌芽《ほうが》のようなものを浮かべた。「朝食が終わったら外に出る準備をして」

冥はリビングから廊下に繋《つな》がるドアを開けると言った。

「あなたを連れていきたい場所があるの」

4

冥はぼくを阿加田山《あかだやま》の山中に連れていきたいと言った。

つまりはこれから山登りをするのだ。

元はといえば寝不足から学校を休んでいたわけで、そんなぼくが山登りをするというのは矛盾に満ちたことのように思えたが、冥と話していたらそれくらいの元気なら湧いてきた気がしたので行くことにした。

阿加田町は四方を山によって囲まれた盆地に位置している。東西を国道によって串刺《くし》しにされていて、西側には都市部が、東側には小学校に行くだけでもスクールバスを使わなければならないような、さらに辺鄙《へんぴ》な田舎町がある。そして北側には、かつては霊山として崇《あが》められていた巨大な阿加田山があり、今日は雲海に覆われ、山肌に触れた雲を拡散し、白いもやのようなものとして吐き出している。

ぼくは遠足で阿加田山に登ったことがある。初心者向けの登山コースで、ゆるい勾配のある道をだらだら登っていくと、確か一時間半ほどで頂上に着いた。

でも冥《めい》がぼくにさせたいのは、そういった普通の登山ではないらしい。

「私が連れていきたいのは山の中よ、ファミリー向けに整備された所じゃないの」

「道なき道を行くということ?」

「うん。一応道のようなものはあるのだけど、あまり公《おおやけ》になってない道だし、誰が使っているのかもわからないし、いくつかの倒木もあったはず。快適な山登りは期待しない方がいいわ」

しっかりとした準備をした方がいいということだろう。

まあ「しっかりとした準備」が、どういったものかはわからない。阿加田町《あかだまち》は山の中にあるが、その住民であるぼくが山登りに詳しいかというとそうでもない。

冥はぼくの部屋の入り口で棒立ちになって、準備をしているぼくを見つめていた。

彼女は半袖《そで》半ズボンだ、つまり、

「その格好で山に入っていくの?」とぼくは聞いた。

「だってこれしかないもの」と冥は言った。

「今日、冥の荷物が届くんだよね?」ふと思いついてぼくは提案した。「だったらそれで装備を整えて、明日行くというのはどうだろう?」

「今日のうちに行きたいの」冥は既定事項のように言った。「だからこのままで行くことになるわ。栞《しおり》が私になんらかの親切をしてくれない限り」

つまりはなにか服を貸してくれということだろう。半袖はともかく半ズボンなのは、山道を歩くのに問題がある気がする。

「わかった、ズボンを貸すよ」

すると冥は、ありがとと言って、そっとぼくの部屋に入ってきた。お邪魔します、といった趣きだ。一応は年の近い男子の部屋として、あまり気安く入ってはいけないとは思ってくれているらしい。

ぼくの部屋は小学生の時から使っているから、半分子供部屋といった感じだ。机は学習机で、経年劣化で曇ったポケモンのデスクマットが貼《は》られている。その横には糸がほつれて色の白くなった一人掛けのソファがある。たくさんの本が収められた本棚にはカラフルな木製の収納ボックスが付いていて、幼少期のぼくが油性マジックで描いた誰かの似顔絵が笑ったままだ。

そして全体的に散らかっている。冥が引っ越してくるなら、もうすこし見栄えを良くしておけばよかったと今更《いまさら》思う。彼女が引っ越してくるのを聞いたのは一ヶ月以上前だったのに、彼女の素性《すじょう》の不明さから、そういった身近なことに気が回らなかった。

冥はぼくの部屋に入ると、中の様子を興味深そうに見回していた。こんな部屋でも、同じくらいの年代の男子の部屋だと思うと、すこしくらいは気になったりするのだろうか。

彼女の背丈を見るに、ぼくが普段穿《は》いているズボンだとすこし丈が余りそうだ。中学生の頃の服が入った収納ボックスを開けて、やや丈の短い、英字ロゴの入ったズボンを出して彼女に手渡した。

冥《めい》は気乗りしなそうに言った。

「ださいわ」

ではこちらはどうだろう。別のズボンを出して手渡す。

「ポケットが多すぎるわ」

けっこう美的感覚にはうるさいらしい。仕方がないので自分で選んでもらうことにした。

クローゼットの中で、冥は「子供っぽいわ」「黒い服が多いわ」などと独り言を呟《つぶや》いていたが、結局のところラインの二本入った黒のジャージに決めたようだ。

出発する。

戸外に出たところで、冥はグーグルマップで目的地を示す。そこが登山口らしい。

ぼくはつい閉口する。ここから五キロほどの距離がある。自転車で行けば二十分ほどで着く距離だが、この二十分というのは単に自転車を漕ぐだけの時間ではない。地形上、ずっと斜面を上ったり下ったりしなければならないので、つまりは丸ごと二十分間の肉体労働を意味するのだ。

だいたい冥はどうやってそこまで行くつもりなんだろう。ぼくは自転車に乗るとしても——と思っていると、冥はぼくの自転車の荷台に腰掛けると言った。

「連れてって」

なんだか手間のかかる我がままな妹ができたような感覚だった。

二人乗りで自転車を漕ぐ。

荷台にいる冥はサドルの下の辺りを持って、なるべくぼくと体が触れ合わないようにはしていたけれども、それでもブレーキをかけるとゆるく彼女の体が当たったりした。時たま六月の湿気と共に、彼女の髪の匂《にお》いがぼくの中を通りすぎていった。

スムーズに進める時間は長くなかった。坂が多く、上り坂になると彼女を下ろして歩かなければならないからだ。下り坂はスピードが出て心地がよいが、あまりにも斜面が急だと素直に喜べないくらいの猛スピードが出ることがある。

急な下り坂で、ブレーキを握って速度を調節していると冥が言った。

「気持ちいいんだから、ブレーキをかけちゃ駄目よ」

「車道に飛び出て死んじゃうかもよ」

「いいじゃない。その時はその時で。超スピードでズガーンって死ねたら気持ちがいいかもよ」

それもそうかと思う。ぼくはブレーキから手を離す。

弾丸みたいな速度が出て、大したカーブもないのにぼくはハンドリングをするだけで精一杯になる。背中にいる冥がジェットコースターに乗っているかのような甲高《かんだか》い嬌声《きょうせい》を漏らし、持っているサドルをがたがたと揺らす。歩道にある小さな草を踏むだけで、自転車がわずかにジャンプし、ちょっとした臨死体験を味わわせる。不意のカーブがあり、意図せずドリフトのように曲がる。あらゆる風景が走馬灯のように目の前を横切っていき、ぼくが今死んでいないことの証明は、後ろにいる彼女が生きていることだけだという変な考えが頭をよぎる。

目的地に着く。

思ったよりも二人乗りは楽しかった。重心を安定させるためか、最初はサドルを持っていた冥《めい》は、いつの間にかぼくの腰の辺りを掴《つか》んでくれていた。

木々の狭間《はざま》に、やや脈絡のない印象で踏み分け道があった。その前にぼくは自転車を停め、鍵《かぎ》をかけた。

ほとんど誰も使っていない道なのだろう。雑草がたっぷりと茂っていて、ひょろりと若芽が顔を出していた。梅雨時だからか足元がぐずぐずになっている。滑らないように気をつけながら進んだ。

左右には鬱蒼《うっそう》と茂る杉林があり、道の方まで大幅に枝がはみ出てきている。この分だといつかは林と道が同化してしまいそうだ。

冥は勝手知ったる様子で歩いていく。ぼくはその後ろを追った。

「冥は来たことがあるの？」

「うん。二、三度ね」

「ここには何があるの？　オカカシツツミと関係していることなの？」

そこまで話したところで、ふと目の前に思いも寄らないものが見えてきた。

恐怖を覚えて、つい声を上げそうになった。ぼくは立ち止まってそれを見上げた。

ぱっと見では、汚れた木製の抽象物体としか言えないものだった。二メートルほどの高さがあって、塗装の剥《は》げかけた木の柱が二本地面に埋まっていた。そしてその二本を別の二本の木が空中で繋《つな》げていた。計四本のどの柱の表面もびっしりと苔《こけ》で覆われている。どこか見覚えのあるような……って、よく見たらただの鳥居じゃないかとぼくは思う。

ふたたびおずおずと、その壊れかけの廃鳥居を見上げる。正体がわかってみても、尚《なお》も不気味な物体だ。

そんなぼくの恐怖心をよそに、冥は頓着《とんちゃく》なく廃鳥居をくぐった。仕方がないのでぼくも続いた。

鳥居というものはなんだか、くぐることで異界に行くような感覚がある。鳥居の内側でなにか誤ったことをしたが最後、神様の罰《ばち》が当たり、二度と戻れなくなってしまうような。ぼくは信心深いのだろうか？　そんな原初的な恐怖を煽《あお》られる。

日常的な感覚を取り戻したかったからだろう。ぼくは冥に聞いた。

「鳥居があるということはここは神社なの？」

「うん」一方の冥は、外の世界と変わらない声音《こわね》で言った。「十六世紀まで、阿加田《あかだ》神社はここにあったらしいわ。けれども盆地に近い方が何かと便利だから、町に近い所に遷宮されたそうよ。顚末《てんまつ》を記した史料が残っているの。とはいえその一方で、こちらは分社としての役割を果たし続けていたらしいわ。今はこの通り廃墟《はいきょ》だけれども」

ふと見ると、小さな祠《ほこら》があった。平べったい石を何個か積み上げた上に置かれた、幼稚園児くらいの大きさのもので、木製の柱が歪《ゆが》んで切妻《きりづま》屋根が傾いていた。格子があって、中にはさらに厨子《ずし》があり、そちらの扉は閉じられている。こちらも神社の一部だったのだろう。

「これが冥《めい》の見せたいものなの？」

「ううん」冥ははっきりと否定した。

「ここで、オカカシサマっていうのが祀《まつ》られていたんじゃないの？」

「祀られていたわ。でも、あくまで祀っていただけなの」

「だけ？」

「そう。人間は約十万年前、旧石器時代より前から神様を信じていたけれども、神社ができたのはごく最近のことに過ぎないの。六世紀に仏教が伝来して、その時に仏教の『寺院』を目にして、それを真似《まね》て『神社』を作っただけなの。例えば伊勢《いせ》神宮の本殿だって、元は宝物殿に過ぎなかったものの用途を変えただけなのよ。比較的歴史が浅いのだわ」

「ふうん」千五百年も前からあったならば、充分「歴史が深い」ように思えたけれど、そうは口にしなかった。「じゃあ約十万年間、人間は何に祈っていたの？」

「この山。オカカシサマが住んでいる、この山そのものに祈っていたの」

そう言うと冥は、スポットライトを浴びるスターのように、両手を大きく広げた。まるでこの山そのものが、何よりも価値があるステージなのだと身振りで示しているかのように。

冥はふたたび歩き始めて、

「最初の宗教はね。洞窟《どうくつ》で生まれたの」と言った。「真っ暗な洞窟の中に長くいると、まぶたの裏に決まった形の光が見えてくる。これは内部光学《エントオプティック》と呼ばれる現象。人々は最初、この不思議な光の幻覚を『神』と名付けた。世界各地の洞窟絵画に似た特徴が見られるのは、古代人がこぞってこの光の形を描いていたから」

ぼくらはゆるやかな勾配の道を上っていく。徐々に傾斜がきつくなる。足元の濡《ぬ》れた落ち葉は沼のようになっていて、ぼくらの足に生暖かい弾力を与える。

「信仰の対象は、洞窟から大岩に移った」と冥は言った。「巨大な岩の下に立っていると、人間は大きな岩の影に呑《の》み込まれていくような感覚を覚える。つまりは洞窟で覚えた、あの神秘的な光の体験と似たものを覚える。それで今度は岩や、それを含む山を信仰するようになったの。大きな山や岩を見ると気分が高揚したり、力を貰《もら》っているような気になったり、それをパワースポットと名付けてみたりするのは今も同じでしょう。その感覚は約十万年前から続いているの。神社や寺院に祈るよりも、ずっと根源的な感覚として私たちの中に根付いているのよ」

冥はくるりと振り向いた。そして木々の闇の中に融け込んでいく、夜行性の生き物のような笑みを浮かべた。

「本当に恐ろしいものはね、目に見えないの。それは人々の世界には寄り付かずに、私たちの宗教の形式を嘲笑《あざわら》うかのように、ただ理不尽に、暴力的なまでに存在しているの。昔の人たちはそれをよくわかっていたのかもしれない」

　また歩きだす。

　急な坂になり、落ち葉を踏みしめるたびにずるりと体が下がるようになる。やや背の高い雑草が、時たまくるぶしを老人の指のように撫《な》でる。藪《やぶ》が小径《こみち》を取り囲み、道は狭くなったり広くなったりする。正体のわからない、しっぽの長い生き物が目の前を横切っていった。

「オカカシッツミは、オカカシサマという名の蛇の神様を祀《まつ》る祭りなの」と冥《めい》は言った。「一九三九年まで、毎年夏至の日に行われていた。この日の夜、人々の出入りは禁じられ、儀式の秘密は保たれ、神官たちは山の中で密儀を執り行った」

　倒木があり、正しい道筋がわかりづらくなる。だが冥は動じずに、まるで順路を暗記しているかのように躊躇《ためら》いなく進んでいく。

「阿加田村《あかだむら》――戦前までは村だった――でフィールドワークを行った、民俗学者村中太郎《むらなかたろう》の記した儀式の内容はこう。塗香《ずこう》を体に塗った裸の巫女《みこ》が、山腹にある大岩――『磐座《いわくら》』と呼ぶ――の周りを、『ゲーカーカ、オオカカナミヤ』と唱えながらくるくると回る。これを夜通し続ける。これは人間の巫女と、蛇の神様であるオカカシサマの性行為のメタファーと考えられている」

「ふうん」つい『性行為』という単語に反応してしまいそうになったけれども、態度には出さずに相槌《あいづち》を打った。

「それを終えると巫女とオカカシサマは、文字通り一体となる。オカカシサマが巫女を依り代《よしろ》にしてこの世に現れたとも言えるし、オカカシサマが体に宿ったトランス状態に巫女が陥ったとも言える。その翌日から、儀式の第二段階が始まる」

冥はしなだれかかっていた杉の枝を持ち上げてその下を通った。

「オカカシサマと一体となった巫女は神社の本殿に入る。そして事前に準備しておいた七枚の紙人形を、約十日間かけて、以下のやり方で処分する」数え歌のように冥が言う。「『一、人形の首を折る』『二、人形の首を折って酒をかける』『三、人形の首を折って尿をかける』『四、人形の腹と足を折る』『五、人形の腹と首を折る』『六、人形の腹と首を折り四肢を切り取る』『七、人形の腹と足と首を折る』」

ぼくは髪の長い白装束の巫女が、暗い建物の中で、人形を一つ一つ始末していく情景を想像してみた。その間、巫女の体の中にはなにかが宿り、彼女の目の光はたぶん普段とは違っている。

「全てが終わるとオカカシサマは巫女の体の中から去っていく。そして阿加田山の裏にある宍《しし》路湾《ろわん》を越えて、対岸の神ヶ島《こうがしま》で一時の安息を得ると言われている。これがオカカシツツミの全《ぜん》貌《ぼう》なのだわ」

ふう、と冥が息をついた。山登りに疲れたというよりは、オカカシツツミの話をするのに体力を使ったという感じだった。ぼくも壮大な物語を一つ聞いた気持ちになっていた。

「どうしてそんな祭りを行ったんだろう？」

とぼくが聞くと、冥《めい》が言った。

「五穀豊穣《ほうじょう》、疫病退散、天災回避、宍路湾《ししろわん》の漁業祈願、海難事故防止……などなど、後世の人たちは色んな理由をつけるだろうけれど、私が思うに、ただそうせざるをえなかったんじゃないかしら。大いなる存在を知ってしまった以上、本能的にそれらを畏怖《いふ》し、跪《ひざまず》き、崇拝しなければならないのが人の常で、彼らはただこの山に棲《す》む、大いなるものに触れてみたかっただけかもしれない」

冥はどこかロマンを語るように言った。確かに祭りの始まりに関して、確かなことは何も言えないかもしれない。あらゆる祭りはいつの間にか始まっていて、いつの間にか続けられてきたものだ。

ぼくはもう一つ質問をする。

「生《い》け贄《にえ》はどこで出てくるの？」

冥は進行方向を確認してから言った。

「オカカシツツミを記録した村中太郎《むらなかたろう》の説によると、生産が困窮した時期には、口減らしの意味も込めて、人形の代わりに人間を捧げていたそう。つまり七つの人形に代わる、七人の生け贄を捧げていたの。この時、生け贄にされた人間の魂も、神ケ島《こうがしま》に送られるのだとか。あるいは歴史的には、人間の代わりが人形なのかもしれないわ。『日本書紀《にほんしょき》』にある、人間の代わりにされた埴輪《はにわ》の伝説と同じで」

「そういう伝承は日本にはありふれているの？」

「うん。三股淵《みつまたふち》、武甲山《ぶこうざん》、女ケ堰《おながせき》、母也明神《ぼなりみょうじん》、巫女御前社《みこごぜんしゃ》……などなど」

「でも、証拠はないんだよね？」と、やや意地悪な質問かと思いながらぼくは聞いた。

「ほぼね。実際に発掘されて人骨が出てきたのは、私が知っている範囲では猿供養寺村《さるくようじむら》くらい」

「オカカシサマにも、生け贄を捧げていたという証拠はない」

「そうなの」冥ははっきりと言った。「でも必要ない。私はとっくに知っているのよ」

冥の言葉と共に、ぼくらはやや開けた場所に出た。

杉林の群生がまばらになり、さっきよりもよっぽど遠くが見渡せるようになった。広場のようだが、誰かが管理しているという感じもしないので、たまたま地形的に台地になっているだけの、いわば天然の広場だろう。雑草は変わらず生い茂っているが、どれも背が低い。地質的にも他の場所とは違うようだ。

そして奥に、ただならぬ気配を感じた。

冥は気配の方向へ歩いていく。ふらふらと何かに魅了されて、無防備にそれに近づいていくような、同時にそんな自分の浅はかさを諫《いさ》めているような、両義的なステップで。

ぼくは彼女の後ろをついていった。

ぼくらは気配の正体に辿《たど》りついた。

それが冥《めい》の「見せたいもの」であることは、言われなくても明らかだった。

そこにあったのは、長径八メートル、高さ五メートルほどの巨大な岩だった。冥の言葉を借りるならば『磐座《いわくら》』だろう。遠近感を失い、呑《の》み込まれてしまいそうなほどの大きさがあった。表面にはびっしりと苔《こけ》が貼《は》り付いていて、緑色の葉を妖《あや》しく光らせていた。

完全に人の手を離れているわけではないのだろう。大岩と比べて、かなりちっぽけな印象を受ける注連縄《しめなわ》が張り巡らされていた。だがその縄も設置されてから長く経《た》っているのだろう、とっくの昔に苔むし濡《ぬ》れていて、いまや表面に貼り付いていて、その奇妙な磐座のなんとも言えない模様の一つになっていた。

ぼくと冥は、しばらく磐座の前に立って息を呑んでいた。

磐座は本当にただそこにあるだけだった。誇り高いくらいに、外界の干渉など跳ね除《の》けるといった態度で、頑迷な印象を受けるくらいにそこにあるだけだった。きっと何万年とこの場所に留《とど》まり続けているこの磐座からすれば、ぼくの一生なんて些末《さまつ》なものだろうと、そうへりくだってしまうくらいに堂々とそこにあった。

不意にざわざわと木々がさざめいた。

風が吹いたのかと思った。だが肌は何の空気の動きも感じ取っていなかった。木々だけを揺らすような、局地的な風でも吹いているのだろうかとも思った。いや、そんな現象は聞いたことがないし、仮にあったとしても地上が完全に無風なのは不自然だろう。

だからざっくばらんに言って、それは異常な状況だった。考えれば考えるほど、異常であるという事実に直面していくような、らせん式の異常さだった。奇妙な磐座の前にいるのもあって、何か普通でないことが起きているような気がした。

困惑するぼくをよそに、冥はきらきらと目を光らせていた。

それが彼女の待ち望んだものであるとでもいうかのように。メリーゴーラウンドの順番待ちをしていて、ようやく自分の乗る番がやってきた子供みたいに。

さらなる異変が起こった。

磐座の後方にある背の低い雑草が、くしゃりと広い範囲にわたって凹んだのだ。

それはあまりにも不自然な動きだったから、目の前で起きていることが、直《す》ぐには理解できなかった。視覚情報を受け取ってはいるけれども、意味への変換が出来ないという感じだった。でも明らかに、まるで透明な物体に押さえつけられているみたいに、雑草が凹んでいる。

よく見ると遥《はる》か後方から雑草の凹みは続いていたようだ。杉林が目隠しになっていて遠くまでは見えないが、少なくとも二十メートルほどの距離はある。

雑草たちが、ぼくに一つの連想をさせる。

それは恐ろしく巨大で透明な蛇が、のたくりながら雑草を倒し、木々を揺らして梢《こずえ》を折って音を鳴らし、ゆっくりとこちらに近づいてくる所だ。

ざっ、と音を立てて、雑草の凹みがぼくと冥《めい》のいる場所に向けて、一メートル分進んできた。本能的に逃げ出したい気持ちになったが、それを上回る恐怖によって、ぼくの足は磐座《いわくら》の前で縫い付けられたように動かなくなった。さらに一メートル進んできた。

次の瞬間、分厚い空気の膜がぼくの頬《ほお》を撫《な》でた。

あまりに怯《おび》えてしまって、しばらく自分が何をされているのか、よくわからなかった。でも長く触られているうちに、ぼんやりと状況を客観的に見られるようになってきた。

ぼくに触れている物体は、温かくて柔らかかった。形状としては細長く、まるで二本の指のように先端で二つに分かれていた。そういえば蛇の舌というのは先っぽで二つに分かれている。考えてみれば巨大な蛇の舌の感触そのままだ。

いや、もう……既に気づいていることを、知らないふりをするのはやめよう。

ぼくを撫でている透明なものは、冥が言っていたオカカシサマに違いない。巨大な蛇の形をした、約十万年前から祀《まつ》られていた神様だ。この阿加田山《あかだやま》に棲《す》んでいる「大いなるもの」だ。

オカカシサマがぼくの体を舐《な》めている。なんの特別な意図もない、親密さも冷酷さもない、ただそこにあるものを確かめているだけのような中立的なやり方で。

オカカシサマによる愛撫《あいぶ》は終わった。でもぼくは放心したままだったし、彼の存在感もまだ目の前に残っていた。雑草だってそのままの形で凹んでいる。

冥が言った。

「オカカシサマが、あなたを気に入ったって」

そして冥自身がオカカシサマの一部であるかのような、魔性の瞳《ひとみ》でぼくを見つめた。

5

帰りの山道を歩きながら冥が話した。

「三年前にね、お姉ちゃんが自殺したの」

「自殺？」冥がなんでもない調子で言うので、ぼくはつい素朴に聞き返してしまった。

「うん、姉の明里《あかり》はね、この阿加田町に自殺に追い込まれたのよ」

ぼくはそれに対しては何も言えなかった。なんとなく、何を言っても話の腰を折るような気がしたからだ。

「その日はお姉ちゃんの葬儀だった。私は火葬場で焼け焦げていく彼女の骨のにおいを嗅《か》いでいた。ただやるせない気持ちで、彼女を死に追いやった全ての人間を殺してやりたいと願いながら、安っぽいパイプ椅子《いす》に座り、姉の遺体が完全なる骨に変わるのを待っていた」

冥はそう言って進行方向にある枝を乱暴に折った。

「オカカシサマの声を聞いたのはそんな時だった。男でもなく女でもなく、そもそも人ではなく私たちの世界に属する生き物ではない、そんな声だった」

「…………」ぼくは相槌《あいづち》も打てずにその話に聞き入っていた。

「もちろん人間の言葉ではなかった。だから完全に理解することは出来なかった。でも伝えたいことはわかったの。『この山を登ってこい』って」

冥《めい》はそう言って日射しの方を眺めた。やや日が傾いている。

「私は火葬場を抜けて、ふらふらと導かれるがままに、阿加田山《あかだやま》の中へ入っていった。制服のローファーを泥に突っ込み、セーラー服を土で汚し、足に無数の擦り傷を作りながらこの磐座《いわくら》に辿《たど》りつき、そして……オカカシサマに出会った」

ぼくは藪《やぶ》を踏みしめながら冥に聞いた。

「どう思ったの？」

「頭がおかしくなったと思ったのだわ」と冥は苦笑した。「幻覚を見ているのかと」

「そうだろうね」ぼくは笑い返した。

「彼は自分が、『オカカシサマ』と呼ばれていることを私に伝えてきた」

「オカカシサマ自身がそう言った」

「『言う』という感覚でもないの。私にそれとなく示してきたというか、私の中にある原初的な記憶を呼び覚ましたというか」冥はどう表現すべきか迷っているようだった。「ともかく私は『オカカシサマ』について調べることにした。ネットで調べても情報は出てこなかったけれども、民俗資料館の本には載っていた。この町で祀《まつ》られていた古い神様だって」

冥は坂道で滑り落ちないように梢《こずえ》を掴《つか》みながら、するすると下りていった。

「『カカ』というのは蛇のこと。『古語《こご》拾遺《しゅうい》』では蛇は『加加智《カカチ》』と呼ばれている。またカカシというのは語義は不明ながら案山子《カカシ》として、蛇を表すものとして使われている。それに神を示す『オ』と『サマ』をつければ、オカカシサマになる。要はまるっきり蛇の神様だってわけ」

「ふうん」まるで言葉の因数分解だとぼくは思った。

「私は、オカカシサマというのは本当にいるのかもしれないと思った。調べてみるまで、私は全くもってそんな名前を知りもしなかったから」

ぼくは足元に気をつけながら、なるほどと相槌を打った。

「それから私は特定の条件で、オカカシサマの力をお借りできることに気づいた。オカカシサマにはね、空間という概念がないの。だから彼は時たま、ふらりと私のそばに来てくれたの。そんな時は不思議な力が使える。あなたの不眠症を当てた千里眼なんかはいい例だし、それから透明な彼の体を使って、ちょっとしたものを運んできてもらうこともできた」

「へえ、まるで超能力少女じゃないか」とぼくは冗談交じりに言った。

「そう。『キャリー』なのよ」と、冥は得意げに言った。ぼくはちょっぴりふざけたつもりだったのだけど、彼女は気づいてないようだ。彼女はやけに無防備な時がある。「でも本当にちっぽけな力よ。プロム・パーティを破壊することも出来ないし、テレビ局のおもちゃにもなりやしないのだわ」

木漏《こも》れ日が差す。冥《めい》の輪郭が陽光に縁取られる。

「それにオカカシサマは、一人きりの時にしか現れてくれないの。だから人に見せることは出来ない力なの。また、日によっては全く使えないこともある。六十干支《ろくじつかんし》で言えば、火の日は力が強くなる一方で、金の日は力が弱くなる」

「六十干支?」知らない言葉だ。

「まあ、安定しなかったということ」と冥は要約した。

「手放しで喜べるほどの力は持てなかった」

「そう」冥は肯《うなず》いた。「でもね、オカカシサマの力を、唯一自在に借りることの出来る期間がある。それが――」

冥は長い坂道を勢いよく滑り降りると言った。

「オカカシツツミをやって、私そのものがオカカシサマと同化した期間」

ぼくも冥に続いて坂道を降りる。傾斜のある泥道だから、ゆっくり降りようとすれば逆に転んでしまう。だから速度を上げて素早く降りた。

冥はぼくが降りてくるのを待っていた。坂を降りきってからぼくは言った。

「そういう伝承があるのは教えてもらったけれども、実際にそうなるとは限らないんじゃないの?」

するると冥はまた歩きだし、なんでもないことのように言った。

「もちろん私もそう思ったわ。だから試してみたの」

「試した?」

「そう」冥は淡々と言った。「去年の夏至にね、私は一人で阿加田町《あかだまち》を訪れたの。オカカシツツミで使われていたと言われている塗香《ずこう》と、阿加田神社から盗んできた、儀式に用いる勾玉《まがたま》と、それから、伝承だと裸だと言われていたけれども、オカカシサマ自身が着用を許してくれた純白の下着と、山の中を長時間歩けるトレッキングシューズを持って――」

ちょっと待って。「オカカシツツミの儀式を試した?」

「うん」

「夜通し一人で、意味不明な呪文《じゅもん》を唱えながら、裸で森の中の岩の周りをくるくる回った?」

「そう」

沈黙が訪れた。長く、そして具体的な沈黙だった。沈黙は触ったり掴《つか》んだりできそうなほどに、はっきりと形を持っているような気がした。それが通り過ぎた後にぼくは言った。

「きみは頭がおかしいのか」つい直接的な言葉が口から出た。

「おかしいのよ。イカれているのよ。クレイジーなのよ。パーなのよ。気づかなかった?」

気づいていた。しかしそこまでだとは思わなかった。ぼくはとんでもない女の子と同居をさせられているのかもしれない。今からでも東京に帰した方がいいのかかな。

誰かに見られたらどう言い訳をするつもりだったのだろう？　まあ、さすがに深夜の山中に人気《ひとけ》なんてないだろうけれども。

「どうしてだんまりをするの？」と冥《めい》が、普段と同じ舌足らずな声で言った。

気づかないうちにぼくらは立ち止まってしまっていたらしい。というより、ぼくが歩みを止めたのに冥が合わせたらしい。ぼくはふたたび歩き出しながら言った。

「えーと、虫刺されは大丈夫だったかな、と心配になって」ぼくはその場をしのぐためにこんなことを言った。

「ふふふ、儀式で使う、龍脳《りゅうのう》の塗香《ずこう》には虫除《よ》けの効果があるのだわ」

そうなんだ、とぼくは言った。それ以上の言葉が出てこなかった。ともかく前提を受け入れて話の続きを促した。

「結論から言えば、オカカシツツミを行ってから三十九時間十七分五十四秒、私はオカカシサマの力を自由に扱うことができた。伝承だとオカカシサマが巫女《みこ》に宿っているのは約十日間だから、その間に紙人形を折ったり人を殺したりすれば、儀式が継続されて力が使い続けられたのかもしれない。でも色んな理由があってそれはできなかった。だから詳しいことはわからないのだけど」

ふむ、とぼくは言った。一晩中、山の中を裸で歩き回ったという事実が衝撃的すぎて、いまいち内容が頭に入ってこない。

「力を使えたという証拠は――」

「あのさ」

と、ぼくは冥の話を遮った。横槍《よこやり》を入れるみたいだけど、どうしても聞きたいことがあった。

「どうして、そんなにもオカカシツツミの儀式にこだわるの」

冥はすんとした表情を浮かべた。ぼくは続けた。

「阿加田町《あかだまち》に来て、神社の勾玉《まがたま》を盗んできて、おまけに裸で山の中を回ってまで、オカカシツツミを行いたい理由は一体なんなの？」

そう言うと、冥はしばらくぼくを見つめた。枝越しの陽光に照らされている彼女の姿は、ちょっとした森の妖精《ようせい》みたいだ。彼女の髪はまばゆい陽光に包まれ、金色の縁取りが出来ている。幻想的な見た目の彼女は、そんな彼女にあまり似つかわしくない、血なまぐさい言葉を口にした。

「殺してやりたい人間が七人いるの」

ぼくはうなずき、言葉の続きを促した。すると冥は続けた。

「私はオカカシサマの力を借りて、お姉ちゃんが死ななければならなくなった原因を作った、七人の人間を皆殺しにしてやりたいの」

家にいた時から、冥はオカカシツツミの生《い》け贄《にえ》の有無にこだわっていた。だから文脈からすれば意外な言葉ではなかったのかもしれない。しかしはっきりと口にされてみると面食らってしまう自分がいた。今まで抽象的なレベルでしか考えられていなかった生け贄《いにえ》が、いきなり具体性を帯びたような。

殺人そのものに対しては、不思議と嫌悪感はなかった。それは後から考えてみると不思議な感覚ではあった。「感覚が麻痺《まひ》していた」とでも言うべきかもしれないが、さりとてそんな気もしなかった。たぶんテノチティトランで毎日捕虜を生け贄にしていたアステカ族の神官だって、自分の感覚が麻痺しているとは思わなかっただろう。それに似た状態だったのかもしれない。

ふと嫌《いや》な連想が浮かび、ぼくは顔をしかめてしまった。冥《めい》もその理由を察したのか、笑って言った。

「あははは、あなたの父親は入っていないわよ」

ぼくは安堵《あんど》の息をついた。特別に父親が大事という訳ではないけれども、知ってて殺されるのは後味が悪いだろう。

「あなたの父親は、ただ助けてくれなかっただけだもの。私にはもっと殺すべき人がいるのだわ」それから冥はお気の毒様といった感じで言った。「残念ながらあなたの父親は殺してあげられないわ」

「いや、殺して欲しいわけではなくて」仲は良くないが、そこまで恨んではいない。

ふと、山道の始まりにあった廃鳥居が見えてきた。不思議と最初に見た時よりは恐怖を感じられない廃鳥居を眺めながらぼくは聞いた。

「その七人というのは一体誰なの？」

すると九九を暗算するくらいの流暢《りゅうちょう》さで冥は言った。

「お姉ちゃんの元同級生にして、主犯格の田茂井《たもい》翔真《しょうま》。その双子の弟の田茂井祐人《ゆうと》。その父、田茂井正則《まさのり》――」

田茂井正則はこの町の実質的な支配者で、常に騒音と悪臭を発し続けているセメント工場の持ち主だ。この町で彼の名前を知らない人間はいないだろう。

「翔真の弟、田茂井蒼樹《そうき》――」

ぼくはすこし驚いた。田茂井蒼樹はぼくの同級生じゃないか。

「二人の友人の西本周也《にしもとしゅうや》、田茂井翔真の当時の彼女、横田真奈美《よこたまなみ》、その後輩の南賀良子《なんがりょうこ》」

また小さな驚きを覚える。南賀良子はぼくの通う阿加田《あかだ》高等学校の生徒会長で、集会の時に挨拶《あいさつ》をしているのをよく聞いている。また田茂井蒼樹の彼女でもある。

ちなみに大地主である田茂井家と、農業組合の要職を占めている南賀家は癒着《ゆちゃく》の関係にある。こちらもこの町の人ならば誰もが知っている公然の秘密だった。

しかし驚きは、大波に呑《の》み込まれたさざ波のようにすぐに消えていった。詳細は知らないが、この町で冥の姉、佐藤明里《さとうあかり》が自殺に追い込まれるようなことがあったとすれば、この町を牛耳り、かつ黒い噂《うわさ》の絶えない田茂井家と、その子分のような立ち位置の南賀家が関わっているのは当たり前のことに思えたからだ。それくらいに阿加田町《あかだまち》は狭い町なのだから。

帰り道の二人乗りでは、冥《めい》は最初からぼくの腰のところを持ってくれた。特別に強くもなく弱くもない力で。

自転車で坂道を降りていく。山登りで疲れたのか、行きよりもふらついてしまい、バランスを失うたびに冥の体が背中に重なった。

彼女もまた疲れているようで、背中に重なった頭の位置を、自転車がスムーズに進んでいる間もしばらくそのままにしたりしていたりした。

ゆるやかな坂を下りながら空を見上げる。さっきまでは曇っていたが、今は晴れかけている。雲の隙間《すきま》から光が射し、扁平《へんぺい》に見えていた雲たちも、今では立体的な陰影を作っている。阿加田山を覆う雲海の密度も薄くなり、切れ切れとなった雲たちは、破れるまで引っ張られた麻のマフラーのように見える。

下り坂がくる。反射的に冥がぎゅっとぼくの腰を掴《つか》む。

でも、この坂は始めにこそ激しい傾斜があるけれども、すぐに平坦な道に変わってしまうのだ。だから冥が強く力をかけた割には、自転車の速度は上がらず、ただただ後ろから彼女がぼくを抱きしめただけのようになる。

なんとも言えない間《ま》が空いた。ぼくはただ無言で、冥のほっそりとした感触を感じていた。

しばらく経《た》ってから冥は抱擁《ほうよう》を解き、ぼくにこう言った。

「にやけちゃって、ばかじゃないの」

呆《あき》れたように言った。その言葉と同じ形をした吐息がぼくの後ろを通った。

「この辺りの道は安全だと思うよ」

ぼくは言った。照れてしまっていたらしい。自分の頬《ほお》に熱いものを感じた。

ぼくらはそんな何気ない時間を過ごしていく。古い映画のフィルムのしみのようにちっぽけで、同じくらいにふたたび訪れることはきっとない、かけがえのない時間を過ごしていく。

ぼくは知らなかった。冥がオカカシツツミについて、隠していることが一つだけあるということを。

オカカシツツミの生《い》け贄《にえ》を始めたが最後、彼女の命は失われゆく運命のレールに乗ってしまうということを。

冥《くら》がりと明かり（一）

湯船から流れ出していくお湯を眺めながら、いつまで姉と一緒にお風呂《ふろ》に入ることを続けられるだろうか、と小学六年生の冥《めい》は思った。

日々、心身が成長していく年代にあって、冥はどんどん世界が狭くなっていくような感覚に囚《とら》われていた。自分の体が大きくなり、今まで手が届かなかった所に触《さわ》れたり、入れなかった場所に足を運べたりするようになると共に、今まで深い意味を持って見えていたものの一つ一つが、妙に安っぽくハリボテめいて見えていくのだった。

冥が二歳の時から住んでいる、この小さなマンションの浴槽だってそうだ。去年までは余裕があったはずなのに、今では姉と二人で入るためには体育座りをする必要がある。

もっとも、体が大きくなることは、基本的には良いことだと冥は思っていた。背の順だって今年、ようやく一番前を卒業し、ついに『前ならえ』の際に特殊なポーズを取る責務から解放されたのだ。といっても前から二番目なのだが。

「狭いねー」

と姉が言った。それはやけに楽しげな言い方だった。冥の体が大きくなったことで、湯船から流れ出ていくお湯の量が日に日に増えていく、まるで遊園地のウォーターライドが派手になっていくような日々が楽しいのか、それと同時に「背が低すぎる」という、冥の悩みが解消されていくのが嬉《うれ》しいのか、そんな言い方だった。

とはいえ、まともに身動きできないこの状況を快適とは言い難い。「狭すぎるわ」と、冥は苦言を呈した。

「いいじゃん。引っ越したら、もっと広いお風呂《ふろ》に入れるんだから」

と明里《あかり》は言い、ふざけて足の裏を冥の方に伸ばした。冥もそれに応えて、自分の細い脚を姉の方に伸ばした。

姉妹は湯の中で自分たちの足の裏を合わせた。二人が物心ついた時からずっとやっているじゃれ合いだった。昔はこの行為を「なかよしの足」だとか名付けたりしたものだけれど、今となっては名前はなかった。冥がふざけて脚を大きく伸ばすと、明里は「あはは、ちょっと待って、痛い痛い」と笑って、膝《ひざ》小僧が湯の上に出て水しぶきを上げるくらいに膝を深く曲げた。

笑っている姉を見ていると、冥は自分が小さなことに目くじらを立てていることが馬鹿《ばか》らしくなってきた。冥は自分が怒りん坊である自覚があったから、呑気《のんき》な姉が呑気そうにしている時には、なるべく自分も同じ感情になろうと努めていた。小学生の冥はこんな言い方はしないだろうが、いわゆるセルフマネジメントだった。そしてその指標にできるくらいには、冥は姉のことを信用していた。

お姉ちゃんの言う通り、私たちがこの浴槽に入るのも、あと何回かといったところだと冥は思った。一ヶ月後にはもっと浴槽の広い、阿加田町《あかだまち》の新居に引っ越している。

でも、と冥は思った。そして、これまでに何度も思い、実際に口にしたりもしている不安をふたたび言った。

「本当に引っ越すのかしら」

阿加田町《あかだまち》への引っ越しの計画は、小学六年生の八月に、つまりは半年前にいきなり持ち上がったものだった。両親の発案は冥《めい》には急に思えたが、家族全員、今ではすっかり乗り気になっている。ただひとり冥だけは、知らない田舎町へと引っ越すことの不安が今でも拭《ぬぐ》えなかった。

「冥だって広い家に引っ越して、自分の部屋が欲しいって言ってたじゃん」

「そうだけれども」

元はといえば、冥が「中学生になったら自分の部屋が欲しい」と言ったのがきっかけだった。そこから広い場所に引っ越しをしようという話になり、いつの間にか、東京から田舎町へ引っ越して家族四人でスローライフを満喫しようという壮大な話になっていた。発端となった冥は、まさかそんな大規模な生活環境の変化が起きるだなんて思いもしていなかった。小さな雪玉が大きな雪崩《なだれ》を作ることがあるが、始めの雪玉はまさかこうなるとは思っておらず、雪に白鷺《しらさぎ》といった感じだった。

「私、東京を出たいとまでは言わなかったのに」と冥は口をとがらせた。

明里《あかり》は浴室の壁の照り返しを受けて、エメラルド色に染まっている浴槽を出ると言った。

「でもお母さんはかなり楽しみにしてるみたいだよ。お母さんはすごく前から、今の仕事が辛《つら》いって言ってたし、田舎で喫茶店をやりたがってたもんね」

明里はシャワー栓をひねる。最初は冷たい水しか出ないから、それを避けて浴室の隅っこで身を縮めている。

「お父さんもお母さんも、仕事をやめて上手《うま》くいくのかしら」

「うち、けっこう貯金あるんだよ。上手くいかなかったらやり直せばいいんだし……」湯の温度を確かめながら、すらすらと明里は言った。二人は前にも同じ話をしていて、この台詞《せりふ》を明里が口にするのも三度目くらいだった。「お父さんもお母さんももう四十半ばだし、新しいことにチャレンジできるのも、年齢的に最後かもしれないって」

「お姉ちゃんはいいの？　転校しなきゃいけなくなって」

「いいよ。大した学校じゃないし」と明里は明るい声を作って言った。本当にいいと思っているかはわからないが、今回の引っ越しに関して、明里は一貫して前向きな態度を取っていた。両親の、特に母親の決心を、後押ししたいと明里が思っていることは冥にもわかった。「それより、新しい学校には女子ソフト部があるみたい。大自然の中でソフトボールするのって、いかにも楽しそうじゃない？」

　明里は中学まで女子ソフト部に入っていたが、高校では運動場が狭く、女子ソフト部がない学校に進学していた。だが阿加田に引っ越すことでふたたびソフトボールができるようになり、それを楽しみにしているようだった。少なくとも表面上はそれを拠り所《よどころ》にすることで楽観的な態度を見せていた。

「みんな呑気《のんき》すぎるわ。なんにもない田舎に引っ越すのに」

　冥が不満を言うと、明里はくすくす笑った。

生まれ育った東京を出ていくことに対して、冥《めい》は漠然とした不安を抱いていた。しかし他の家族が気がかりに思っていないのならば、さらに言えば自分の大切な、くだけた言い方をすれば「大好きな」姉が引っ越しに前向きならば、全ては自分の取るに足らない思い過ごしなのだろうと、小学六年生の冥は結論を下した。

「冥、髪を洗ってあげようか」と明里《あかり》が言い、冥は嬉《うれ》しそうに目を細めた。

〈第二章〉

彼女は他人には
なれなかったの
かもしれない

1

冥《めい》と同居するようになってから、十日が経《た》った。

十日も経つと、本格的に「一緒に住んでいる」という感覚が強くなった。浴室には冥の持ってきた、彼女専用のオーガニックソープ類が置かれ、洗面所には透明な冥の歯ブラシが置かれ、洗濯カゴの隅っこには、彼女がその日着ていた衣服が、抜け殻のように丁寧に畳んで詰められるようになり、トイレにはプラスチックの蓋《ふた》付き容器が設置されるようになった。いわば彼女の生活の断片が、ぼくの家にまばらに散りばめられていった。

朝が来て、ぼくは目覚める。

口笛でも吹きたいくらいに爽《さわ》やかな朝だった。冥から睡眠薬を貰《もら》ってからは毎日こうだった。最初に睡眠薬を使った日の朝、ぼくは驚いた。まるで心地のよい闇の中を通ったかのように気分がすっきりしていた。こんなにも気持ちのいい朝は久しぶりだった。もしかすると生まれて初めてだったかもしれない。本当に生まれ変わったような気分だった。普段はムカムカする朝の光も、生まれたばかりのぼくを祝福するかのように燦然《さんぜん》と輝いていた。幼稚園児があの太陽を描《か》いたら、ニコニコ笑顔を間違いなく付け加えるだろうと思うくらいに。

朝の食卓で、ぼくは自分の睡眠薬の初体験がいかに心地のよいものだったかを冥に話した。するとあまのじゃくな冥が、珍しく同感といった感じで言った。

『睡眠薬ってすごいわよね。これを初めて使った時の心地よさは、実際に使った人同士でしか分かち合えないわ』

『作った奴《やつ》にノーベル平和賞を与えるべきだよ』と興奮しながらぼくは言った。

『そうね』ぼくとは対照的に冷めた声で冥は言った。『でも私たちは、永遠にこの薬を手放せないのだわ』

それから、その言葉に不必要な哀愁がこもってしまったと思ったのか、『永遠なんて大して長くもないけれど』と付け加えた。

そんなわけで、その日も爽やかな朝だった。

洗顔と歯みがきを終わらせてから食卓に行くと、ちょうど父親が朝食を準備し終えたところだった。

冥がいて、文庫本を読んでいた。読書に熱中している様子だ。

「何を読んでいるの？」とぼくは聞いた。

「世界中の毒殺の事例が網羅されている本」

なるほど、とぼくは言った。

朝食は、目玉焼きとウインナーとレタスとプチトマトが載ったプレートと、白米と、大して美味《おい》しくもない、出来れば一般的な味噌《みそ》に戻してくれないかと内心思っている自家製の味噌汁と、タッパーに入っている、きゅうりとわかめの酢の物と、同じくタッパーに入れられた、過去の食事の余り物たちだった。

朝食が始まる。父親が始めようとした雑談は、エリック・サティの室内楽のように無視される。それからしばらく無言で食べ物を咀嚼《そしゃく》していると冥《めい》が言った。

「今日も学校に行くの？」

「まあ、そのつもりだよ」

「やめましょう。学校なんて子供たちをミンチに変える肉のカタマリ工場に過ぎないわ」

「ピンク・フロイドの『アナザー・ブリック・イン・ザ・ウォール』のＰＶみたいに？」

「そうよ」

冥が言う。『学校なんて行かなくていい』という言説はあるけれども、ここまで真っ直《ます》ぐに訴えかけられる人間は他にいないんじゃないかと思うくらい、真正面からぼくを見据えながら。ちなみにその言葉の通り冥自身は、一日も学校に行っていなかった。

ここ数日、なぜかぼくが学校に行こうとすると冥は嫌《いや》がる。だからこの話をするのも一度や二度じゃなかった。

「一学期の出席日数がまずいんだよ」とぼくは言った。「遅刻のせいで、一限目になってる科目の出席数が特に足りない。その点、火曜日に行くと、一限目になりがちな数学ⅡＢと世界史を一限ずつ履修できる。兵糧の補充日って感覚なんだ。だから普段から多少無理をしてでも行ってるんだよ」

と力説するけれども、冥は不服そうだ。どういう考え方が常識的《マジョリティ》なのかということは、この子にはあんまり関係ないみたいだ。

「冥のくれた睡眠薬のおかげでぐっすり眠れてる、今のうちに出席数を増やしておかなきゃいけないんだよ」

「ふうん、じゃああなたを不眠のままにしておけば、この家に幽閉できるのね」

「それだけは勘弁してくれないか」と、ぼくは思わず取り乱して言った。薬を天秤にされているからか、ジャンキーみたいな感覚だ。

冥は不満げに口を尖《とが》らせた。冥は厚意で睡眠薬をくれているのだから、彼女がもう薬を渡さないと言い出したらぼくに止める権限はないのだが、不眠の辛《つら》さは冥自身が知っているからか、そうするつもりはないようだった。

「学校を休んで何をするの？」

とぼくは試しに聞いてみた。

「べつになにも」と冥は言った。居直るような態度で。

そして実際、阿加田町《あかだまち》に来てから一日も学校に行っていない冥は、特別に何かをしているわけでもなさそうだった。ただ自転車に乗って、当てもなさそうにぶらぶらしていることがあるらしいということだけは、風の噂《うわさ》で伝わってきた。この町の風の噂はあっという間に人を丸裸にし、見たくもない皮膚の下まで晒《さら》したりする。ありもしない尾ひれがついていない分、冥《めい》の噂はマイルドな方だ。

「あなただって学校に行きたくないんじゃないの？」と冥は聞いた。

「行きたいか行きたくないかで言えば、そうだよ」

「田茂井蒼樹《たもいそうき》にいじめられているんでしょう？」

と冥が言う。その話はしたことがなかったので、すこし驚いた。

「オカカシサマの千里眼？」とぼくは聞いた。

「いや、中川《なかがわ》さんが教えてくれたの」

父親が言ったようだ。千里眼要らずだ。二里も要らないだろう。ぼくは脱力する。

「田茂井蒼樹がいるから学校に行きたくないの？」

「まあ、行きたくない理由の一つだよ」

「いっそ角材で殴って殺してしまえばいいのだわ」

冥はおどけて素振りのジェスチャーをした。てっきり「じゃあ学校に行くな」とでも言うのかと思ったら、随分と血なまぐさいアイディアだ。

父親は眉《まゆ》をひそめたが、最近の父親は、どうやってもぼくらの会話を止められないことに気づいたのか、あまりうるさくは言わなかった。退屈な室内楽に似た抗議をしただけだ。

「ぼくが逮捕されるけどいいの？」

「いいわけないでしょう、捕まらないように上手《うま》くやるのよ」

「上手くできないかもしれないよ」

「その時は――」冥は片肘《ひじ》をついて少し考えると言った。「たっぷり怒るのだわ」

はいはい、とぼくは言って、食べ終えた食器をキッチンの流し台に持っていった。それから食卓へ戻ると冥がアイコンタクトを取ってきたので、彼女の食器も流し台に運んだ。

もちろん全ては冗談だけれども、ぼくが捕まったら冥が困るのは確かだろう。冥の行うオカカシツツミの、今の所ただ一人の協力者なのだから。

2

家を出て、学校に向けて自転車を漕ぎ出す。

今日はよく晴れた日だ。眩《まぶ》しい陽光の中でこそ、阿加田町《あかだまち》が田舎であることがよくわかる。遠くの森がよく見えて、家たちはそのグリーンバックの前にちんまりと佇《たたず》み、古びれた外壁を重ねている。家はどれも二階建てで、だいたい電柱と同じくらいの高さをしていて、コピー・アンド・ペーストしたみたいに似た見た目だ。

阿加田町自体が盆地にあって、地盤的に家を建てられる場所が限られているから、空間的には余裕があるくせに家そのものは密集して建っている。そんな光景もまた田舎特有の、住民同士の嫌《いや》な距離感の近さを象徴しているような気がしてうんざりとする。

そのうち、この町で見ていて最もうんざりする、田茂井正則《たもいまさのり》の所持しているセメント工場が見えてくる。

田茂井正則は工場の土地を持っているだけで、工場自体は大手電気会社のものだが、この町では「所持している」で通じる。「土地を持っている」と言うよりも「工場を持っている」と言った方が、なんというか住民の感覚に近いのだ。その工場から貰《もら》っている莫大な地代が、彼らをこの町の実質的な支配者に押し上げているのだから。

元々阿加田町《あかだまち》は、とある農産物の産出で有名だった。ところがその農産物の輸入が、九〇年代に日米交渉で自由化された。国内品の価格が暴落して、畑の大半を処分し、空いたスペースで別の作物を育てざるを得なくなった。

そんな時に各農家に、整地費用の一部を貸したのが田茂井家だった。特別に高い利息を取っているわけではないそうだけど、それが却《かえ》って「恩を売る」という感じになって、彼らを田茂井家の傀儡《かいらい》にしてしまった。

もちろん住民全員が農家ではないけれども、例えば自治会長の誰々さんが農家だから田茂井家をヨイショして、校長先生の兄が農家だから田茂井家に気を使って……のように、影響はあちこちから伝播《でんぱ》してくる。

そしてこれは、まあ言ってみれば人間の醜さなのかもしれないけれど、誰かが「偉い」ということになると、そいつにゴマを摺《す》ることで得をしてやろう、みたいな奴《やつ》らが出てくる。そうなると田茂井家が「偉い」ことは共通認識のようになってきて、どこにお触れ書きが出ているわけでもないのに、誰も田茂井家の人間に逆らえなくなってしまう。言語化されない空気のようなものが、見えない号令のように人々を動かし、嫌なムードを作り出す。

田茂井家にも色んな瑕疵《かし》がある。暴力団と密接に関わっているという、ぼくには真実を知りようもない規模の噂《うわさ》もあれば、田茂井正則の息子である田茂井 翔真《しょうま》、祐人《ゆうと》、蒼樹《そうき》の兄弟が三人揃《そろ》って出来損ないで、何度も警察に引っ張られては事件を揉《も》み消してもらっているという、休み時間に聞けるレベルの噂もある。

要するに全然クリーンな一族ではないし、それを住民たちも薄々わかっているのだ。でもこの町のムードが、田茂井家を強くする。それは田茂井家以外の人たちにとっても、今となっては都合が良かったり楽だったりすることなのだろう。

高校が見えてくる。

阿加田高等学校は一学年四十人ほどの小さな学校だ。町民の多くはこの高校に進学する。小学校は阿加田小、中学校は阿加田中、高校は阿加田高というのがこの町の一般的な進学コースだ。だから小学校の時からクラスメイトはほとんど変わり映えしない。ぼくも阿加田小、阿加田中ときて阿加田高に進学している。

とはいえぼくは当初、この学校に通うつもりはなかった。高校受験をして町の外の高校に行くつもりだったのだ。

高校入試は会心の出来だった。後日郵送されてきた成績開示にも、高い点数が印刷されていた。ところが内申点が悪すぎて不合格になった。

ぼくが中学三年生の時に学校の内申点の付け方が変わった。それまではいくら学校を休んでも、受験を目前にした生徒には良い内申点を付けてあげましょうねという、言ってしまえば温かみのある方針だったのだが、より正確な内申を付けるように方針が変わった。県の教育委員会も関わる、色んな制度の変更があったらしい。結果、ほとんど不登校だったぼくの内申点はいきなり最低ラインになり、高校入試に落ちた。

色んな高校を受けていれば、どこかには合格したのかもしれない。内申点を見ない高校だってある。だが、まさか落ちるわけがないというレベルの高校を受験していたし、そこ以外は距離の遠い学校しかなく、行く気がしなかった。

また、仮に受験に落ちて阿加田《あかだ》高等学校に通うことになっても、別に構わないと思っていた。阿加田中学に通っていて、ぼくは特別に困ったことはなかった。休み時間になると爆竹の音が鳴り響き、窓ガラスが頻繁に割られ、犯罪や妊娠でたびたび生徒が停学になり、八割の授業はまともに行われない、いわば制服を着たチンパンジーの檻《おり》みたいな学校だったが、ぼく個人に当てはめた時に大きな問題はなかった。授業なんて聞かなくても勉強は一人で出来るし、比較的地味めなクラスメイトを仲間にして、危なそうな奴《やつ》には近寄らなければいいだけだった。たまに不登校になったのも、単に行くのが面倒くさくなっただけで、本当の意味で行けない日はなかった。高校もそんな感じで乗り切れるだろうと思っていた。

自分はそういう状況を、何事もなくやり過ごすことが出来る能力を持っているのだと思っていた。でも認識が甘かった。それはただの思い上がりで、運良く難を逃れられていただけだったのだ。

駐輪場に入る。

校則で許可された銀色のママチャリばかりが、車体を斜めにくねらせながら、雑然と詰め込まれている。本当は学年やクラスごとに自転車を停める場所が決められているのだが、誰もそんなものは守っていないので、ぼくも適当な隙間《すきま》を見つけて停める。

その瞬間、いきなり背後からドロップキックが飛んできて、ぼくは前のめりに倒れ、目の前にあるたくさんの自転車を盛大に倒した。

げらげらという笑い声を従えて、田茂井蒼樹《たもいそうき》が現れる。

図体は大きいが、おおよそ知性というものは欠片《かけら》もなさそうな男だ。灰色の砂利道みたいな短すぎるツーブロックに、茶色いたわしのような髪を載せている。瞳《ひとみ》は品がない動物のようにぎょろりとしていて、唇《くちびる》はいつだっておしゃべりを始めたそうにひん曲がっている。

そして大体、同じ美的センスを持った友人たちと共にいる。今日は瀬尾《せお》と松原《まつばら》と氷室《ひむろ》と一緒だ。三人のヤンキーのクローン。

瀬尾《せお》がぼくの股間《こかん》を蹴《け》る。直撃は避けたが痛みにうずくまる。うめき声をあげると、また蒼《そう》樹《き》たちが笑う。

次に氷室《ひむろ》がぼくのそばまでやってくる。無抵抗のぼくからスクールバッグをひったくると、駐輪場のそばにある田んぼに遠投した。

また笑い声が起きる。有名な野球選手の名前になぞらえて、氷室が褒められている。ぼくは痛みに喘《あえ》ぎながらも、どこか冷めた気持ちで、バッグが田んぼの中ではなくあぜ道の上に落ち、運良く泥だらけになることだけは避けられたことを確認する。

追撃を覚悟したが、今回はそれで終わりのようで、蒼樹たちはモンストの話をしながら去っていった。

一人残されたぼくは痛みが過ぎるのを待つと、倒された自転車の中から自分の自転車だけを引き起こし、離れた場所に停め直すと、田んぼの方に自分のバッグを取りに行った。


午前中は何も起きなかった。せいぜい三限目と四限目の間に、蒼樹に中身の入った紙パック飲料をぶつけられ、制服が濡《ぬ》れ、周りにくすくす笑われたくらいだ。殴られたり持ち物が汚されたりしたわけではないから、この程度のいじめなら耐えられる。前に髪の毛を引きちぎられた時は本当に痛かったのだ。

五限目はプールだった。

授業中は特にちょっかいをかけられることはなかった。自由時間中に何処《どこ》からかビート板が飛んできて、ぼくの頭を打ったくらいだった。

しかし、授業が終わった後の更衣室で、蒼樹はぼくの衣服をまとめて小さな鉄格子の窓から、建物に面した公道に放り投げると言った。

「取ってこいよ」

さすがに躊躇《ためら》う。ラップタオルはあるとは言え、ほとんど全裸で公道を歩くことになってしまう。

だが即座に蒼樹によって、水を吸った水泳キャップを鞭《むち》のようにして素肌を叩《たた》かれる。痛みのあまり声が出て、それを聞いた男子たちが笑う。おそらくは彼らが想像するよりも痛かっただろう。しばらくは叩かれた肩が赤くただれたほどだ。

次に松原《まつばら》がベンチを持ち上げ、更衣室の床に叩きおろしズドンという音を鳴らす。威嚇のつもりだろうけれども、彼らの知能の低さからして、本当にぼくの体に振り下ろさないとも限らない。そう思うと生理的な怯《おび》えでぶるりと震えて、それを見て更衣室中がまた笑った。

裸にラップタオルをまとっただけの、心もとない状態で公道に出る。だがもちろん妨害が来る。蒼樹とその仲間たちが道中に代わる代わる現れては、ぼくからタオルを取ろうとする。しばらく貫手《ぬきて》でぼくの体を突いたりしていたが、ぼくが簡単にはタオルを渡さないことを悟ると、蒼樹《そうき》が鋭いボディブローをぼくのみぞおちに決める。

腹の底から溶岩を吐き出しそうなほどの痛みが走る。吐きそうになってうずくまり、ぼくは自分がタオルを取られたのか取られていないのかもわからない混乱へと陥る。気がついたら目の前で蒼樹たちがぼくのタオルでキャッチボールをしていて、最終的には田んぼの泥の中にタオルを落とした。

それを呆然《ぼうぜん》と眺めていると、ふたたびドロップキックが飛んできて、ぼくは日の光によって温められた田んぼのぬかるみの中に身を落とした。

ふと見ると更衣室から何人かの生徒が、にやにや笑いでぼくらのもとへと集まってきていた。何人かがスマートフォンのカメラを向けている。男子も女子も分け隔てなくいる。観衆が来たことで気分が乗ったのだろう。蒼樹はカメラに向かって知らないユーチューバーの物真似《まね》をした後に、道路に落ちていたぼくの衣服を拾い上げると「返して欲しかったら、ほな、そこにある泥、股間《こかん》に付けて、シコれや、なあ」と言った。田んぼの中にある柔らかで肥《ひ》沃《よく》な土を指差しながら。

さすがにそんなことは出来ない。しかし生徒たちの無数の視線が、ぼくの自慰行為を待っていた。何個かのカメラも向けられているし、女子たちも泥に隠れたぼくの股間をニヤニヤと眺め、下品な感想を述べたりしている。「ほら、皆見とるで。シコれや、なあ」と蒼樹が言う。

いじめというのは不思議なもので、「それくらいで済むならやってもいいか」という心づもりを生み出すものだが、にしても今日の要求は明らかに苛烈《かれつ》で、目を覚まさせるようなものがあった。こんな要求を呑《の》んだらますますエスカレートしていくだけだ。ぼくは断固とした拒否の気持ちで、目を伏せたまま何もしなかった。

蒼樹たちはぼくに罵声《ばせい》を浴びせる。だが、自分たちが泥だらけの田んぼの中に入っていくのも嫌《いや》だと思ったのか、それ以上のことはしなかった。

業を煮やした氷室《ひむろ》がぼくの制服を地面に広げ、ズダズダと何回も踏むと、田んぼの方に投げて、同級生たちは去っていった。

制服を拾い上げると、カッターシャツのボタンが外れてしまっていた。酷《ひど》いものだと思うが、それよりも今のぼくの格好の方がよっぽど酷いだろう。急いで服を着る。体が泥にまみれて気持ちが悪いが、裸よりは良い。

ともかく一連のいじめが終わった。着替えを貰《もら》うために保健室に行こうとすると、ふと道路から一人の女の子に話しかけられた。

「ねえ」

髪の長い、やや冷たい雰囲気の女の子だ。客観的に見れば整った顔立ちの女の子なのかもしれないが、残念ながらぼくは主観的にしか生きられない。だから別に美しい女の子だとは思わない。

彼女は南賀《なんが》良子《りようこ》。高校三年生で、この学校の生徒会長にして田茂井《たもい》蒼樹の彼女だ。

「何？」

ぼくは端的に答える。べつに南賀良子《なんがりようこ》がいじめに加わったわけではないけれども、田茂井《たもい》蒼樹《そうき》の彼女ということで、自然と棘《とげ》のある言い方になる。

「次、私たちのクラスがプールだから」

と言って、肩から提げたスイミングバッグをぼくに示した。偶然通りかかってぼくを見かけて、声をかけたという経緯だろう。

「あんた、よくいじめられてるね」

公平な事実を述べるように南賀は言った。

うん、きみの彼氏にね、とでも言ってやりたかったけれども、本当に言ったら自分がますます惨《みじ》めに思えてきそうな気がしてやめた。

「なんでいじめられてるの？」

と、南賀は言う。現状をどうこうしようとは思っていない、単なる質問って感じだ。答えてやる義理もなかったけれども、答えない義理もなかったのでぼくは答えた。

「うち、テストの順位表を廊下に貼《は》り出すっていう田舎丸出しの風習があるだろ。春休み明けのテストで、ぼくが学年で一位だっていう掲示がされたんだ。おまけに全科目ほぼ満点だってことを担任の山野《やまの》が漏らしたんだ。そういうのがあると目をつけられるだろ。時々ちょっかいをかけられるようになって、気づいたらこうなってた。詳しい経緯は今となっては思い出せないけれど」

「バカじゃないの」

と、南賀は切り捨てるように言った。

「テストの点なんて、わざと低い点を取ればいいじゃん。この学校のテストは簡単すぎるから、私も点を取りすぎそうになったら少しずつ調整してるよ。変に目立つといじめのターゲットにされるって、今まで生きてきてわかんないかな」

もちろんぼくも、わざと低い点を取ろうと思ったことがあった。中学二年生の時に学年一位を取った後は、危機察知の勘のようなものが働いて、半年ほどテストで手を抜いたこともあった。効果があったかはわからないけれど、ともかく中学時代は平和に過ごしていた。

ただ内申点を理由に高校受験に失敗してからは、学校をたまに休んでも許されるためには、一定の成績が必要かもしれない、くらいのぼんやりとした心づもりをするようになった。欠席の保険として、稼げる時にポイントを稼いでおいた方がいいと思ったのだ。だからそれなりに真面目《まじめ》にテストに臨んでいた……という説明は南賀にはせず、代わりにこう言った。

「高校一年生の時は、手を抜かなくても大丈夫だったから」

「よっぽど運が良かったんだね」と南賀は呆《あき》れたように言った。「皆、平和に生きるために、テストの点をわざと落としたり、あえて不真面目ぶったり、面白くない時にも笑ったり、誰かがムカついている時には一緒にムカついてあげたり、好きでもない奴《やつ》を褒めたり、嫌いじゃない奴《やつ》に悪口を言ったりしてるのに。きみは学校が戦場だっていうことを知らずに、一人で武装解除をしたような状態だね。するとあちこちから撃ちまくられる」

ぼくは氷室《ひむろ》に投げられた靴を手に持ち、素足で田んぼの中から抜け出しながら言った。

「……何？　助言のつもり？」

南賀《なんが》良子《りようこ》は人差し指を額《ひたい》に当てた。その日常的な素振りのまま、すこし考えると言った。

「助言といえば助言かもしれない。誰かがふらりと車道に出ていったら、『おい、止まれ』とまでは声をかけるでしょう。そういった類いの本能的な、無差別で混じり気のない助言だよ」

「そりゃどうも。ぼくに空気を読めって言ってるの？」

「簡単に言えばね。でも『空気を読む』というのは、いつも思うけれどもあまり的確じゃない言い回しだね。そうじゃなくて『空気に身を任せる』って感じだな。読むんじゃなくて、自分を空気にさらわれるくらいに軽い存在にするの。芥子粒《けしつぶ》みたいに小さな、空気の一部となって見分けがつかないくらいの存在にするの。そうすれば、仮に誰かを傷つけたり犠牲にしたりしても、いちいち反省しないでいられるでしょう？　だって実際に傷つけてるのって『私』じゃなくて『皆』なんだから」

反吐《へど》が出るような理屈だ。でもいやにしっくり来る。見た目が好きじゃない服を無理やり着せられたら、サイズがすっぽり合ってしまったような。

だからかぼくは去り際に、南賀の隣で足を止めてしまった。その何気ない動作から、ぼくが話の続きを促しているとでも思ったのか、南賀は続けた。

「渋谷駅前のスクランブル交差点と同じだよ。一度に何千人という人がすれ違っているのに、誰ともぶつからないでいられる。私たちはあれをこなせる生来的な能力を持っている」

南賀はちらりとぼくを見て、意味深な笑みを浮かべてから言った。

「でも中継映像を見ているとたまにいるの。おろおろして人にぶつかっている奴が。自分を軽くする力を忘れた人間が。あんたはその一人なのかもしれない」

どういうつもりで言ったのかはわからない。でも得意げに言われた気がして、すこし腹が立った。あるいは蒼樹《そうき》に受けたいじめの八つ当たりをしたい気持ちもあったのかもしれない。ともかく皮肉の一つでも言いたい気分になった。

ふと冥《めい》が前に話していたことを思い出し、そのまま口にした。

「そんなふうにして佐藤明里《さとうあかり》を殺したの？」

すると、みるみるうちに南賀の顔が青ざめていった。面白いほどに態度が変わった。さっきの話の延長線上で、殺したのは私じゃなくて皆だから、と居直られることもあると思っていたのだけれども、そういう感じでもないらしい。

「……違う」

そう口にすると、南賀は、なんで知ってるの？　とでも言いたげな目でぼくを見た。でもぼくはあえて何も答えなかった。すると南賀はひとりでに続けた。

「佐藤明里《さとうあかり》は私には関係ない。ただ田茂井翔真《たもいしょうま》が……」

「『阿加田町《あかだまち》が佐藤明里を自殺に追い込んだ』んだろ?」

ぼくは冥《めい》から聞いたままの言葉を繰り返した。もちろん詳細は知らなかったけれども、南賀《なんが》がおろおろしているのは確かだったから、もうすこしだけこの調子で彼女を問い詰めてみたくなったのだ。

「私は……」そこで南賀は声を詰まらせた。

そのまましばらく黙っていた。すると南賀は思いも寄らない行動に出た。

彼女は大ぶりな石を拾い上げると、それをぼくに向かって全力で投げつけたのだ。幸運にも丸い部分が当たり、ぼくは反射的に声を上げた。とはいえさほど痛くはなかった。幸運にも丸い部分がお腹に当たっただけだったからだ。尖《とが》った部分が頭に当たったら、もっと違う反応をしていただろう。

狼狽《ろうばい》しているぼくに、南賀が大声で続けた。

「あんたが言ってるのは全部間違いだから。佐藤明里なんて知らないから。あんた頭がおかしいんじゃないの? 病院に行った方がいいよ!」

そして南賀は走り去っていった。

思ったよりも頭の悪い振る舞いをする女の子だとぼくは思った。完全に嘘《うそ》だし、取り乱し方もわかりやすいし、石まで投げるとは。あれでは自分が関わっていることを自白したようなものだ。

南賀良子《りようこ》は比較的落ち着いた見た目だし、生徒会長なんてやっているから頭が良いようにも見えるけれども、案外彼女の言う「空気」によってその地位に就いただけの、羊頭狗肉《ようとうくにく》の女の子なのかもしれない。そもそも阿加田高等学校の生徒会長なんて、羊の肉ほどに上等でもないし、だとすればその代わりなんて、狗肉を捧げる必要もなく、せいぜい人肉、狗頭人肉《くとうじんにく》とでもいうべきだろうか。

空き缶を転がしたようなチャイムの音がし、六限目の始まりを告げた。


帰り道。

自転車で下り坂を降りていると、ふと隣の国道を、ものすごい速さでトラックが通り抜けていった。

こういう時にふと思い浮かべる空想がある。それはゲームのバグのように、脈絡なくぼくの居場所が移動し、走っているトラックの前に突如出現し、即死することだ。痛みを感じる暇もなく、あの世へのスロープを超スピードで上り、死の自覚すらないまま意識の虚無を迎えることだ。そうすることが出来ればどれだけ幸せだろうと思う。そういうことが起きればどれだけ楽だろうと思う。

自殺をしたいほどに生きることに絶望してはいない。むしろ自殺をするために発生する手間や痛みのことをリアルに考えると、ぼくはかなり自殺に後ろ向きな人間だと思う。自分に限って言えばヒューマニストだと思う……誰だってそうかもしれないが。かといって手放しに生を称揚できるほど、毎日を気持ちよく生きてはいない。

日々「生きる」という名の事業によって発生した、負債の損切りをしている気分だ。「生」という名のお遊戯会に囚《とら》われて、永遠に壇上から降りられない感じだ。あるいは存在しない陸をめがけて、内心諦《あきら》めながら泳ぎ続けているような気持ちだ。眠りたくても眠れない夜が永遠に続いているような状態だ。責め苦もないが救いもない、ダンテの『神曲』の辺獄《リンボ》にいるような気分だ。そしていつかは死という名の花嫁が、ぼくを迎えに来てくれるのを待っているのだ。

3

その夜、ぼくは冥《めい》と二人で映画を観《み》ていた。

この十日間、ぼくらは毎晩と言っていいほど、消灯した冥の部屋で映画を観ていた。

それはぼくには不思議なことだった。というのも、冥はぼくの部屋には無断で入らないようにしていたからだ。夕食の準備が出来て、父の代わりにぼくを呼びに来る時も、必ず慎重にドアをノックしていた。つまりは彼女なりに、男女の適切な距離感を保とうとしていた。ところがぼくが冥の部屋に入ることには、あまり抵抗を示さなかったし、主に彼女の方から招いてくれていた。それは本当に不思議なことだった。逆ならば理解ができるのだけど。

たぶん冥は自分の部屋を、自分のものだという実感をあまり持っていなかった。せいぜい旅先の宿泊施設《コンドミニアム》の一室くらいにしか捉えていなかったと思う。それは部屋の使い方にも表れていて、彼女は元あった家具をそのまま使い、私物の大半は引っ越し用の段ボール箱に入れたままにしていて、箱をそのまま収納代わりにしていた。そんな部屋だからぼくを入れるのに抵抗がなかったのかもしれない。その辺りの心理はよくわからない。

ともかくぼくらはその十日間、よく二人で映画を観ていた。たまに冥のことが映写室に住んでいる座敷童子《わらし》に思えてくるくらいに。

その夜の冥の格好はラフだった。座り方によってはへその見える絞り付きのカットソーに、初日から愛用しているデニムのショートパンツを穿《は》いていた。だから彼女のまだ幼さの残る白っぽい下腹が見えていた。あばら骨が浮いていて、人によっては痩《や》せすぎだと言うかもしれないけれど、ぼくにはとてもフェティッシュに見えた。無防備に長細い脚を投げ出していて、それはディスプレイの光を浴びて青白く輝いていた。

その日観ていたのは、ミヒャエル・ハネケという監督の『白いリボン』という映画だった。カンヌ国際映画祭のパルム・ドールを受賞した映画らしいけれど、退屈でよくわからなくて、観ているうちにストーリーの大筋もわからなくなってしまった。冥も同じだったのだろうか。ぼくが名前を忘れてしまった中年男性が話し始めた辺りで、ふとぼくの方を見て言った。

「栞《しおり》は眠くない？」

「とても眠い」

「どれくらい？」

「眠気と名の付いたクマがぼくを巣穴に運んでいきそうなくらいに」

「あなたは不眠症でしょう？」

「寝つきは普通なんだよ」

「私も寝つきは普通なのよ」と言って冥《めい》はあくびをした。「耐えられる？」

「わからない」

「この後に、ついてきて欲しい場所があるのだけど」

冥はやや曖昧《あいまい》な口調で言った。

目が覚めてしまいそうな提案だった。なんたって既に二十三時で、ぼくらは入浴を済ませ、冥の髪からはトリートメントの香りが漂っていたからだ。寝る準備は万端だったのだ。

「この後？」

とぼくは聞き返した。そして冥がナイトウェアを着ていなくて、わざわざ部屋着を着ていたのは、外出を見越していたからかもしれないと思った。

「そう、あと三時間後くらい、この映画が終わって、さらに一時間ほど経《た》って、町の人々がみな寝静まった後に出かけたいの」

「あと三時間？」全くもって起きていられる自信がない。

冥と二人きりで外出するのは二回目だった。父親に連れられて外食に出かけたことはあったけれども、二人で出かけるのは阿加田山《あかだやま》の山腹にある磐座《いわくら》を見に行ったきりだった。

冥はこちらを見ずに、かといって『白いリボン』も観《み》ずに、グリーンのカーテンのかかった窓の方を見て、ディスプレイの青白い光を浴びながら言った。

「無理は言わないわ。ただついてきて欲しいだけなの」

あの時は『連れていきたい』と言った。今回は『ついてきて欲しい』と言っている。

前は『今日のうちに行きたい』と言っていた。今は『無理は言わない』と言っている。

細かな言い方の違いが気になった。なんとなくだけれども、冥は自分の中の、もっとパーソナルな部分をぼくに明かそうとしてくれている気がした。

「わかった、行こう」

「そう？」冥は突き放されないかを警戒している、子うさぎみたいな喜び方をした。「でも、こんなに遅いと、明日は学校に行けないかもしれないわよ」

「いいよ。休もう」冥が少し不安げだったから、安堵《あんど》させたくてはっきりと口にした。「しばらく学校はいい」

「本当に？」と言って、冥は体を乗り出した。隣に座っているので、彼女のシトラスフローラルのコンディショナーの香りがやや強くなる。それは冥自身の香りと結びついて、一つの花束の匂《にお》いとでも呼びたいものになっている。二つの花が束ねられ、どちらも主張しすぎないように、丁寧に整えられている。

「うん」

「明日も明後日も？」

「明後日？」明後日まで休むつもりはなかったけれども、まあ冥《めい》が喜ぶなら。「うん」

「それがいいわ」冥は指を組み合わせて、夢見るような笑みを浮かべた。「じゃあ、明日は何かをやりましょう」

「何をする？」

冥は特に深い考えはなかったようだ。不意のあどけなさを覗《のぞ》かせながら、「映画を観《み》る？」と言った。

「今日と同じじゃないか」

「昼から観るのは、きっと気分も特別よ」

「そうかな」とぼくは言った。それから、不登校の日に家で食べる弁当が、学校で食べるよりも不思議と美味《おい》しいことをふと思い出して、「かもしれない」と言った。

「でしょう」冥はくすりと笑ってから、不思議そうに口にした。「あなたってイエスしか言わないの？」

「ノーだよ」

「あなたの首をぎゅっと絞めてもいいかしら」

「ノーだよ」

「あなたの手首をカッターで切っても」

「ノーだって」

　ディスプレイを観ると『白いリボン』のストーリーは、既に理解不能なくらい先に進んでいた。とはいえ元からよくわからないストーリーだったし、巻き戻してもらうまでもないかと思った。瀟洒《しょうしゃ》な洋館の前に正装の人々が集まっている映像。文脈はわからないがとてもきれいだと思った。

「冥はどうして映画が好きなの？」

　とぼくは聞いた。特に雑談をしても構わないだろうと思った。彼女も映画に集中していないのは明らかだったから。

　何気ない質問のつもりだったのだけど、冥は思ったよりも真剣に考えていた。人目を意識していないようなさりげない顔つきになって、思索の世界に半分融け込んでいた。

「栞《しおり》はこう思ったことはない？　『もしも自分が、違う人間の人生を歩めたら』って」

　冥は言った。普段と変わらない言い方だったけれども、その言葉は彼女の心の中の、より深い部分から発された言葉のような気がした。

「他人の人生？」とぼくは聞いた。

「うん」と冥《めい》は言った。「有名になりたいとか、功を成したいとか、そういうのじゃないの。自分を変えたいという気持ちはないし、これから歩んでいく道のりに対する迷いはないと思う。でもなぜ私はこうなんだろう。なにかもっと別の可能性はなかったのか。もっと別のスタート地点は？　考えたって仕方がないけれども。でも、どうしても考えてしまう。栞《しおり》にはそういったことはないかしら」

「ある、って言ったら、冥はイエスマンだと言う？」

「かもね。でも実際はどうかしら」

「意外とないかもしれない」とぼくは言った。それは自分でも思ってもないことだった。こんな田舎に生まれているし、両親も離婚しているし、いじめられてもいる。あって当たり前だと思うのだが、自問自答しても他人の人生への憧《あこが》れは見出《みい》だせなかった。もしかすると「生」そのものに対する憧れがそれほどないのかもしれない。あるいは別の理由かもしれない。

冥は、それはそれで当たり前の感覚だというふうにうなずいて、

「私にはあるの」と言った。「そして映画はね、他人の人生を、何も知らない私に教えてくれるの。それを観《み》ている間だけ、私は他人の人生を体感できるの。知らない場所に住んで、知らない景色を見て、知らない人を好きになって、知らない風の匂《にお》いを嗅《か》いで、知らない夕焼けを眺めて、知らない歌を口ずさむの。私はそうして、たっぷりと知らない人になって、そしてすこしだけ満たされるの」

そうなんだ、と答えた。でもこの時にもう少し、彼女の話を深く聞いておくべきだったかもしれないと後になってから思った。それは彼女が、避けられない運命を覚悟した上で口にした言葉だったから。十五歳より先の命がないことを見越した上で紡いだ言葉だったから。

そんな口上の後だというのに、冥は二十分もすると、映画の途中にもかかわらず、気ままな猫のように眠ってしまった。ぼくにもたれかかって、肩に頬《ほお》を乗せてやわらかな寝顔を作った。『白いリボン』では、彼女は他人にはなれなかったのかもしれない。あるいは夢の中で今、彼女は他人になっているのかもしれない。

冥のまぶたはゆるやかに閉じられている。髪の毛はお風呂《ふろ》上がりでセットをしていないからか、いつもよりもくせ毛が目立つ。映像が移り変わるたびに彼女の顔に違った陰影が浮かび、時に子供っぽく、あるいは大人っぽく見えたりもする。唇《くちびる》はすっと閉められていて、小鳥のさえずりのような規則的な寝息を発している。

こんな自然な瞬間に、彼女に口づけられたらどれだけいいだろうと思う。それは本当に、なんとなく心に浮かんだことだった。おだやかな湖畔《こはん》の風景を前にして「きれいだな」と思うくらいに、当たり前の感情の動きとして芽生えたものだった。ぼくはなんのしがらみも、いかなる脈絡もなく、単に彼女に口づけてみたかった。猫がじゃれ合うくらい当たり前に。

でももちろんそんなことはできない。ぼくは冥のただの同居人でしかない。せいぜいオカカシツツミの儀式の共同作業者でしかない。だからそんな権利なんてない。

ぼくは彼女から目を離す。肩には彼女の感触があるが、なるべく意識しないようにする。そして今更《いまさら》ながら映画に集中しようと思う。たぶんそれが、今できる行動の中で最も無難だろう。ストーリーが追えなくなってしまったから、すこしだけウィキペディアのあらすじの欄をカンニングした。

それから寝てしまった時の保険として、というより十中八九寝てしまうと思ったので、午前二時に合わせてアラームをかける。

想定内のまどろみが訪れ、ぼくは眠りという名の柔らかいブランケットに包まれる。

4

午前二時。

ぼくらは家を出て、自転車に乗る。

ぼくは阿加田山《あかだやま》に行く時にも使った、通学用のママチャリを漕ぐ。冥《めい》は引っ越し用の荷物と一緒に届いた、ブルーベリー色のクロスバイクを漕ぐ。

事前に、冥からグーグルマップで目的地を知らされていた。ちらっと地図を見ただけで、どういう道のりで行けばいいかがわかった。この狭い町で十五年以上生きてきたら、誰だって身につく能力だ。好むと好まざるとにかかわらず、記憶を司る脳の皺《しわ》の一部が、阿加田町の地図の形になってしまう。

　ぼくが冥を先導して、阿加田山を右手に西へ進む。闇の中だと阿加田山は、星の光に縁取られた巨大な黒い影のように見える。そして町は海の底みたいな深い闇の中にある。街灯以外のあらゆるものが、いまや暗黒の中に押し込まれていて、スコップで土を掘り返していくみたいに、自転車のライトで闇を明るみにし、また闇に追いやる。

　目的地に到着する。

　そこはなんでもない住宅街の一角だったから、本当に場所が合っているか心配になったけれども、冥は合っていると言った。

　何の変哲もない一軒家が建っていた。記憶に留《とど》めることも難しいくらいの。他の家と比べてすこしデザイン的に新しいので、その分築年数は浅いのかもしれないけれども、せいぜいその程度の特徴しか見つけられなかった。それも相対的に新しいだけで、たぶん建てられてから十年は経《た》っているだろう。

　空き家のようだった。電気が点いていないのは他の家と同じだが、二台停められる駐車場はもぬけの殻で、代わりに枯れ葉が堆積している。今は枯れ葉の季節ではないので、少なくとも枯れ葉が舞うくらいの時季から、この家は放置されていたことになる。

「ここに何の用があるの？」

とぼくは聞いた。空き巣でもなければ用のなさそうな建物だし、空き巣だって侵入してみたくなるかは疑わしい。

冥《めい》は何も答えなかった。応答の代わりにショートパンツのポケットから財布を取り出すと、中から一本の鍵《かぎ》を取り出した。

ぼくは息を呑《の》んだ。それでわずかに事情を察した。

冥はこの家に住んでいたことがあるのだ。そうでなければ鍵は持っていない。おそらくは彼女の姉、佐藤明里《さとうあかり》と。ぼくの父親の友人である冥の父親と。そしてたぶん母親と。

門扉を通り、雑草が一面に生い茂っている小さな庭を歩く。庭木は途中で手入れを放棄されたらしく、ばらばらの方向に枝が伸び、秩序を失っている。

玄関に着く。冥は扉に鍵を差し込む。過去に何度も同じことをやったことがあるような手慣れた素振りで。けれどもその手はかすかに震えていた。

ドアを開けると、埃《ほこり》っぽいにおいがした。長い期間室内に閉じ込められていた埃が、一斉に出口を見つけて流れ出している感じだ。むせ返るような湿気もある。

冥は一応、玄関照明のスイッチらしきものをカチカチ押していたが、とうの昔に電気は停められているらしく、乾いた音が響いただけだった。

冥は織り込み済みといった態度で、スマートフォンのバックライトを点《つ》け、闇の中に一筋の光を落とした。ぼくが玄関ドアを閉めると、光の中にあるペイズリー文様の玄関マットだけがくっきりと視界に残った。毛先に細かく埃がついていて、それは冥のバックライトの中で光の粒子となって輝いていた。

「ぼくもライトを点けていい？」

うん、と冥は肯《うなず》いた。

ぼくはライトで室内を照らした。まだ少し物が残っていた。玄関マットもあれば、靴箱の上にはたぶんどこかへ旅行をした時の手土産である、招き猫や、卓上カレンダーや、シーサーの置物や、木製スタンドに立てられたポストカードや、手の平サイズのキルトが置かれていた。これらのものは「家ごと捨てられた」という印象で、埃が厚く積もっていて、それが白く固まってしまっている部分もあった。

なにかを蹴《け》ってしまったような感触があった。慌《あわ》てて足元を照らすと、三和土《たたき》には女の子が履くような小さなパンプスが一足、スニーカーが一足、サンダルが一足残っていた。三和土全体を照らしてみても、その靴以外は何も置かれていなかった。だからその三足の靴が残っているのは、端的に言って異様な印象をぼくに与えた。しばらく履かれていないもののようで、ぼくが蹴って移動させてしまう前の位置に、靴底の形の埃がくっきりと残っていた。

ふと冥を見ると、彼女は既に奥の方に進んでいた。だからぼくは慌てて冥の後を追った。冥は靴を履いたままだったので、ぼくもそうした。埃に覆われた玄関マットを、お邪魔しますといった気持ちで踏むと、埃で足が滑る感触がした。

開けっ放しのドアをくぐる。するとリビングとダイニングとキッチンが一体となった大きな部屋があった。カーテンと、一台の食器棚と、部屋の奥にあるもう一台の棚を除いて、家具は何も置かれていない。フローリングの上には、分厚く積もった埃《ほこり》が波のような模様を描いている。この部屋はかなり「空き家」といった印象が強い。とはいえ急な引っ越しだったのかもしれない。棚の中にはまだ少し物が残っているように見える。

キッチンでは、ちょうど蛇口の下のところで、泥のような黒いカビが、少しずつ繁殖を続けていた。その隣には洗面所と風呂《ふろ》場があったが、暗闇の中の水場というのはなんとなく不穏な感じがする。だからぼくは近づかなかった。冥《めい》は浴室にまで踏み込んで、しばらくなにかを考えている様子だったが、ぼくは彼女が出てくるのを待っていた。しかし気分は落ち着かない。ぼくら以外に誰もいないことはわかっているけれども、暗闇は人に根源的な恐怖を与える。

冥が出てきて、ほっとする。廊下に出て階段を上る。

二階に着く。二階にはトイレを除いて三つの部屋があった。一番手前の部屋は、間取りからして小さな部屋のようだった。納戸だろうか。

冥は躊躇《ためら》いながら歩いていき、二つ目の部屋の前に立ち止まった。

ドアノブを握る。冥はぎゅっと目をつぶり、懸命に何かの恐怖と戦っていたが、最後には決心した様子でドアを開けた。

そこは女の子の部屋だった。ぼくと同い年くらいの女の子の部屋が、埃に降られながらそのまま残っていた。

佐藤明里《さとうあかり》の部屋だ、と直感的にわかった。

たぶん三年前から、佐藤明里の部屋は手つかずで残されていた。

閉じられたままのピンクのカーテン。窓際には勉強机。机の上の本棚には古い教科書が並べられている。ぬいぐるみ。写真立てが二つ。文具スタンド。キャラクターものの缶ケース。各種辞典。地球儀。机の側面のフックにはトートバッグが提げられている。その全ては薄く埃で覆われていて、スマートフォンのライトによって白く光っている。

部屋全体に白いラグ。延長コードが部屋の隅から延びてきているが、スマートフォンの充電器が挿し込まれたままだった。部屋の隅っこに小型掃除機。ディズニーランドのビニール袋。ラグの隅っこには教科書とプリントが重ねられている。

部屋の壁に面してローテーブルが置かれている。それがドレッサーの代わりだったようで、大きめの卓上ミラーが載っている。もちろん埃によって、鏡としての機能は果たしそうにない。テーブルの隅には安っぽい芳香剤。間違いなく空だ。そして化粧品がいくつか載っている。でもあまり化粧に凝っている方ではなかったのかもしれない。机の上の物の置き方よりも、やや散文的な印象がある。

何棹《さお》かの衣装箪笥《だんす》がある。その反対側に木製のベッドがある。ベージュのシーツがかかっていて、枕カバーにはデフォルメされた羊の顔がプリントされている。枕はすこし凹んでいる。

その凹み方は女の子の頭の形のようにも見えてくるが、さすがに出来すぎで、気のせいだろう。ちょうど今の時季に使うような夏布団がかかっている。表面に皺《しわ》が出来ていて、その形のまま埃《ほこり》が積もっている。

ここに佐藤明里《さとうあかり》が住んでいたのだ、とぼくは思った。

もちろん他の部屋にだって人は住んでいたのだろうけれども、ここには鮮やかなほどの持ち主の気配があった。昨日まで人がここに住んでいて、一日のうちに埃だけが、三年分たっぷりと積もったような、そんな印象すらも受けた。

しばらくぼくらはその部屋にぼうっと立ちすくんでいた。最初の方はすこし歩き回ったり、部屋の細部を観察してみたりもしたのだが、結局のところドアの所まで戻ってきて、二人して部屋の中央の辺りに目を留めたまま動けなくなった。

そこには確かに存在感のようなものがあった。誰かの息づかいと誰かの気配と誰かの体温があった。でもこの部屋の主はもうこの世にいないのだ。冥《めい》の言葉によれば佐藤明里は、三年前に自殺によって命を絶っているのだ。だからそこにあるのは存在感の逆、言ってみれば不在感のようなものだった。ぼくらは圧倒的な不在感を前にして、ただまごつき、立ちすくんでいた。

「佐藤明里はどんな人だったの？」

とぼくは聞いた。それが唯一、彼女の部屋の中でぼくが発することが出来た言葉だった。佐藤明里の不在感を前にすると、なんとなくまともな会話が出来なくなってしまう。

優しかった、と冥は言った。

端的だけれども、実感のこもった言い方で。


家を出る。

ぼくらは佐藤明里の部屋を出てから、何の話もしなかった。まるで蝋《ろう》のようなもので口をぴたりと閉じられてしまったみたいだった。

外の空気は澄んでいた。空き家の中にあった埃っぽさや湿り気はなかった。ただ家の中にあった重みのようなものを、ぼくらは確かに持ち帰ってしまっていた。

冥が家に鍵《かぎ》を掛ける。ぼくはその仕草をなんとなく見てしまう。六月の月明かりの下にいる彼女はいつもよりも華奢《きゃしゃ》に見えて、まだ成長期の途中にある消えていきそうな細い四肢が震えていた。

なんとなく思い出したのは、冥と一緒に観《み》た映画『スタンド・バイ・ミー』の、線路伝いに歩いて死体を見つけた四人の小学生が、各々の思いを抱《かか》えながら家へと帰るシーンだった。ぼんやりと頭に浮かんだだけだけれども、よく考えると的を射ているかもしれない。見たものが実際の死なのか抽象的な死なのか……いや、やめよう。死なんてきっと全部似ていない。各々が各々の死に伏す以上、そこから生まれてくる感情も変わってくるはずだ。

そんな取り留めのないことを考える。何かを考えては自分で否定し、何一つまとまった考えが出せないでいると、冥《めい》の足は家の隣にある敷地に向かっていた。

冥の家からは小さな塀によって区切られた敷地だった。敷地面積の大半は駐車場で、隅っこに一階建ての小さな小屋があった。こちらも空き家で、冥の家と同じくらい長く放置されているようだった。

長方形型の小屋に平らな屋根を付けただけの、かなりシンプルなデザインの小屋だが、それが却《かえ》って瀟洒《しょうしゃ》な印象を与えた。外壁はモスグリーンで、窓は大きくて白く、そのカラーリングが北欧風とでも言うのか、ＤＩＹ風とでも言うのか、そんな情緒を与えた。よく見れば阿加田町《あかだまち》では珍しいくらいに小洒落《こじゃれ》た建物だ。それに今まで気づかなかったのは、周囲に伸びた雑草と外壁を這《は》う蔦《つた》が、全体の印象を台無しにしてしまっているからだろう。

「こちらの家は何なの？」

とぼくは聞いた。そしてよく考えたらさっきの家だって、冥直々《じきじき》に「ここが自分の家だ」と言ってくれてはいないことを思い出した。

「こっちはね。お母さんがやってた喫茶店なの」

と冥は言った。いつもと変わらない口調で。彼女の内心はわからないけれども、口調がいつも通りであることが、ぼくを少しだけ安心させたのも事実だった。

「喫茶店？」

「うん。私の家はね、元はある夫婦が建てたものなの」

冥は言う。そして口元を隠しながら、小さなあくびをした。

「その夫婦が別の家に引っ越して、代わりにある議員が家を借りて、議員事務所にしたの。しばらく使っていて、事務所に追加の駐車場が欲しくなって、たまたま売りに出ていた隣の土地を買ったの。そして駐車用の屋根を建てたの。鉄骨の柱で出来た、車を風雨から守ってくれる立派なものを」

と言って、冥は目の前の小屋を眺めた。小屋の屋根は、言われてみれば駐車場の屋根に多い、ギザギザの折半屋根になっている。

「それから議員が引退して、夫婦に家を返却したの。その時に隣にある屋根付きの土地を、安値で夫婦に売ってあげたの。夫婦は自分たちの家を、今度は土地付きで売って、それを私たちが買ったの」

「なるほど」家を使って伝言ゲームをしているみたいだとぼくは思った。「でも目の前の小屋は、『駐車場の屋根』から大きく変わっているようだけれども」

「改装したの。屋根と柱をそのまま使って、元あった壁にセメントと断熱材を入れたの。電気やガスや水道も引いてあるし、基礎があった分、一から建てるよりもずっと安くで済んだそうよ」

「プレハブ的なもの？」

「いいや、実質的には普通の家と同じだとお母さんは言っていたわ」

冥《めい》自身もあまり詳しくはないのかもしれない。伝聞調だった。

彼女は鍵《かぎ》を取り出し、建物のドアを開けた。今回は彼女の手は震えていない。

ふたたび埃《ほこり》と湿気にまみれたにおいを嗅《か》ぐ。ただ建物自体が小さいからか、先ほどの家の中ほど淀《よど》んだにおいはしない。大きな窓があるので、中もそれほど暗くはない。あまり悲惨な印象はなく、ただの放置された小屋という印象だった。

中に入ってみると、いわゆる普通の家との違いは見出せなかった。当然ながら床もあるし、壁にはパイン材が張られている。客の座席がそのまま残っていて、白い埃がテーブルの上にまだら模様を作っている。奥にはカウンターがあり、カウンターの横には二本の柱があり、柱と柱の間には窓付きの壁が張られている。たぶん窓の向こうが厨房《ちゆうぼう》だろう。

「ここが喫茶店だったたって、なんとなくわかるよ」

とぼくは言った。ほとんど建物の間取りしか残っていない状況だけれども、レイアウト的にそうとしか思えないのだ。

「でしょう」と冥は答えた。

冥はバックライトを点《つ》けたスマートフォンを片手に、小屋の奥に歩いていくと言った。

「そう、ここにモンステラの鉢植えがあったの。ここにホワイトボードがあって、お母さんは毎朝その日の日替わりランチのメニューを書いていたの。このショーケースの中には、いつだって美味《おい》しいケーキがあって、学校帰りの私に食べさせてくれたりして——」

冥《くら》がりと明かり（二）

真新しいパイン材が部屋中に張られていて、その全てが陽光を浴びてきらきらと輝いている。天井からは小ぶりなペンダントライトがいくつも垂れ下がっていて、その下には無垢《むく》材のテーブルが並んでいる。カウンターがあって、東京から持ってきたモンステラがあって、奥は厨房になっている。厨房の食器棚には食器マニアのお母さんがセレクトした、いくつもの趣味のいいお皿が入っている。

佐藤明里《さとうあかり》はオープンする前の店の中にいた。中にいると気分が良くなり、くるくる回ってみたくなった。本当にやったら、高校二年生にもなって何をやっているんだと呆《あき》れられるかもしれないけれども。

お母さんの夢の店だね、と明里は昨晩、お母さんに言った。

するとお母さんは、本当はスイーツをメインにしたかったけれども、個人事業主の相談窓口に行ったら主食をメインにするように薦められたからそうしたとか、余り物の出にくいメニューを考えて、ロコモコ丼を開発したとか、原価を重視してこだわりの食材を使えなかったとか、そんな苦労話ばかりするのだけれども、でもその頬《ほお》が緩んでいるのは、明里には明らかだった。

お父さんとお母さんが仕事をやめた後、ほんのすこしだけ、家庭にはピリピリとした雰囲気が漂った。いわゆる「普通の人生」からドロップアウトしたような感覚があったのだ。でもそんな空気も三日も持たなくて、「まあ、上手《うま》くいかなくても人生の夏休みだと思えばいいよね」とか、「別に貯金はたくさんあるもんね」とか、「お父さんの副業の投資が上手くいってるもんね」とか、そんな話をするようになった。たぶん我が家は楽天的なのだ。そうじゃないのは妹の冥《めい》くらいだ。

そして私は全面的に、二人の決心に賛成なのだ、と明里《あかり》は思っていた。お父さんは三年前に部長に出世してからは、まともに休日も過ごせない日々を送っていた。ほぼ毎日が深夜残業で、家に帰れない時期もあった。会社で泣いたこともあった……って、もちろんそんなエピソードをお父さんが明里に直接話してくれたことはないけれども、夜に両親がそんな話をしているのをたまたま盗み聞きしたことがあった。泣いているお父さんを上司が慰めて、相談を聞き終えると「じゃあ、明日は働ける？」と聞いてきたのだという。

飲食店で働いている、お母さんの労働環境もブラックだった。二人とも仕事に忙殺されている時期は、明里が両親の代わりに冥に夕食を作ってあげることもあった。少なくとも喫茶店をやっているうちは、そんなせかせかした日々を過ごすことはないだろう。

家族の誰かが苦しんでいる姿を見るのは、当たり前だけど嫌いだと明里は思った。阿加田町《あかだまち》ならば、家族の誰もが朗らかに暮らせるかもしれない。

不安はもちろんあるけれども、それを上回る希望が彼女を満たしていた。

＊

四月八日。

明里は自転車を漕いで、阿加田高等学校に向かった。冥は阿加田中学校に向かったが、別方向だった。

自然が豊かで、空気の爽《さわ》やかな町だと明里は思った。言ってしまえば田舎なのだけれども、東京から来た明里には新鮮な景色だった。葉桜が広々と枝を広げていて、ヤマツツジが色を添えていた。遠くには杉林が聳立《しょうりつ》し、広々とした黄金色の草原が広がっていた。

阿加田高等学校への転校に関して、実は少しだけ不安なことが明里にはあった。

それは「阿加田高等学校はいじめがある」という情報をネットで見たことだ。

最近ウェブ漫画などでよく取り上げられているいじめだが、実際に明里は見たことがなく、高校一年生になるまで、噂《うわさ》を聞いたことさえ一度もなかった。

いじめを題材にした、あるウェブ漫画が爆発的にヒットした時に、学校で調子のいい男子が、教師に『こんなことって本当にあるんですか？』と聞いたことがあった。

すると六十代の再任用のおばあちゃん教師は苦笑して、『昔よりも少なくなったかなあ』と言っていた。

『なんでですか?』とその男子は聞いた。

するといすると教師は昔を懐かしむように目を細めながら、

『八〇年代が一番大変だったかなあ』と言った。『校内暴力といじめが社会問題化して、文部省がいろんな通達を出して、学校の取り組み方も変わって……そこからは増えたり減ったりかなあ。結局は人と人の間で起こることで、多い場所は多いし、少ない場所は少ないんだろうけど、あくまで私の実感で言うならば、携帯電話やスマートフォンが普及するようになってからは、あまり苛烈《かれつ》にならなくなった印象があるかなあ』

『どうして?』

『だって皆、休み時間になったらスマホゲームをして、誰かをいじめてる暇なんてないでしょう?』

教室中に笑いが起きた。その先生はよくスマホゲームに熱中する生徒たちを茶化して、笑いを誘っていた。彼女は職業病となっている説教くさいしゃべり方で、でも確かにウケたことに上機嫌そうにしながら言った。

『結局のところ皆、退屈を紛らわせてくれるものを求めていたんじゃないかな。だからいじめなんてしてたんじゃないかな。スマホゲームの方が面白いし、そっちの方が忙しいってなったら、いじめなんてする理由がないもんね……でもあんたたちみたいに、バカみたいにスマホをポチポチしてるのは、それはそれで気になるけれども』

イベントが忙しいんですよー、と男子がおどけて言った。

そんな環境だったから、いじめについて明里《あかり》がリアルに想像することはなかった。「いじめがある」という阿加田《あかだ》高等学校の風評を目にしても、両親に伝えなかった理由はそれだった。そもそも信憑性《しんぴょう》に乏しいネット上の書き込みだし、与太話のように思われたからだ。より大きな理由は「そんな本当か嘘《うそ》かもわからない話を口にして、両親の夢を邪魔したくない」というものだったが。

ネットやテレビでいじめに関する記事を読むことはよくあった。ＳＮＳではよく、感情を逆《さか》撫《な》でするような記事が回ってくる。明里もたまに読むし、記事の内容に悲しんだり怒ったり悩んだりすることもある。

だがそういったものを読むたびに、いじめに関する実感は逆説的に明里から遠ざかっていった。いじめの苛烈さがクローズアップされればされるほど、現実のいじめは遠くにあるような気がした。ちょうど舞台美術が派手に飾り立てられるほど、安っぽくハリボテめいて見えてくるのと同じで。

だから自分の身に起こりうることだなんて、今まで思ってもみなかった。ありえないと思っていたと言っても過言ではなかった。

だがこうして知らない町を自転車で走っていると、この町にはこの町の空気があって、つまりは私の知らないムードが支配していて、そのムードの中であれば、私の知らないことが起こってもおかしくないんじゃないかと思うようになった。いじめがある可能性もある。原理的にありえるのだ。

だが結局のところ、明里《あかり》はそれについて深くは考えなかった。全ては新しい高校への不安が転化したものだと考えて、胸の中にある希望の方に目を向けた。


阿加田《あかだ》高等学校に着く。

世界から見捨てられた印象のある、煤《すす》けた校舎だった。明里は転校の手続きのために一回ここに来たことがあったが、最初に来た時は驚いたものだった。古びた校舎だとその時は思ったが、古くても愛着を持って使われている校舎はある。そうではなく、古くなった上に誰からも興味を持たれていないような感じだ。二回目に来た今はそう思った。

昇降口のすぐそばの窓ガラスが割られていて、段ボールで応急処置をされていた。誰かが悪ふざけで割ったのかもしれない。その一枚のガラスだけが局所的な攻撃を受けている。眺めているうちにふと明里は思った。このガラスは前に来た時も割られていなかっただろうか？　あれから修理業者を呼んではいないのだろうか。事情はわからないけれども、その部分だけは黒い土で汚れた段ボールがガラス代わりになっていた。まるでネグレクトを受けた子供が不潔な服を着せられているかのように、そのままにされていた。

職員室から、山野《やまの》という名の担任に連れられて廊下を歩く。木材の床は新しい部分と古い部分が脈絡なく混在している。特に美意識もなく問題のあった場所から、事なかれ主義の補修業者が順に張り替えていったという感じだ。

始業式の前のホームルームで、明里はクラスメイトに自己紹介をすることになった。

一学年に四十人しかいないから、高校一年生の時からクラス替えはなく、全員が顔見知りの状態らしい。

山野と共にクラスに入ると、さっきまで行われていた雑談がふっと止《や》んだ。明里は仲間内《なかまうち》でやっているパーティに乱入してしまったような気まずさを味わった。

山野が簡単に、目視で出欠を確認する。「田茂井《たもい》翔真《しょうま》は今日も休みかー」と、どこか安心したように言うと、明里のことを簡単に紹介し始めた。その間、明里はクラスメイトたちの様子を窺《うかが》っていた。

どこにでもいるような高校生たちが集まっていた。ギャルファッションとヤンキーファッションを取り入れている生徒が東京よりも多く、それは明里に少なくない衝撃を与えたが（十六歳の女の子にとってファッションは重大な関心事だった）、とはいえそれくらいの違いしか見受けられなかった。少なくとも、見るからに悪人面をした生徒だとか、風貌《ふうぼう》の異様な生徒はいない。

やや拍子抜けした気分でいると、「では、自己紹介をしてくれ」と山野が言った。

明里《あかり》はつっかえながら言った。

「ええと、佐藤《さとう》明里と言います。東京から来ました。高校二年生からの転校ということで、時期的に……その」

不思議だった。昨日あんなに練習したはずの自己紹介の言葉が、冥《めい》にうるさがられるほどに暗唱していた言葉が、本番だと上手《うま》く出てこない。

明里は特別にあがり症というわけではないし、むしろ東京では比較的、人前に出るのが得意な方だった。だが今は、まるで酸素の薄い星にやってきた宇宙飛行士みたいに、上手く話せないし上手くものが考えられなかった。

「どんな字書くん？」と、やや不機嫌な調子で女子生徒が言った。それは後に横田真奈美《よこたまなみ》と名乗る生徒だった。

方言がきつく、怒られたのかと一瞬明里は思った。だが、少なくとも横田がそんなふうに話すことを他のクラスメイトは問題視していなかった。だからこれは普通のことなのだと思うことにして、明里はチョークを手に取った。

黒板に自分の漢字を書く。佐藤明、まで書いた所で横田が言った。

「字い震えすぎっちゃう？」

その瞬間、クラスの全員が噴き出した。明里が教室に入ってから、ずっと笑う機会を窺《うかが》っていて、それが今やってきたという感じだった。確かに明里の字はみみずが這《は》い回ったように下《へ》手《た》な文字になっている。まあこれは緊張しているせいではなく、元から下手なのだけれど。

こんなふうに他人から、一斉に失笑を浴びせられたことは過去に一度もなくて、明里は身を強張《こわば》らせた。ともかくこの場を乗り切りたくて、さっさと名前を書き終えた。

だがチョークを置く寸前に、ふと背後からピシャリという音がした。

驚いて振り向くと、すぐ後ろに髪の毛をトサカのように高く立てた、調子の良さそうな男子生徒がいた。どうやら拍手の要領で手を打って大きな音を鳴らしたらしく、両手を合わせた状態で得意げに明里の前に立つと「どう、ビビった？　ビビったっしょ？　ビビった？」と語彙《ごい》もなく同じ言葉を繰り返していた。

明里はどうしていいかわからなくて言葉を失った。彼女がまごついているのを見て、また笑い声が続いた。明里は内心困り果てた。少なくとも前の学校だと、ホームルームの最中にこんなふうにカジュアルにクラスメイトが席を立っていることはなかった。

もはや明里が言葉の一つも出せなくなっていると、ふと大きな声がして、教室の空気を一変させた。

「おいクソカス共、黙れや死なすぞボケが！　佐藤さん、東京から来たんやから、こんなド田舎にまで来たら緊張するやろ!!　話聞けや!!」

それは後に、田茂井祐人《たもいゆうと》と名乗るクラスメイトだった。それを聞いて、目の前で嘲笑《ちょうしょう》していたトサカの男子が怯《おび》えるような表情を浮かべた。

「西本座《にしもと》れや!!　横田《よこた》のブスも黙れ!!　お前らほんま殺すぞカスが!!」

おそらく西本という名の、トサカの男子はおずおずと自分の座席へと帰っていった。田茂井《たもい》祐人《ゆうと》の鶴の一声で、あっという間に教室は誰も笑わない、厳粛《げんしゅく》な空気に変わった。

自分に助け舟を出してくれたのだろうと明里《あかり》は思った。だがいかんせん、彼の口調の悪さに明里自身が怯《おび》えていた。ともかくこのタイミングだけは逃してはならないと、それだけは動物的な直感から判断し、急いで明里は言った。

「さ、佐藤《さとう》明里です」仕切り直すように、もう一度自分の名前を口にした。「趣味はソフトボールです。高校二年生からの転校ということで、皆さんに馴染《なじ》むまでは時間がかかるかもしれませんが、どうかよろしくお願いします」

教室中が拍手に包まれた。中でも大きな拍手を鳴らしていたのは田茂井祐人だった。その音に合わせて他の拍手も大きくなった。気を良くしたように祐人自身も、さらに手を叩《たた》く音を大きくした。最後にはドラム缶にパチンコ玉を入れて、ガラガラと揺するような音が鳴った。異常な大音量を前にして、明里はなるべく怯えを表に出さないように、硬い顔のまま立ち続けていた。


始業式が終わり、休み時間が来た。明里の所にはクラスメイトのほとんど全員が集まってきていた。彼らは明里が東京の、具体的にはどこから来たのかとか、転校前はどんな暮らしをしていたのかとか、色んなことを聞きたがった。

どれもこれも素朴でありふれた質問だった。答えに困るような質問は一つもなかった。朝のホームルームでは素行の悪そうな生徒に絡まれた明里だったが、今は平凡な高校生たちに囲まれている。

もっとも田茂井祐人も、トサカ頭の西本も横田も、当然のように質問陣に交ざっていた。最初は祐人が質問に来ていたのだが、遅れて祐人の友人らしい、西本と横田がやってきた。祐人は「ははは、こいつら直《す》ぐ人にちょっかいかけるねん。笑って許したって！」と明里に言った。

いまいち警戒心が捨てきれない明里だったが、なんとか作り笑いを浮かべた。

いささかぶっきらぼうに「ライン教えてや」と祐人が言った。動揺はあったが、明里はなるべく自然体を繕って、彼とラインを交換した。

明里はその日、今川《いまがわ》という女の子と一番仲良くなった。背が高くて温厚そうな女の子だった。今川に歓迎会をしようと誘われ、彼女たちのグループと一緒にファミリーレストランに行った。

東京から来た明里を楽しませてやろうと、今川は阿加田町《あかだまち》に鹿《しか》が出没する話や、畑には鹿を驚かせる空砲が設置されている話を面白おかしくした。明里は素直に驚いた。

一時間くらい話して、明里がドリンクバーのオレンジジュースを飲み終えて、氷の上に垂れた水を吸っていると、ふと今川が言った。

「祐人《ゆうと》たちとはあまり関わったら駄目だよ」

やや唐突な話題の転換だった。でも田茂井《たもい》祐人たちに対する不安は依然として明里《あかり》の中に残っていたから、話を聞けるいい機会だと思って明里は聞いた。

「悪い人たちなの？」

今川《いまがわ》は少し考えてから「悪いかいいとかで言うと、悪い方」と言った。

「どちらかと言うと？」

「ううん、訂正。私たちはもう麻痺《まひ》してるけど、かなり悪い方だと思う」

「そうなんだ」と明里は嘆息した。「でも、もうライン聞かれちゃった。おまけにさっきメッセージ来て、私の歓迎会するって」

「そっか」と今川はため息をついた。

「行かない方がいいの？」と明里は聞いた。

「行かないとまずいかな」まずい、に力点を入れて今川は言った。「でも、絶対に深入りするのは良くないよ」

「そんなに悪い人なの？」

「うん」と言ってから、今川は続けた。「祐人はまだマシだけど、本当に箍《たが》が外れた奴《やつ》が後ろにいるの。祐人たちがガキに思えてくるような、本当に悪質な……」

今川は遠くを見て、難しい表情を浮かべた。気づけば他の女の子たちも、同様に黙り込んでいた。誰もがその「もっと悪質な奴」のことを頭に浮かべ、その人物について詳しく話すことを躊躇《ためら》っているように見えた。

「それってどんな奴？」

恐る恐る明里は聞いた。すると今川は答えた。

「田茂井翔真《しょうま》」

不快な言葉を口にする時間をなるべく短縮しようとするような、不自然な早口で言った。そして懸命な視線を明里に投げかけながら続けた。

「祐人の双子の兄。田茂井翔真とだけは絶対に関わったら駄目だよ。あいつは自分に関わるものの全てを、クソとゴミに変えることに決めてるんだから」

〈第三章〉トリック・オア・トリート

1

六月二十一日、月曜日。

夏至の日だ。この日は一年で最も夜が短いとされている。そしてオカカシツツミの儀式を、唯一行える日である。

二十一時にぼくと冥《めい》は家を出て、自転車で阿加田山《あかだやま》に向かった。一応、父親には言い訳にもならないくらいの理由を告げてきた。深夜に高校生が外出する自然な理由なんてなくて、かなり不自然な言い方になった気はするけれども、まあぼくと冥はいつだって反抗期らしい振る舞いをしていたから、一晩くらいならいなくなったって騒ぎ立てられることはないだろう。

磐座《いわくら》という名の、あの大岩に繋《つな》がる山道の入り口に到着する。そして体中に、冥から渡された龍脳《りゅうのう》の塗香《ずこう》をぬりたくる。これは虫除《よ》けのためだ。墨汁のようなきつい臭いが鼻腔《びくう》を満たす。あまり好きな臭いではないが、その分虫たちも近づかないと信じる。

杉林の中に自転車を隠す。ふと冥が言う。

「樹海の自殺死体って、意外と登山道の近くで見つかったりするらしいのだわ」

思わずびくびくして辺りを見回し、死体を探してしまった。すると冥は呆《あき》れたように言った。

「違うわ。夜の闇の中だと距離感がわからなくて、森の奥まで入ったつもりが、意外と道から離れていないことも多い、という教訓なのよ」

「なるほど」大仰に驚いてしまって恥ずかしかった。

「念入りに自転車を隠しましょうね」

「一晩くらいならその辺に放っておいても、誰も通報したりはしないと思うけど」

それもそうね、と冥は言って、その辺の据わりのいい場所に自転車を置いた。

夜の山道を登る。すぐに街灯の光が届かなくなり、道は完全なる闇に包まれる。阿加田町は夜になるとどこも暗いけれども、山道の暗さとは比べようもない。スマートフォンのバックライトで照らしていない場所は、執拗なほどに暗くなって、ライトを動かすたびにさっきまで照らしていた場所が黒く塗られ、袋小路に追い詰められていく感じがした。

もちろんこうなることを見越して、土日に一回ずつ山を登り、危なそうな倒木の場所を覚えておき、冥が実際に儀式を行う磐座の周りの足場を慣らしたりもしたのだけれども、昼と夜では同じ道でも全く違って見える。正直なところ、自分がてんで別の場所を歩いていないという自信は全くなかった。ただ目の前の冥が堂々と歩いているから、彼女の後ろをなんとかついていくという感じだった。もしかすると彼女は今も、オカカシサマに誘導されているのかもしれない。

開けた場所に出る。オカカシサマと出会ったあの広場だ。

磐座《いわくら》から五メートルほど距離を隔てた、大きなブナの樹の隣でぼくらは止まった。

闇の中にずしんと佇《たたず》んでいる磐座は、真っ黒い化《ば》け物《もの》のように見えた。それは何かを待ち受けているかのように泰然とそこにあった。

ぼくが光で照らしている中で、冥《めい》は磐座の周りに何本かの蝋燭《ろうそく》を立てて火を点《つ》け、粛々《しゆくしゆく》と儀式の準備をしていった。闇の中だとやけに頼りなく見える蝋燭だ。購入したサイトには七時間以上燃えると書いてあったし、光の中だと立派に見えたのだけど、今も火は揺れているし、白い本体は灌木《かんぼく》の中に紛れ込んでしまいそうだった。

予備の蝋燭とライターをビニール袋に入れて、灌木の陰に置く。その隣にミネラルウォーターも置く。

準備は七割ほど整った。冥が言う。

「夜目に慣れましょう」

ぼくはライトを消す。すると自分の居場所もわからなくなるくらいの、恐ろしい暗闇が辺りを満たした。蝋燭の火なんて何の役にも立ってくれず、彼らは火の周りのごく狭い範囲を照らしているだけだった。目が慣れるまでのことだとはわかっているのだが、それでも孤独感は覚える。ただ近くにいる冥だけが、ぼくの心の拠《よ》り所《どころ》という感じがする。

「暗順応には時間がかかるの。その間に儀式のおさらいをしましょう」

山道を登るのに体力を使ったのか、すこしだけ冥の声には疲労が見られた。

「オカカシツツミには、決まった開始時刻のようなものはあるの？」

とぼくは聞いた。おさらいと言われたが、出発するタイミングも冥任せだったし、よく考えたらぼくは儀式について何も知らなかった。

「さあね。でもオカカシサマは、早く始めたくてうずうずしてるわ」

オカカシサマのうずきが冥にも乗り移っているような、やや落ち着きがない口調で冥は言った。『性行為のメタファー』という言葉が頭をよぎったが、あまり考えないようにした。

「わかった」とぼくは言った。半分くらい自分に言い聞かせるつもりで。「ちなみにぼくの役目は何なの？」

「去年に儀式をした時に思ったの。私は儀式に集中しなければならないから、誰かが近づいてきても気づけないって。そこで監視役が必要だと思ったの。あなたは誰かの気配に気づき次第、私に伝える役」

「なるほど」とぼくは言った。確かに真夜中に岩の周りで呪文《じゅもん》を唱えている変人として発見されるリスクは下がるかもしれない。こんな深夜の山奥に人が来るかは置いておいて。

ふと、その状況を想像してぼくは言った。

「その時にはきみは、儀式を中断しないといけなくなるんじゃないの？」

さすがに第三者が乱入した後でも、裸で岩を回り続けるというわけにもいかないだろう。

「儀式って途中でやめてもいいものなの？　やっぱりその時は失敗して、オカカシサマの力を下ろせなくなるの？」

ぼくは聞いた。冥《めい》自身にも結論は出なかったのかもしれない。軽口を言った。

「じゃあ……教えなくてもいいから、片っ端からパンチで倒して」

「そんな無茶な」

「ともかく一人で夜の山にいるんだから、どんなことが起きたっておかしくないでしょう？何かが起こった時のためにそばにいてちょうだい」

「わかった」とぼくは言った。結局のところぼくの役割は、ただ冥の不安を紛らわせることな気がする。

磐座《いわくら》を見る。すると目が慣れてきたのか、蝋燭《ろうそく》はちゃんと明かりとしての役割を果たしていた。今では磐座の細かな模様や、表面に這《は》った黒々とした苔《こけ》までもが視認できる。さっきまではひとかたまりのようにしか見えなかった木々だって、いまや一本一本が見分けられて、折り重なった杉の樹が青い月の光の下で静かに梢《こずえ》を揺らしているのが見える。

頃合いだろうか、とぼくは思った。冥も同じことを思ったらしい。ぼくをブナの裏側、磐座から見て逆の方に移動させるとこう言った。

「目をつぶって」

理由はわからなかったが、ともかく言われるがままにした。するとまだ温度を持ったスウェットが、丁寧に畳まれた状態でぼくの手の上に載せられた。

続いてさっきまで彼女が穿《は》いていたジャージが、やはりきちんと畳まれてぼくの手の中へと収まった。ボディバッグをその上に載せると冥は言った。

「汚さないでね。帰りに着ていかなきゃいけないんだから」

なんとなく何の返事もできないでいた。冥はそんなぼくには構わずに続けた。

「今から、少なくとも六十秒は目をつぶって。その間に儀式を始めるからね。そして目を開けた後にも磐座の方には目を向けないで。もしもこちらを見たら、最初の生《い》け贄《にえ》があなたになるからね」と言ってから、すこし躊躇《ためら》った後に冥は続けた。「あと、見ちゃ駄目だけれど、寝るのも駄目だからね。私の存在をちゃんと確認していて。あなたがここにいることを、私は心の拠《よ》り所《どころ》にするからね」

わかったよ、とぼくは言った。

冥は無言で遠ざかっていった。彼女が梢や藪《やぶ》を踏む音が聞こえた。

六十秒は経《た》ったけれども、ぼくはまだ目をつぶっていた。やがて彼女の、躊躇いがちな呪文《じゅもん》の詠唱が聞こえてきた。

「ゲーカーカ、オオカカナミヤ……」

時間を確認するのには夜光塗料の時計を使った。スマートフォンの電源は切ってあった。なにかの拍子で画面が点《つ》いてしまったら、暗順応が終わって、ぼくらの視界は丸ごとブラックアウトしてしまうだろう。スタングレネードと同じ原理で。

儀式の最初の方は、ぼくは小刻みに時計を確認していた。しかし途中からは全く見ないように努めた。どのみち夜明けが来るまで、時計なんて見たって仕方がないのだから。

「ゲーカーカ、オオカカナミヤ……」

遠くから冥《めい》の囁《ささや》き声が聞こえる。ぼくは彼女との約束通り、耳だけで冥の存在を感じていた。もう少し声を張り上げるものだと思っていたのだが、意外とウィスパーボイスだ。大きな声を出しては途中で嗄《か》れてしまうという事情もあるのだろう。彼女はオカカシサマと交信できるのだから、神様が許してくれる範囲内ならば、一番声を小さくした方が目的に適《かな》うという理由もあるだろう。

「ゲーカーカ、オオカカナミヤ……」

しかしこれもこれで情緒があると思った。静謐《せいひつ》で厳《おごそ》かな儀式をやっている気分になれた。

「ゲーカーカ、オオカカナミヤ……」

ここに来るまでに一度や二度、儀式の最中につい笑ってしまうのではないかと危惧《きぐ》したことがあった。なんたってシュールとも言えなくもない工程だからだ。

ところがこうして儀式に立ち会ってみると、意外なほど真剣に儀式の成り行きを見守っている自分がいた。神社の中や寺の中や墓地の前にいるような、あの宗教的な感覚が胸の中にあった。自分の中の素朴で神秘的な感覚を呼び起こされているような気分になった。

「ゲーカーカ、オオカカナミヤ……」

あらゆる他のことは置いておいて、この不思議な儀式に立ち会えたこと自体は、良かったことなのかもしれないとぼくは思った。

風がそよそよと吹き、木々の梢《こずえ》が揺れ、曖昧《あいまい》な蝋燭《ろうそく》の光を浴びて、森は飾り気のない美しさを湛《たた》えていた。その中で冥のささやき声は、誘導瞑想の音声のように心地よく繰り返されていた。龍脳《りゅうのう》の墨に似た匂《にお》いも段々と好きになっていった。気持ちが穏やかになり、ぼくは夜の森と自分が同化していくような感覚を覚えていた。森と共に自分が脈を打ったり、風を受けたり、音を出したり、物を考えたりしているような感覚だった。

「ゲーカーカ、オオカカナミヤ……」


そのうち夜明けが来た。思ったよりも早かった。よく考えたら今日は夏至で、夜の時間が短くなっているのだ。あるいはぼくはすこし、まどろんでしまっていたかもしれない。儀式はそれほど穏やかに行われたのだ。眠りかけたことは冥には内緒にしよう。

東の空に青みがかかり、あっという間にその青みは空中に広がった。まだ日は出てはいないが、夕焼けに似た赤みが東の方から波紋のように空を渡っていった。木々たちは空のパレットに色を塗られて、まるきり同じ色に変わっていった。やがて眩《まぶ》しい光がたっぷりと空に注がれた。日が出たのだとぼくは思った。

冥《めい》はずっと続けていた詠唱を、中途半端なタイミングで止めた。儀式が終わったのだとぼくは思った。まもなく冥が藪《やぶ》や梢《こずえ》を踏んで、こちらに近づいてくる気配があった。

「私の衣服を目をつぶりながら差し出して」

ブナの裏側で冥が言った。

ぼくは汚さないように膝《ひざ》の上に置いていた彼女の衣服を手に取った。彼女に手渡された時から、ほとんどそのままの状態にしてある。我ながら誠実な仕事をしたものだと思う。ぼくは目をつぶったまま衣服を彼女に差し出した。

「ありがとう」

冥はそう言って、ぼくの手の上から重みを取り去った。

やや距離を隔てて、布がこすれるような音が聞こえた。しばらくすると冥が言った。

「目を開けていいわ」

ぼくは目を開けて、何時間かぶりに冥を見た。彼女はすんとした顔つきで、白色矮星《わいせい》を宿したような瞳《ひとみ》でぼくを見ていた。要するにここに来る前と全く変わった様子がなかった。

それはとても不思議なことに思えた。霊的なことを抜きにしたって、彼女は何時間も大岩の周りを、呪文《じゅもん》を唱えながらくるくる回っていたのに、その影響が感じられない。

「気分はどう?」

とぼくは聞いた。あまりじろじろ見ないように努めながら。

「マラソンと同じね。走っている間は疲れを感じないけれども、終わってみると一気に疲労が来るものだわ」

と冥は答えた。疲れさえも彼女の見た目からは感じ取れなかったけれども。

言われてみれば冥は汗をかいていた。でもそれも平凡な夏の夜の仕業に思えて、特別な標《しるし》だとは思えなかった。

「きみは全然マラソンをしそうにないけれども」

「想像よ」

ちょっと声には力がなかった。見た目にはわかりづらいけれども、やはり冥は疲れているようだ。考えてみれば冥自身、あまり他人に弱みを見せないようにする習性がある気がする。

忘れないうちに伝えたいことがあって、ぼくは口にした、

「いい儀式だったと思うよ」

儀式に立ち会った感動のことだ。それは心の底から思ったことだった。

「嘘《うそ》でしょう、どうせ声を殺して笑っていたのだわ」

冥は冷めた声で答えた。よほど「そんなことないよ」と言い返したくなったけれども、当事者になるとまた感覚が違うのかもしれない。儀式の感動を分かち合えなかったことは意外だったけれども、冥はあまりこの話は続けたくなさそうだったので、深くは追及しなかった。

話を変えてぼくは言った。

「それで、オカカシサマと同化するのは成功したの？」

すると、冥《めい》はその辺の杉の木に目をやった。

冥が木を見たのとほとんど同じくらいのタイミングで、太い杉の木の枝が異常な力を受けてねじ切れ、切り離された木の枝が猛烈な勢いで宙に打ち上げられ、二十メートルほど頭上をプロペラのようにくるくると回った。

一連の工程はかなり淡々と行われたので、ぼくは地震だとか地すべりだとかに属する、特殊な自然現象が起きたのかと思ったくらいだったけれども、もちろんそうじゃない。

冥自身は特に感慨もなさそうに、それが起きたのは当たり前だとでもいうように、冷淡な態度で木の枝を見つめていた。

千切られた木の枝がぼくらの前に落ちた。近くで見ると、人間ならばチェーンソーでも使わない限りは切り取れないほどに太い木の枝だった。その枝の根本が、まるで巨人の力を受けたかのようにひしゃげている。

冥はそれを一瞥《いちべつ》する。すると木の枝が空中に浮き上がる。

まるで透明な生き物に持ち上げられたかのような……というよりも、それは喩《たと》えでもなんでもなくて、たぶんこの場には透明な巨大蛇であるオカカシサマがいて、冥の意図に従って、木の枝を持ち上げてくれているのだろう。

高く持ち上げられた木の枝は、次の瞬間くしゃりとたわみ、Ｖの字に曲がった。Ｖの根本の樹皮は剥《は》がれて、白い裏側を晒《さら》している。よく見るとそれが、蛇の歯型になっていることがわかる。おそらくオカカシサマが噛《か》み付いたのだろう。やがて空中で枝はバラバラになり、細かな木の破片が、風を受けながら広場に散らばった。

面白い光景だ。サーカス小屋で派手なパフォーマンスを見たかのような。ぼくは爽快《そうかい》な気分になった。冥は一言だけ口にした。

「はじめましょう」

2

六月二十二日、火曜日。

二十一時過ぎに、ぼくらはこっそり家を抜け出した。父親には『ちょっと出かけてくる』というラインのメッセージだけを送っておいた。日が変わる前には家に帰るつもりなので、これくらいでも大事にならないはずだ。

二十分ほど自転車を漕ぐと目的地に着いた。阿加田駅《あかだえき》からすこし離れたところにある、耕作放棄地と山の狭間《はざま》にある、長さ二百メートルから三百メートルほどの細い道だ。周囲には全く人気《ひとけ》がない。今日のターゲットである、横田真奈美《よこたまなみ》は二十二時くらいにそこを通るはずだと冥は言っていた。

ぼくらはまず現場の下見をした。下見と言っても、ただ暗くて人のいない道であることを確認しただけだけれど。

自転車を杉林の奥に隠す。それはオカカシサマにやってもらう。ぼくらの自転車は一台ずつ浮遊し、杉林の深い奥へと勢いよく運ばれる。

何度見てもすごい力だ。すっかり見えなくなってしまった自転車の方向を見ながら、ぼくは言った。

「自転車なんて使わずに、オカカシサマに乗せてもらうのはどうだろう？」

ぼくは大蛇に乗った女の子が山中を移動する、昔読んだファンタジー小説のことを思い出しながら言った。

「誰かに見られたらどうするの？　空を飛べる少年少女としてテレビに出演するの？」と冥《めい》が言った。

「人に見られないように、山の中を移動するとか」

「目的地が山の中ならいいかもしれないけど、私たちが行くのは町の中だし、町なんて人間向けに作られているんだから、人間の道を移動するのが一番楽でしょう？　それにオカカシサマが踏み潰《つぶ》した樹木や藪《やぶ》をどうごまかすつもりなの？」

確かに。我ながら浅はかな提案だった。もしかするとぼくは子供っぽい気持ちから、単にオカカシサマに乗ってみたい気持ちを理屈で正当化していただけなのかもしれない。

「あとね。オカカシサマの力を使うのは、すこし疲れるの」と冥は言った。

「すこしってどれくらい？」

「自分を乗せて長時間移動するだなんて考えると、ぞっとするくらいには」

「なるほど」

「それに、色々とわからないことがあるの」と冥は続けた。「オカカシサマを使ったことによる疲れが、一般的な運動と同じように、使用量に比例して溜《た》まっていくものなのか、あるいはある時点でどっと疲れが来るものなのか、筋肉痛みたいに翌日に疲れがぶり返すものなのか、霊障みたいに一度覚えた疲れが消えないのか、あるいはゲームのマジックポイントみたいに、私自身の体調は関係なく、一定の力を使うと使えなくなったりするのか……そういうことを実証していく時間はないし、力を使えば使うほど、思わぬリスクを背負い込む可能性が高いでしょう？」

　確かになにかしらの制約はありそうに思える。ともかく色んな観点からして、オカカシサマに乗るのは得策ではないということだ。

　もう一つ、気になっていたことを聞いた。

「今日ここに、横田真奈美《よこたまなみ》という人が来ることについてだけれども」

「うん」

「それはどうやって知ったの？　またオカカシサマの千里眼？」

「まあ、そう」あまり一言で要約できるような力ではないのか、「まあ」のところにちょっと力点があったけれども、結局のところ冥《めい》はそう答えた。「オカカシサマの力を借りていた時に使っていたものと、オカカシサマと一つになっている今に使っているものは、感覚的には全く違うのだけれども、言ってみればそうよ」

夏至の前、冥はオカカシサマの力を「安定しないちっぽけな力」だと言っていた。ところが今、彼女は自分の千里眼に対して、ある程度の自信を持っているように見える。少なくともそれくらいの感覚的な変化はあるのだろう。

「千里眼がそもそもどういうものなのか、ぼくはあまりピンと来ないんだけれど」

「説明して欲しい？」

「うん」

冥はスマートフォンのホーム画面の時計を見た。そして横田真奈美《よこたまなみ》が来るまで、まだ少し時間があることを確認してから言った。

「長い話になるかもだけど」

「いいよ」

「私の父がね、大学時代に一つだけ単位が取れなくて、一年留年したの。それで時間が余ったから、世界一周旅行をすることにしたの」

「ふうん」千里眼の話とどう繋《つな》がるかはわからなかったけど、ともかくぼくは相槌《あいづち》を打った。

「彼はコロンビアに行ったの。治安が悪いことで有名な国ね。今も昔もコロンビアの住居には、窓に鉄格子が嵌《は》められているの。そうしないと窓を割って強盗が入ってきて、おまけに現地のマフィアが警察と癒着《ゆちゃく》していて、犯人が捕まらなかったりするんだって。要するに自分の身は自分で守らなければならない国だということ」

冥は続けた。

「一方、私の母は阿加田町《あかだまち》よりよっぽど田舎の村の出身なの。昔は家に鍵《かぎ》すらもかけなかったんだって」

「へえ」祖母が昔住んでいた町もそうだったと、聞いたことがある気がした。

「でもこの話、よく考えたらコロンビアの家と比べると不思議なことよね。どちらも警察が機能していない場所で、盗みを行う利点・欠点は同じくらいで、片方は鉄格子で自分の身を守っていて、もう片方は鍵を開け放っているのだから」

冥はちらりと道の向こうを見た。相変わらず人通りは皆無だ。

「大衆向けのテレビ番組なら、日本人は善良でしたとか、昔は良かったとか、そんな浅はかなことを言って終わりなんでしょうけど、私はなんだか納得できなかったの。だって同じ人間でしょう？　そんなにがらりと行動が変わるとは思わないわ。そんな疑問を持っていたある日、一冊の民俗学の本を読んだの。それで私なりにちょっぴり納得したの」

「どんな本？」

「昔の迷信深い日本人の、典型的な行動様式が書かれた本。まず朝起きたら、手を叩《たた》いて日の出に祈る。名前も知らない神社を掃除し、カラスが鳴くのに怯《おび》える。畳の縁や敷居や枕は踏まず、夜になると爪を切ってはならないと言われ、新しい靴を出してもいけないとされている。生理の日や、月の一日・十五日・二十八日に女性が外に出るのは、非常識で避けるべきこと。そんな日本中どこにでもいるようなありふれた田舎の人たちの迷信が網羅された本なの」

そこまで言うと、冥《めい》はちらりとぼくを見た。

「どれか一つくらいは聞き覚えがあるんじゃないかしら」

「夜に爪を切るのは不吉だとは言われたことがある」

「ふうん、おじいちゃんから？　おばあちゃんから？」

「いや、父親から」彼は迷信深いのだ。

「それは面倒ね」と冥は言った。彼女は民俗学が好きだし、迷信の話をするのも好きなようだが、現実の場にそれを持ち出されると面倒くさいといった普通の感覚もあるようだ。

冥は変わらず夜道の方に目を留めながら、

「迷信って色々あるのよ」と言った。「よくこんなに思いつくものだって思うくらいに。踏んではならないもの、跨《また》いではならないもの、農や漁の日にやってはいけないこと、裁縫に関すること、経血に関すること……こんなふうに、自分の全てを見張られている気分でする暮らしは、どんなものだろうって思うくらいに」

「なんでそんなに迷信深かったんだろう?」

「たぶん、農業や漁業の成果と密接に関わっていたからじゃないかしら」と冥は自分なりの推測を口にした。「共同体にいる一人一人の行動によって、神様の機嫌が変わり、その年の豊凶が左右される。例えば『今年、凶作になったのは誰かが夜に爪を切ったせい』『縁起の悪い日に洗濯をしたせい』になる。タブーを犯した家が村八分になることもある。そして本当に神様に救いを求める時は……人の命を捧げることもある」

冥は淡々と口にする。たぶんぼくも冥も、オカカシツツミのことを頭に浮かべている。

「単に『仲間意識が強い』といった言葉では表せない、自分の存在を超えたなにかに見張られているような感覚を、昔の人たちは持っていたんじゃないかしら」と冥は言った。「そしてオカカシサマの千里眼というのはね、そういった昔の人たちが想像する、暗闇に棲《す》むなにかの視線の集合体なの」

いろんな感想があった。じっくり議論してみたいことも。けれども無駄な話をする時間はなさそうだったから、ぼくは一番大切だと思えるトピックをかいつまんで冥に聞いた。

「オカカシサマの千里眼は万能ではなくて、阿加田町《あかだまち》の町内に限られているということ?」

冥は長いまつ毛を一度、夜空に向けてから言った。

「そうね。阿加田町の町民の様子ならば、町の外でもすこしくらいはわかるようだけれど」

そこまで話したところで、不意に冥が口にした。

「来た」

体中に緊張が走った。横田真奈美《よこたまなみ》が来たということだろう。

ぼくと冥《めい》は杉林の裏に隠れた。杉林と国道の間にガードレールのような遮蔽物《しゃへい》はなく、国道からこちらは暗闇に紛れて見えづらいが、逆はよく見える。待ち伏せに絶好の場所だった。

しばらく横田を待つ。ぼくと冥の体からは龍脳《りゅうのう》の香りがする。虫除《よ》けのために事前に塗ってきたものだ。

やがて遠くからハイヒールの音が聞こえてきて、一人の女性が通りかかった。

十九歳か二十歳くらいの、ブラウンのワンピースを着たロングヘアの女性だった。耳にはワイヤレスイヤフォンを付け、手元のスマートフォンを見ている。エラが張っていて鼻と口が大きく、吊《つ》り目で、また眉《まゆ》毛と口紅の色が濃すぎるのもあって、気の強そうな印象は与えるが、良くも悪くも記憶に残るような容貌《ようぼう》ではない。

冥は何食わぬ顔で杉林を出た。ぼくはその後ろに続いた。

「あなた、横田真奈美さん?」

と冥は聞いた。横田はスマートフォンを見るのに熱中していたから、ぼくらが杉林から出てきたことには気づかなかったみたいだ。だからたぶん、普通に向かい側から歩いてきたと思っただろう。彼女は足を止めてイヤフォンを外し、突然の来訪者にやや驚いていた。

「あのね、聞きたいことがあるの」と冥は言った。

「なんや」横田はぶっきらぼうに言った。

「田茂井《たもい》 翔真《しょうま》について教えて欲しいの」

横田の吊り目が大きく見開かれた。横田は何も答えなかったが、その質問は彼女に少なくない衝撃を与えたようだった。動きが忙《せわ》しなくなり、きょろきょろと道の向こうを見た。

「あなたは彼の高校時代の彼女でしょう」

「卒業前に別れたわ」と強い訛《なま》りのある拒絶の言葉を口にして、横田は去ろうとした。その反応はやや過剰にも思えた。ぼくらが怪しい二人組であることを差し引いても。

ぼくはふと、南賀《なんが》 良子《りょうこ》が田茂井翔真の名前を口にした時のことを思い出した。ちょうど彼女もこんなふうに強い反応を示していた。田茂井翔真というのは、こういった特殊な反応を引き出すような人物なのだろうか。

「彼について詳しく聞きたいのだけど」

「知らん、知らんわ」と横田は言う。彼女は逃げようとするが、ハイヒールのせいであまり速度は出なかった。

「時間は取らせないわ」

「通せや、アホ」

「私はね、あなたたちに殺された佐藤明里《さとうあかり》の妹なの」

冥は言った。台詞《せりふ》の内容にもかかわらず、やけに愉快そうに。もしも誰かに今の冥の無声映像を見せて、彼女が何と言ったかをクイズ形式で出題したら「トリック・オア・トリート!!」と答えそうなくらいの底抜けの明るさで。

だが、意味と素振りに溝がある分、かえって凄絶《せいぜつ》な印象があった。狂気的と言ってもよかった。その台詞《せりふ》はしばらく横田《よこた》を呆然《ぼうぜん》とさせ、立ちすくませるほどの効果はあった。

冥《めい》はポケットに手を入れると、何気ない素振りで、弓なりに曲がった茶色い物体を取り出した。

革製の鞘の隙間《すきま》から銀色の刀身が覗《のぞ》き、街灯の明かりを受けて白く輝いていた。ナイフだとぼくは思った。横田は冥の手元を見て痙攣《けいれん》めいた身振りをすると、

「何するつもりやねん!!」と言った。

すると冥は、横田のお腹に鋭い膝蹴《ひざげ》りを叩《たた》き込んだ。

不意打ちだったので、横田は全く防御体勢が取れなかったようだ。蹴りはみぞ落ちに入ったようで、しばらくむせていた。冥は淡々と言った。

「あのね。どうして私がナイフを鞘に入れたままなのか、わかる？　使うつもりならば、鞘から出しているでしょう？　ホワイ？　それはね、今のところ、私にはあなたを刺す気はないということ。あなたが適切な対応をすれば、無事にお家に帰れるということ」

「クソ垂れのクソ喰《ぐ》い女の妹めが」

すると冥は倒れた横田に、全体重をかけた前蹴りをした。横田は低い叫び声を上げた。

長い折檻《せっかん》が続き、ようやく横田は黙った。冥は座り込んだ横田の頭を、鞘に入ったままのナイフで叩きながら、

「私の命令以外で何もしゃべらないで」と言った。「本当は暴力なんて振るいたくないのよ。ただ私は、あなたから話を聞きたいだけなの。田茂井《たもい》翔真《しょうま》についての話をね。それに答えてくれれば、あなたはこのナイフに切り裂かれはせずに、無傷で家に帰れるの。私も手を汚さなくて済むの。ウィンウィンでしょう?　めでたしめでたしのいい子いい子なのよ」

横田はじろりと冥の方を見た。まだ目に反抗的な色は残っているが、無言でうなずいた。

「賢い行動を取りましょうね」と冥は言った。

ぼくらは人目につかない杉林の中に移動した。横田は虫刺されを気にしていた。

田茂井翔真の話を聞くだけだと言いながらも、冥はしれっと「まだ聞きたいことがあるのよ」と言って、他の六人に関する情報も聴取していた。

もっとも、冥は生け贄《いにえ》に捧げる人々の情報を、ある程度収集した上で儀式を始めていたと思う。SNSのアカウントも残らず把握していたし、全員の住所と勤務先と平日・休日の行動パターンを知っていた。くわえて今は、高性能の千里眼がある。

つまり横田から話を聞くのは、あくまで情報の裏付けを取るためだった。もちろんそれもそれで、今後の計画を遂行するためには必要なことだ。

冥《めい》はスマートフォンのメモを見て、事前に質問しようと思っていたことを全て質問し終えたことを確認し、横田《よこた》に言った。

「じゃあね」

それと同時に、横田の首がグキッと折れた。

急にやったので、骨が折れた音を、杉林の梢《こずえ》が折れる音に誤認しかけたくらいだ。

しかし、確かに目の前の横田の首は曲がっていた。皮膚の裂け目からわずかな血を、詰まったスプリンクラーのように吐き出した。傷口からは白い骨が覗《のぞ》いている。彼女は膝《ひざ》の力を抜き、ごろりと前向きに倒れて動かなくなった。

死んだ。たぶん即死だろう。オカカシサマの殺人の手前は、あまりにも鮮やかで容赦がなかった。本当に死んだのか、いまいち確信が湧かないくらいだ。生と死の境界線は、こんなにも簡単に横断できるものなのか。

「死んだ、そう」と冥が言った。彼女自身も確信が持てていないような言い方で。

ともかく死体を埋める穴を掘ることにした。

山の中というのは、意外と死体を隠す場所には適していない。すぐに野生動物が掘り出してしまうからだ。死体は腐敗臭を発し、それが土の中から立ち上ってきて、動物が感知するのだ。

ところが一定以上の深さまで掘ると、腐敗臭は地下に密閉されて地上まで上がってこない。図書館にあった本で読んだ知識だが、冥も知っていた。確か三メートルだ。それほどに深い穴を一晩で掘るのは難しいが、オカカシサマの力を使えば容易だ。

穴は直《す》ぐ掘れた。オカカシサマが横田の遺体を穴の中に入れ、土を半分ほどかけたところで、ふと冥が倒れ、作業が中断した。

あまりにも脈絡なく倒れたので、なにかふざけているのかと一瞬思ったくらいだ。でももちろんそんな状況じゃない。ぼくは慌《あわ》てて冥に駆け寄った。

「どうしたの？」

「……送られた」

「何が？」

「送られたの。横田真奈美《まなみ》の魂が、神ヶ島《こうがしま》に送られた」

すぐには意味が理解できなかった。

だが、ふと冥が阿加田山《あかだやま》で言っていたことを思い出した。

『全てが終わるとオカカシサマは、阿加田山の裏にある宍路湾《ししろわん》を越えて、対岸の神ヶ島で一時の安息を得ると言われている』

『オカカシツツミを記録した村中太郎《むらなかたろう》の説によると、人形の代わりに人間を捧げていたそう』

『生け贄《いにえ》にされた人間の魂も、神ヶ島に送られるのだとか』

そうだ。オカカシツツミの生け贄は、相手を殺して終わりじゃない。その魂を神ヶ島という、オカカシサマの安息の場所にまで送って終わりなのだ。

そして今、横田真奈美《よこたまなみ》の魂が神ヶ島《こうがしま》に送られたのだ。

ぼくと冥《めい》は、しばらくその場で呆然《ぼうぜん》と黙り込んでいた。

冥がいきなりオカカシサマの力を使えなくなって、死体を埋めることが中断して、物理的に何も出来なくなったからというのもあるのだけれども。

それ以上に「横田の魂が送られた」という事実を聞いて、混沌《こんとん》とした出来事を、ようやくまともに脳が処理し始めて、適切な答えを出し始めたのもあった。

ぼくらは人を殺したのだという、等身大の実感が湧いてきたからだった。

どんな理由があろうとも、ぼくらは他人を殺《あや》めたのだ。

手は嫌《いや》な汗で濡《ぬ》れていた。月夜は他人めいた光をぼくらに投げかけていた。


オカカシサマの超能力は、どれも冥に一定の疲労を与えるようだけれども、最大の疲労を与えるものは、生《い》け贄《にえ》の魂を神ヶ島《こうがしま》に送ることのようだった。これを〈魂送り〉と呼ぶことにする。

〈魂送り〉の後、冥はしばらく立ち上がることも出来なくなり、オカカシサマの力も使えなくなった。ぼくらはまだ死体を埋める途中だったので、大変困ったことになった。

五分ほど、ぼくが一人で埋められないかを四苦八苦していると、ようやく冥がオカカシサマを、すこしだけなら動かせる状態にまで回復して、その三秒くらいの間に死体の隠蔽《いんぺい》を終わらせた。また冥は立ち上がれなくなった。

ぼくは冥をおぶって家まで帰ることにした。彼女は自転車にも乗れない状態だったから、そうする他なかったのだ。

もしも横田の死体が見つかったなら、その近くに自転車を隠しているぼくらは、間違いなく重要参考人だろう。かといって、ここに留《とど》まり続けるわけにもいかない。

泥だらけの冥を背中に乗せて夜道を歩く。

ぼくは今夜起こったことを、一つ一つ思い返してみる。

冥は横田をナイフで脅し、彼女を蹴《け》りつけ、事情聴取した。それから首を折って殺し、最後には土の中に埋めた。アクション映画のシーン数個分の大立ち回りをしたわけだが、不思議と背中にある冥の体は軽かった。小さくて、ほのかに温かくて、鼓動は天国のドアをノックしているみたいに優しかった。虫除《よ》けの龍脳《りゅうのう》の香りが、シトラスフローラルのシャンプーの匂《にお》いと混じり合っていた。何かがひどく間違っているような気がした。ひどくバランスを欠いている気がした。

冥は話すことも出来ないくらいに疲れているようだったから、ぼくは自分の頭の中だけで、冥のオカカシサマの力についておさらいをした。

オカカシサマの力は万能じゃない。なぜなら〈魂送り〉があるからだ。生け贄が終わった後、たぶん冥の意思には関係なく、その魂が神ヶ島に送られる。その時に冥は激烈な疲労を覚え、自分の力で立ち上がることさえ出来なくなり、オカカシサマの力も使えなくなる。

生け贄《いにえ》を捧げた直後に動けなくなるなんて、客観的に考えてかなりのリスクだ。最も見つかる可能性の高いタイミングで、最も消耗するのだから。

それから、これは仮説だけれども、〈魂送り〉のタイミングは、たぶん生け贄が死んだ時刻と同じではないと思う。いや、土の中へと埋めた時、確かに横田《よこた》は死んでいたはずだから、はっきりズレているのだと思う。

人間が死んでから、魂というものが分離するまでに時間がかかるのか、あるいは生け贄が死んでから、神ケ島《こうがしま》の方で受け入れ準備をするのに時間がかかるのか。その辺の事情はわからないけれども、ともかく生け贄が死んでから数分後、だいたい二分か三分後くらいに発生するみたいだ。

そして――。

とまで考えたところで、冥《めい》がぼくの肩をとんとんと叩《たた》いた。

歩けるということのようだ。ぼくは冥を背中から下ろした。

街灯の下で見る彼女は泥だらけで、今までで一番消耗しているように見えた。陶器のような白い肌も、今ではすこし青みがかって見える。衣服は汗なのか泥なのかわからないものでぐしゃぐしゃに濡《ぬ》れていて、細い四肢と衣服の境界線が滲《にじ》んでいるようにすら見えた。

「戻る？　歩く？」

とぼくは聞いた。自分が普段通りに振る舞おうとしているのを客観視しながら。

ぼくらは家と犯行現場の間の中途半端な所にいた。このまま歩いて家に帰るのも、一回戻って自転車に乗って帰るのも、だいたい同じくらいの時間がかかりそうだった。

すこし考えてから冥は言った。

「歩く」

証拠の隠蔽《いんぺい》のためには戻った方がいい。でもほっとしたのは確かだった。どうやらぼくは横田の死体から、なるべく早く距離を置きたいと無意識的に思っていたようだ。考えてみれば冥をおんぶしてここまで歩いてきたぼくの心の中には、一刻も早く死体から離れたいという逃避願望があった気がする。無意識のどこかで、ぼくは死体に怯《おび》えていたのだ。


家に帰ると既に父親は寝ていた。泥だらけであることに対する、出来の悪い言い訳をいくつか考えていたのだけれども、口にせずに済みそうだった。

お風呂《ふろ》に入りたいと冥が言い、ぼくらは交代で浴室に入った。普段と同じならば、湯船には父親の残り湯があるだろう。追い焚《だ》きもできる。

先に冥が入る。ぼくはその間、家の中を泥で汚さないために、玄関の三和土《たたき》で待っていた。

冥の入浴が終わって、次にぼくが入った。浴槽には泥が浮かんでいたが、気にせずに入浴した。先にぼくが入浴していたら、ぼくが泥を浮かべていただけの話だ。お湯に入ると、じんわりと温かいものが体中に染み渡り、すこしだけ副交感神経が整った。

体を洗った後、湯船の栓を抜き、お湯がなくなるのを見守った。湯船の底に泥が残ってしまったので、それはシャワーで流した。くわえてタイルの上に残っている泥もシャワーで取り去った。完璧《かんぺき》ではないだろうけれども、それで浴室はある程度元通りになった。

パジャマを着て二階に上がる。冥《めい》の部屋には声はかけなかった。彼女はもう寝ているかもしれないと思ったからだ。

自室に入り、睡眠薬をペットボトルのミネラルウォーターで飲み下し、消灯して布団に入った。

しかし中々寝付けなかった。気が昂《たか》ぶっていたし、なにより冥に貰《もら》った睡眠薬は、眠りを深くするタイプのもので、寝つきを良くする効果はあまりないらしかった。とはいえ深く眠れるという安心感からか、今日までは寝つきに対してもよく効いてくれていたのだけれど、今夜はそのプラセボ効果は発揮されなかった。

睡眠薬を悪用する事件などもあることから、世間の人たちは睡眠薬に対して「飲めば直《す》ぐに眠れる」といった大雑把なイメージを持っていると思うのだが、そういう事件は医者が処方する何倍という量を被害者に飲ませているのであって、ぼくや冥が使用する範囲においては、寝つくためには普段の睡眠と同様に、体をリラックスさせることが不可欠だった。

だが上手《うま》く緊張が解けなかった。体が強張《こわば》っていて、心臓は不安定な脈を打っていた。呼吸が浅く、手足がむずむずした。暗闇がやけによそよそしく感じられた。

その時だった。ふと自室をノックする音が聞こえた。でもそれは夢の中で鳴っている音かもしれないと思ったから、ぼくは返事をしなかった。

「眠ってる?」

ドアが開き、冥が小声で言った。どうやら夢の中の音ではないようだった。

「まだだよ。どうしたの?」

ぼくは答えた。すると冥は何も言わず、ドアを開けたままどこかに消えた。

そのうち廊下の方から、なにか重たいものを引きずる音が聞こえてきた。体を起こして彼女を待っていると、冥は布団を引っ張りながら、ふたたびぼくの部屋に訪れた。

「あなたの部屋で眠ってもいいかしら」

どう答えようかと思ったけれど、なるべくシンプルな応答の方がいい気がした。

「いいよ」

「ありがとう」

彼女も一人で眠るのが心細かったのかもしれない。それもそうか。それだけのことをやったのだから。

冥は部屋の隅に布団を敷こうとした。でもそれでは寝心地が悪そうに思えたから、ぼくは部屋の中央に散らかったものを隅に押しやり、彼女が布団を敷ける場所を作った。電灯は間接照明しか点《つ》けていなかったし、睡眠薬を飲んだために意識が曖昧《あいまい》になっていたから、かなり雑なやり方になってしまったけれども、一応布団の大きさ分のスペースは出来た。

冥《めい》は部屋の中央に布団を敷き直した。すると脱ぎ捨てられた衣服や文庫本が、彼女の布団の隅にかかってしまった。ちょっと片付け足りなかったかもしれない。

「五分ほどくれたら、もっとちゃんと整えるよ」とぼくは言った。

「これでいいわ」

「いや、遠慮しないでいいよ」

「ううん……私はあなたの部屋で眠りたいのだわ」

冥ははっきり言った。それからぼくがその言葉について深く考えるよりも先に、するりと布団の中に入り、大小様々なぼくの物の下で目をつむった。

その後、一時間くらい眠れなかった。色んな物事が頭に浮かび、意味を成す前に消えていった。思考の断片がまどろみを削《そ》いで、その正体もわからないままに意識の底に崩れていった。息が浅くなることもあれば深くなることもあった。眠るというイメージが湧かず、自分は永遠にベッドシーツの上で這《は》いつくばっているのだと思うこともあった。

冥は眠りにつけたらしく、規則的な寝息を発していた。世界中のありとあらゆる不幸を知らないような穏やかな吐息だった。ぼくは自分が眠れなくても、彼女の眠りだけは妨げないようにしようと思った。

しかしそのうち、その寝息にも変化が訪れた。呼吸が浅くなり、定期的なリズムを失っていった。空気が彼女の喉《のど》を通るたび、痛々しくかすれるような音が鳴った。

何度も寝相を変えていた。それから彼女は消え入りそうな寝言を一言だけ口にした。

「お姉ちゃん」


目を覚ます。

目が覚めたということは眠っていたのだ、と思うくらいに眠りが浅い日があって、今日がその日だった。とはいえ睡眠薬がなければ途中で起きて、二度と眠れなくなっていただろうから、その分の薬の価値はあったのだろう。それにまだ眠気は残っているから、一度トイレに行って帰ってくれば二度寝ができそうだった。

ふと冥を見た。夜中には苦しそうにしていた覚えがあるが、今の彼女の寝相は穏やかだし、平和な表情を浮かべていた。きっと良い夢を見ているのか、あるいは夢を見ないほどに深く眠っているのだろう。六月の夜の暑さからか、布団を蹴《け》ってしまっていたが、それすらも幸せな眠りの徴《しるし》のように思えた。彼女はカーテン越しのまばらな陽光を浴びて、さくらんぼ色の唇《くちびる》を微笑《ほほえ》みの形にしていた。

ふと見ると冥はまるで抱き枕のように、ぼくの脱ぎ捨てたパーカーの一つを、胸の中に大切そうに抱《かか》えていた。まるで子リスが巣の外で拾ってきたものを、大事に持ち帰って愛《め》でているみたいだった。それが意識的なものなのか、無意識的なものなのかはわからないけれど。

ぼくは音を立てずにトイレに行った。戻ってきても冥《めい》はまだ眠っていて、ぼくのパーカーも手放さずに抱きしめていた。

ぼくはふたたび布団の中に入った。すると短いながらも深い眠りがやってきた。

3

六月二十三日、水曜日。

昼の間に、オカカシサマに自転車を持ち帰ってきてもらうことにした。現場に戻るのは気詰まりだったので、行かなくて済んで良かった。ちなみにその際、もしかすると誰かが『E.T.』のように宙に浮く自転車を見たかもしれないけれども、それは単に愉快な可能性ということにして、あまり深くは考えないことにした。

オカカシサマをおつかいに出している間、ぼくと冥はキャッチボールをした。ボールとミットはぼくが小学生の時に買ってもらったもので、冥が下駄箱の隅に押し込んであるのを見て「やりたい」と言ったのだ。

家の駐車場で、笑いながら下手投げで白球のやり取りをした。上手投げにも挑戦してみるが、冥は頭よりも上に手が上がらないようだった。冥の投げたボールが見当違いの方向に飛んでいくのを見て二人で笑った。そんな最中に、ふと思いついてぼくは言った。

「オカカシサマの力を使って、全部遠隔で生け贄《いにえ》を済ませるのはどうだろう？」

自転車を運んでこれるほどなのだから、殺人もできるように思える。

冥はぼくの投げたボールをおぼつかなくキャッチすると言った。

「私とオカカシサマの距離が離れるほど、操作の精度が悪くなっていくの」

「そうなんだ。でも、上手《うま》くやればできそうだけど」

「なんかね。オカカシサマがやりたがらないの」

「やりたがらない？」

「たぶん殺すこと自体は可能なのだけれども、〈魂送り〉のためには、死の瞬間には生け贄の近くにいないといけないみたい。それで後ろ向きなのだと思う」

なるほど。オカカシサマは魂が欲しいのであって、単に殺人を犯したいわけじゃない。これはあくまで神事なのだから。

そして〈魂送り〉はかなりのエネルギーを伴うことのように見えた。冥だけではなく、オカカシサマにとってもそうなのだろう。生け贄の死に立ち会わないとできないという制約もあり得そうに思えた。

冥が外れた方向に投げてきたボールを、ぼくはなんとかキャッチしてから言った。

「じゃあ、オカカシサマが気づかないように、こっそり彼を殺人に利用しちゃったりするというのはどうだろう？」

　例えばオカカシサマに、ターゲットが中にいる建物を破壊してもらうとかだ。するとオカカシサマの気づかないうちに、目標を始末することができるかもしれない。

　冥《めい》はバウンドしたぼくのボールを取り損ない、慌《あわ》てて追いかけながら言った。

「私の考えていることを、半分くらいオカカシサマは知ることができるの。それに自分が騙《だま》されていることを知ったら、彼が私たちにどんな罰を下すかわからないわ」

　確かに彼は、恐ろしい祟《たた》りを引き起こす神様でもあるのだ。

「でも、それだけの力があるなら、冥の力なんて借りずに自分で生《い》け贄《にえ》を捧げればいいのにね」と、ぼくはかねてからの疑問を口にした。

「神様が世界に干渉するためには、人間の依《よ》り代《しろ》が必要なの」と冥はボールを手元で弄《もてあそ》びながら言った。「諏訪《すわ》神社はその役を八歳から十五歳の男の子にしていたし、ネパールだと初潮を迎えるまでの女の子を女神《クマリ》としている。クマリの信仰は今でも続いているわ。構図としてはイエス・キリストとも似ているかもね。神様の世界ではよくあることなのだわ」

　オカカシサマの力を使った後、冥には疲労が出る。よく考えたらそれは、オカカシサマが自分の動力として、人間の体力を欲しているという考え方もできる。人間の体力がなければ、オカカシサマは充分な力を発揮できないのかもしれない。

「けど、人間の媒介が不可欠ならば、なんで神様の祟りなんてあるんだろう？」

「さあ、ケースバイケースなんじゃない？」

冥はあまり、信仰上の辻褄《つじつま》には興味を持っていないようだ。

彼女が上手投げで放ったボールは、暴投となって青い空の向こうに飛んでいった。その軌跡をぼんやりと見つめながらぼくは言った。

「きみは運動が下手《へた》だし、あまり外に出ている様子もないのに、やけに格闘だけは上手《うま》かったよね」

昨夜のことをまざまざと思い返してみる。横田《よこた》を相手にした冥の立ち回りは見事だった。

「室内で習える格闘技もあるのよ。それにキックって体重をかけるのが大事だから、コツさえ掴《つか》めば筋肉は要らないのよ。別に格闘技の使い手とタイマンを張るわけではないのだし」

確かに、昨日だって反撃をされる前に速攻で押し切ったという感じだった。

ぼくは彼女の白くて細い四肢を見つめた。そして冥を怒らせたりするのは絶対に避けようと思った。


その日の夜も、ぼくらはオカカシツツミに二つ目の生け贄を捧げるために家を出た。昨日と同様に自転車を漕ぎながら。

昨日と違うところがあるとすれば、ぼくもボディバッグを持って、中にナイフを入れていたことだ。それは中学生の時に、転校してしまった友人に、お別れのプレゼントとして貰《もら》ったものだった。丁度いい重さがあって、折りたたみ式で、何よりもデザインが洒落《しゃれ》ていた。

いじめを受けていた彼は、親の財布からお金を抜いて、県外のナイフ専門店で購入したという。いざとなったら使うつもりだったそうだが、結局は使わずに転校する道を選んだ。新しい学校に行くにあたって、そんな因縁めいたものを手元に残しておきたくなくて、厄介払いみたいな気持ちでぼくにくれたのだと思う。

動機はどうあれ、ぼくがそのナイフを気に入ったのは確かだった。たまに銀色の刀身をうっとりと眺めてみることもあった。林檎《りんご》の皮を剥《む》いてみることも。

あまりこれを使う事態は想像したくはないけれども、一応持っていくことにした。まあ十代の少年少女が、お守りのつもりで刃物を持ち歩くなんて、言っちゃあなんだけどありふれたことだから、大した理由なんて要らないだろう。ぼくにこれをくれた友人自体、本当に使うことまでは実は考えていなくて、精神的な支柱にするくらいの気持ちだったと思うし。

自転車で国道を上りながら冥《めい》が言った。

「今日のターゲットはね、南賀《なんが》良子《りようこ》なの」

ぼくは先日、プール脇《わき》の田んぼでぼくに話しかけてきた南賀良子のことを思い出した。彼女も佐藤明里《さとうあかり》の自殺に関わっていたらしい。

オカカシツツミの生け贄《いにえ》について、ぼくが決めていることが一つあって、それは冥が生け贄に捧げる七人が、果たしてどういった経緯で佐藤明里の死に関わったのかを、必要以上に聞かないことだった。ぼんやりと考えていたことだが、昨日の殺人を経てはっきりと決心した。それはぼくが知るべきことじゃない。

すこし話を聞いたところで――いや、仮に好きなだけ話を聞けたとしても――たぶん完全には理解できないだろうし、冥が復讐《ふくしゅう》を決心するに至った、深い実感のようなものを知ることはできないと思う。それはきっと、彼女の世界の中だけに存在するものだ。ならばマスメディア式の紋切り文句のようなもので、わかった気になってはならない。

目的地に着く。

それは山の中にある、田茂井《たもい》家の所有しているログハウスだった。別棟兼別荘のようなもので、田茂井家の本家からは距離を隔てた場所にある。過去には田茂井祐人《ゆうと》が、今は蒼樹《そうき》が自由に使わせてもらっているらしく、ガラの悪い奴《やつ》らがよく出入りをしている話を聞く。

馬鹿《ばか》馬鹿しいことに、この家に招いてもらうことが、ぼくの学校だと一つのステータスのようになっているので、外観の写真がクラスのライングループに貼《は》られているのをよく見る。貼った奴が家に行った証明ということだ。しかし実際に見たのは初めてだ。

ぼくらは杉林の中から、ログハウスを観察する。

阿加田町《あかだまち》そのものがひっそりとした町だが、この建物は郊外にあって更《さら》に人気《ひとけ》がなく、鬱蒼《うっそう》としたブナとスギの林に囲まれていた。ここに来るまでの四百メートルほどの道の両脇には何の建物もなく、林と崖《がけ》があり、眼下には阿加田町が見下ろせた。町外れに建てられた静かな別荘といったコンセプトなのかもしれない。阿加田町《あかだまち》そのものが世界の外れにあるので、阿呆《あほう》らしい発想だが、田茂井《たもい》家に限ってはないとも言い切れない。なんにせよ計画には好都合だった。千里眼を使わなくたって、双眼鏡で中は見える。蒼樹《そうき》のバカが、夜にもかかわらずカーテンを開け放っているからだ。

ソファの上で、蒼樹と南賀《なんが》良子《りようこ》が大っぴらな性行為を営んでいる。

冥《めい》は顔をしかめた。そしてぼくに言った。

「一応、盗聴器が仕掛けてあるのだけど……」

彼女が学校に行かずに、一人でぶらぶらしている時期に仕掛けたものだろう。オカカシサマの力があるので、今となっては盗聴器要らずだが、色んな可能性を考えて設置しておいたのだと思う。

冥は気乗りしなそうにぼくにイヤフォンを手渡した。

ぼくはそれを耳に入れた。するとログハウスの中での会話が聞こえるようになった。

『言ってや……なあ！　言ってや……』

ソファの上で南賀良子に挿入しながら、蒼樹が懇願するように言った。

『ええ、そんなの意味ないよ』と南賀が言った。

『ええやろ、ちょっとくらいええやん』

すると南賀はため息をつき、か細い声色《こわいろ》をわざと作ってから、蒼樹に指示された言葉を口にした。

『わ……私はあ……初めて蒼樹様に抱かれた時からあ……蒼樹様のおちんちんのことを考えてえ……毎日自慰に耽《ふけ》っておりますう……』

『良子ぉっ!!』

ぼくはイヤフォンを取り外し、そのまま指でプチッと潰《つぶ》して地面に放り投げたい衝動に駆られた。しかし冥のイヤフォンなのでやめておいた。これが自分のイヤフォンだったら危なかったかもしれない。

とりあえずイヤフォンを外すと、手に持ったイヤフォンのスピーカーから、蒼樹がピストン運動を加速させる巨大な物音が聞こえてきた。けだものじみた叫び声も。

「しばらく南賀良子が家を出てくることはなさそうだ」とぼくは言った。

「報告してくれてありがとう」と静かに冥は言った。

あと音量を下げて欲しい、とぼくは頼んだ。

ようやく蒼樹の喘《あえ》ぎ声の音漏れが止《や》んだ。なんとも言えない沈黙の中で、ぼくは聞いた。

「昨日の儀式は『首を折る』だったけれども、今日の儀式は『首を折って酒をかける』だったっけ?」

ぼくから儀式の話を聞くことはあまりなかったが、厄介な音声を聞いた後だったので意図的に話を変えたかった。

「うん」冥《めい》自身は二人の痴態に対して何を考えているのかはわからなかったが、感情を交えぬ声でそう言った。「お酒は、古くから神様を喜ばせるものと考えられていたの。スサノオがヤマタノオロチに、お酒を飲ませる神話は有名よね。今も神様にお酒を捧げる祭りは各地に残っているし、『蟒蛇《うわばみ》』と言ったらお酒をたくさん飲む人のこと。日本語にも残っているのよ」

「へえ」と言いながらも、脳裏にはまだ、蒼樹《そうき》と南賀《なんが》の痴態の残滓《ざんし》が遺《のこ》っている。なるべく冥の話に集中しようと思う。

お酒には祝祭的なイメージがある。だからそれを飲ませたら神様が喜ぶというのは、なんとなく想像がつく。でも――。

「第三の生《い》け贄《にえ》は、『首を折って尿をかける』？」

尿というのはよくわからない。むしろ罰当たりな気さえする。冥はなんとも言えない沈黙を休符のように挟むと言った。

「尿にもね、呪力《じゅりょく》があると考えられていたの。むしろ歴史的には、尿や経血に対する信仰の方が先で、それがお酒に変わっていったの。ある女の子がね、野原で太陽をめがけておしっこをしていたら、彼女の姿に太陽神が恋をしちゃうの。そして女の子は神様の子供を産むの。これに類似した神話は世界中にあって、日本だと天道法師《てんどうほうし》のものが有名」

「ふうん」なんというか、好色な神様だ。

「だから神事で使う尿も、基本的には女性のものでないとならないの。逆に男性の尿は、ミミズにかけたら祟《たた》りがある、カエルにかけたら祟りがある、火にかけたら祟りがある……など、散々なのよ。だからあなたのおしっこを採ったりはしないから安心してね」

「そりゃどうも」軽口のように思えたけれども、冥の儀式に対するこだわりからして、もしも必要なものが男性の尿だったら……と想像するとちょっと恐ろしい。「それで、お酒は準備してきたの？」

「うん」

冥はボディバッグの中に手を入れると、三百五十ミリリットルのペットボトルを取り出した。ラベルには「酒」と太いマジックで書かれていて、透明な液体が入っている。

「それがお酒なの？」

「うん、中身が入れ替えてあって、中川《なかがわ》さんの持っていた日本酒になっているの」

「ぼくの父さんは安いお酒しか飲まないよ」

「オカカシサマが『いい』って言ってたからいいのだわ」

神様はあまりお酒の良し悪しにはこだわらないのかもしれない。

ぼくはふたたびログハウスを見る。南賀は蒼樹によって、あえて外から見えやすい体位を取らされている。本当にバカだなあと思う。

「これから、南賀が一人になるのを待つ？」とぼくは聞いた。

「そうよ」冥は肯《うなず》いた。「彼女がここから帰る時に、必ず通る道があるの。そこで待ち伏せをするのよ」

それから冥《めい》は待ち伏せ場所の細かな地理を伝えた。ログハウス自体が人気《ひとけ》のないところに建っているので、そこもひっそりとした通りだ。

ぼくは聞く。

「待ち伏せ場所に着いたら、このログハウスの中を千里眼でチェックする？」

「うん。南賀《なんが》良子《りょうこ》が家を出たタイミングを把握しないといけないのだし」

「嫌《いや》じゃない？」

とぼくは言う。体の疲れというよりは心の方だ。蒼樹《そうき》と南賀はあまり正視に耐えうる行為をしていない。十五歳の女の子にとっては特に。

「……べつに」

と冥は言ったが、やや嫌悪感をあらわにしていた。だからぼくが言った。

「冥に差し支えがなければ、ログハウスの監視はぼくがやるよ。南賀が出てきそうになったらラインで連絡する。それでどう？」

冥はすこし考えてから、それでいいと言った。それから、ううん、ありがと、と言い直した。

ぼくと冥は、ラインのやり取りのルールを決める。迅速に行うために、重要な連絡は定められたスタンプを押すことにした。ワンタップで済むからだ。

冥は南賀の待ち伏せ場所に向かう。事前に南賀を埋める穴を掘っておいたり、お酒を直《す》ぐにかけられるように準備する必要がある。自転車もログハウスの前から待ち伏せ場所へ、オカカシサマの力を使って移動しておく。生け贄《いけにえ》のタイムアタックといった趣きだ。

南賀を殺した後は、冥の体力が自転車を漕げるくらいに回復するまで、杉林の中に潜伏する。最後は自転車に乗って帰る。それが今日の計画の全容だった。

一人でログハウスの前に取り残されてから、ふと思う。

よく考えたら蒼樹の方もターゲットなのだから、二人まとめて殺してしまっても良かったんじゃないだろうか？　それをやっても、今日ばかりは罪悪感を覚えない気がした。ガラス越しにバカ二人を見ているとそんな確信が湧いた。

ただ、冥の方からそれを言い出さなかったということは、そうは出来ない事情があるのだろう。

例えば、そうだ。一日に〈魂送り〉を二回やるということは、それだけの疲労が冥の体に降りかかるということだ。もしも昨日の疲労が二倍来るようなものだったとしたら、激烈な苦痛だろう。冥がそれに耐えられるかはわからないし、少なくともそんな無理はさせたくない。

また〈魂送り〉は疲労を伴い、その後にオカカシサマを自由に使えなくなるから、南賀を殺してから〈魂送り〉が発生するまでの、タイムラグの間に蒼樹を殺す必要がある。つまり、殺人↓殺人↓〈魂送り〉↓〈魂送り〉としなければならないが、このような柔軟な手順の変更は認められないかもしれない。

やはり色んな観点から考えて、殺人は一日に一件が妥当なのだろう。

ぼくは双眼鏡でログハウスの中を見た。言い出したのは自分なのだし、責任を持って監視しなければならない。

しかし随分とグロテスクな印象を受ける性行為だ。反出生主義者のキャンペーン映像にでも使えそうなくらいだ。蒼樹《そうき》の脳みその半分はアダルトビデオで出来ていて、もう半分は腐ってしまっているのだろう。

それに付き合ってやる南賀《なんが》も南賀だ。南賀はスクランブル交差点がどうとか言っていたが、蒼樹に抱かれている自分は「私」ではなくて「空気」だとでも言うつもりなんだろうか。蒼樹に抱かれるくらいなら、人とぶつかってでも交差点を抜け出した方がよいだろうに。

その時だった。二人が何かを話し始めた。

ぼくは素早くイヤフォンを耳に入れた。冥《めい》の仕掛けた盗聴器の音声は、ネット経由でぼくのスマートフォンからも再生できるようにしてあった。

『祐人《ゆうと》お兄ちゃんがな、ええもんくれたんや』と蒼樹が言い、ガサゴソと何かを取り出した。

『ええ……それってヤバい薬なんじゃないの?』と南賀が怪訝《けげん》そうに言った。

どうやら、蒼樹は薬物を使ったセックスを提案しているらしい。薬物自体は使っているという噂《うわさ》があったので、それを組み合わせるという発想は、それほど突飛ではない気がした。

『ちょっとだけや。めっちゃ気持ちいいらしいで。一回くらいなら大丈夫やって』

『……………』南賀は盗聴器では聞き取れないほどの声を発したが、どうやら受諾したらしい。

『よっしゃ、秘密やで。実家以外ではキメんなって、おとんとおかんから言われとるねん』

実家でも駄目だろ、とぼくは脳内で突っ込んだ。

こうして蒼樹と南賀は、薬物を摂取した状態でのセックスを始めた。

薬物をキメた効果は劇的にあった。さっきまでは蒼樹の行為に全く乗り気じゃなさそうだった南賀が、自ら腰を激しく振るようになり、甘ったるい声色《こわいろ》で『蒼樹い、愛してるう、大好きい』と口にするようになったからだ。蒼樹の方も『良子《りようこ》ぉ、好きやぁ!! 愛しとる!!』と叫び、濃厚なキスをデュッパデュッパとするようになった。なんともラブラブなカップルだ。とろけそうにおアツいお二人さんだ。幸せになれて良かったじゃないかと思い、ぼくは心の中で拍手をし、賛美歌を歌った。

だが幸福な時間は長くは続かなかった。親密なムードは不意に終わりを告げた。性行為は中断され、南賀が蒼樹を罵倒《ばとう》し始めた。薬物でハイになっているからか、怒り方は要領を得ず、いまいち何に怒っているのかわからなかったが、どうやら蒼樹が勝手に膣《ちつ》内で射精をしたことが原因らしかった。ぼくはちょっぴり同情した。

蒼樹は最初は謝って、『すまんすまん、もしも子供が出来てても堕ろす金出すし、養育費なんかうちにいくらでもあるんやから!』とか言っていたが、最後は『なんでここまで言うとんのに許してくれんねん!!』と逆に南賀を怒鳴っていた。絵に描《か》いたような逆ギレだ。

南賀《なんが》は一刻も早くこの家から出ていきたいというふうに、手早く服を着始めた。ぼくは冥《めい》にスタンプを送り、『南賀が出ていきそうだ』とメッセージを送った。

南賀がログハウスを出た。冥にスタンプを送り、『早足だ』と付け加えた。南賀はほとんど走るように歩いていた。風を切るようなスピードだった。蒼樹《そうき》に中出しをされたということはかなり腹が立つことだったのだろう。そりゃあそうだろう。南賀がどう思っているかはわからないが、普通は世界中の人々が謝罪のために彼女の下に訪れて、溢《あふ》れんばかりの菓子折りを渡して土下座までしたって許せないことだろう。

しかし、あの速度で歩いていてはすぐに待ち伏せ場所に到達してしまうのではないかとぼくは思った。冥はちゃんと迎撃できるだろうか。

なんてことを考えて、わずかにログハウスから目を離した、そのタイミングだった。

家の中から上半身は制服、下半身はパンツ一丁という、間抜けな格好の蒼樹が出てきて、弾丸のような速度で南賀の方向へ走り出した。

蒼樹は喧嘩《けんか》別れをしたことが引っかかっていて、南賀とふたたび話し合うために後ろを追ったのだろう。一心不乱に道を進んでいる。

まずい、とぼくは思った。このままでは冥の殺人現場に蒼樹が鉢合わせてしまう。ぼくは大急ぎでラインを開き直し、冥に『中止だ』とメッセージを送った。何回か送っても反応がなく、慌《あわ》てて道路に出て、走って蒼樹の後ろを追った。道は暗く、既に蒼樹の背中はほとんど見えなくなっていた。

　辺りには濃い闇が立ち込めていた。街灯の間隔が五十メートルほどあって、その間が海の底のように暗くなっていた。眩《まぶ》しいログハウスに目が慣れていたから、全く夜目が利かず、ただ黒々としたもやが広がっているだけのように見えた。心臓は突然の運動に驚いているように、まばらな拍動を繰り返していた。長く折りたたまれていた膝《ひざ》の関節はひどく凝っていて、そこから体が分解されてバラバラになってしまいそうだった。

　唐突に、パンツ姿の蒼樹が立ちすくんでいるのが見える。闇の中で距離感が掴《つか》めなかったから、本当にいきなり現れたといった印象だった。

　蒼樹の前に冥が、すんと取り澄ましながら立っていた。ポーカーフェイスにも見えるが、彼女と二週間以上一緒にいたぼくには、なんとなく彼女の感情が読み取れる。

　冥は動揺している。

　蒼樹と冥が対峙《たいじ》している。こういう時に先に行動を起こすのは、本能と脳がより直接的に繋《つな》がっている方……つまり単純でバカな方だ。蒼樹はたぶん彼が思ったままの言葉を、そのまま冥にまくし立てた。

「なんや今の……オイ!」と蒼樹は言った。「良子《りょうこ》の首がパッと折れて、森ん中飛んでって……で、お前が森から出てきて……オイ!!」

　やはり蒼樹は殺人の一部を見てしまったらしかった。語彙《ごい》の少ない切れ切れの言葉を聞く限り、南賀《なんが》は蒼樹《そうき》の前で首を折られ、杉林に投げ飛ばされたようだ。

　そしておそらくは林の中で酒をかけられ、埋められたのだろう。その後、冥《めい》が林から出てきたところで、蒼樹とばったり鉢合わせたようだ。

　なぜ冥は、林から出てきてしまったのだろうとぼくは思った。元は林の中でぼくを待つという手はずだったのに。

　もしかすると、ぼくが「中止だ」というメッセージを送ったからかもしれない。詳細を書くところまで気が回らなかったから、ぼくの様子を窺《うかが》うために、冥は道路に出てきてしまったのかもしれない。だとすると、ぼくのメッセージは完全に逆効果だった。蒼樹を追うのではなく、ラインに事細かに状況を書くべきだった。失策だった。

　蒼樹は初対面の冥に対して、馴《な》れ馴れしく延々とまくしたてた。

「なあ、折れたよな、見たで俺。俺、視力ええねん。二・〇切ったことない。間違いないわ」

　普通の人間ならば、暗い道で誰かが首を折られて飛んでいく光景を見たとしても、冷静に見間違いだと判断するかもしれない。

　だが蒼樹はバカだ。そしてバカほど、自分の見たものを疑わない。それがこの状況だと却《かえ》って始末が悪かった。実際に彼の言っていることは、ことごとく真実を言い当てている。

　仮にこの状況を上手《うま》くやり過ごせたとしても、山道で南賀が首を折られて飛んでいったという話を、彼は臆面もなく吹聴するだろう。

警察に言うかもしれない。一見与太話のようでも、実際に南賀が失踪《しっそう》していることが発覚すれば、有益な証言になる。南賀の死体の捜索隊が組まれれば、ぼくらの隠した遺体はあっという間に露見してしまう。決して入念な隠蔽《いんぺい》ではないし、近くで見れば土を掘り返した跡は残っているだろうから。

どうすればいいだろう。冥は長いまつ毛を宙に揺らして、何かを考えているように見える。あるいは想定外の出来事に慌《あわ》てて、脳が一時的にブラックアウトしているようにも見える。いや、後者であっても全然おかしくない。周到な殺人計画を立ててはいるが、彼女自身はまだあどけなさの残る十五歳の女の子に過ぎないのだから。

「お前の仕業か……？」

よりによって蒼樹はこんなことを言い始める。

マジで言っているのかとぼくは思う。まさか目の前のほっそりとした女の子を、人体の首がいきなり折れる超常現象と結びつけるか？　オカカシサマは透明な巨大蛇で、それを彼女が扱っているのはぼくと冥しか知らないのに。

ふと思い出した。薬物の中には五感が鋭敏になるものがある。セックスドラッグの多くがそうだ。元々直感でしか物事を判断できない蒼樹の五感が、ドラッグによって強化されている。そういった薬物の多くは、猜疑《さいぎ》心や被害妄想をも育てる。

「…………」

冥《めい》は言葉を失っていた。彼女は蒼樹《そうき》の呼びかけに対して、どう答えていいかわからないみたいだった。確かに何もないところでずっと黙り込んでいる冥は、客観的に見ても怪しかった。それを首折り現象と結びつけるかはともかく、難癖をつけられても仕方がないくらいに後ろめたいことがあるようには見えた。

もしも冥が蒼樹の呼びかけに対して「ええ、そんなことがあったんですか、本当ですか?」なんて普通の応対をしていたら、蒼樹は冥を疑わなかったかもしれない。さらに言えば会話の中で、上手《うま》く蒼樹を言い包《くる》めることさえも出来たかもしれない。彼は決して賢い男ではないのだから。

だが冥は黙り込んでしまった。そして蒼樹のような、理性よりも直感で動いているような男に対して、怪しい素振りを見せるべきではなかったのだ。

「……違う」

と冥は言葉を絞り出した。でもどこか切実な言い方で、逆に容疑を認めているようにすら聞こえた。

「お前のせいやとしたら――」蒼樹は一拍置いてから言った。「俺にも何かするつもりか?」

鋭い連想だ。ドラッグによって培われた猜疑《さいぎ》心をそのまま口にしただけだろうが、結果的に当たっていた。それに冥の反応が、全く初対面の相手に会ったような反応でなかったことも事実だった。むしろ蒼樹を睨《にら》みつけさえしそうな。

冥はただ伏し目がちに蒼樹の方を見ていた。彼女は動転していて、蒼樹の後方にいるぼくのことが見えていないようだった。

そうだ、ぼくだ。

ぼくがこの状況を上手く執り成さなければならない。

呆然《ぼうぜん》と様子を眺めている場合ではない。

その時だった。

なんの脈絡もなく、冥が前向きにぱたりと倒れた。

〈魂送り〉だ。きっと今、南賀《なんが》の魂が神ヶ島《こうがしま》に送られたのだろう。その疲労によって冥は立てなくなったのだ。

昨日の〈魂送り〉と同じだ。いきなり地面に寝転がる彼女は、ちょっと悪ふざけをしているようにすら見えた。

それが蒼樹の中の、南賀が消えて混乱する気持ちや、自分の問いかけに冥が何も答えなくてイライラする気持ちや、状況が上手く呑《の》み込めない焦燥感や、南賀との喧嘩《けんか》で生まれた憤怒の残滓《ざんし》など、大小様々な気持ちに火を点《つ》けた。

そういった多義的な感情は、自己洞察の出来ない人間にとって、単に「ムカつく」の四字で処理される。バカには「ムカつく」と「スカッとした」しかないのだ。それをぼくは阿加田《あかだ》高等学校で骨身にしみるほど理解した。

蒼樹《そうき》は冥《めい》に「ムカついた」。彼は逆上し、恫喝《どうかつ》するように言った。

「ふざけとんかワレェ!!」

中立的に見れば、冥の伏臥《ふくが》は突発的な病気の発作にも見えなくもなかった。でも蒼樹にはそんな想像力はなかった。今の蒼樹にはふざけているか、ふざけていないかの二択しかなく、自分の質問に答えず倒れ込む冥は前者でしかなかった。

蒼樹は倒れ込んだ冥の腹部を勢いよく蹴《け》ると言った。

「殺したるぞオラァ!!」

蒼樹がキレた。彼は自分の足に当たるものが冥のどの部分かも気にせず、滅多矢鱈《やたら》に彼女の体を踏みつけ始めた。

異常な攻撃性だ。元より攻撃的な人間なのはあるが、薬物で攻撃性が増している。

蒼樹!! とぼくは叫んだ。そして後ろから彼を取り押さえようとした。しかし彼はほとんど反射的に、ぼくのみぞおちに深い肘《ひじ》打ちを繰り出した。ぼくは嘔吐《おうと》しそうになり、膝《ひざ》をついた。

ぼくに攻撃をしておきながら、あくまで蒼樹の目には冥しか映っていないようだった。アスファルトの上にうずくまった彼女の細い体を、機銃掃射でもするみたいに踏みにじっていく。呪詛《じゅそ》めいた暴言を繰り返しながら、彼女を暴力で蹂躙《じゅうりん》していく。

「殺したる殺したる、ナメとんかお前殺したるぞボケカス!!」

冥は自分の腕を盾にしようとしたが、〈魂送り〉の疲労のせいで腕を上げることすらもままならず、ほぼノーガードで蒼樹の攻撃を受けるがままになっていた。

「こんなとこ誰も見とらんぞ、殺して死なせて土に埋めたる!!」

薬の効果もあるだろうが、もしかすると目の前で南賀《なんが》が殺されたのを見て、蒼樹は本能的に「殺《や》らなければ殺《や》られる」と判断したのかもしれなかった。冥の殺意が伝染したのだ。

その時だった。

蒼樹の靴の先が冥の顔に当たり、鮮血が舞った。

続けて全力の蹴りが冥の顔に二、三発入り、出元のわからない血がアスファルトの上に散った。もしかしたら彼女の美しい顔のどこかの骨が折れたかもしれない。こんな勢いで蹴っているのだ。それは全くありえないことではなかった。

それを見てぼくは我に返った。

ぼ、ぼくは一体、何をやっていいるんだ?

冥が蹂躙されているのを見て、何をぼうっと見ているんだ。

蒼樹はふたたび、冥の顔に蹴りを入れた。

冥は悲鳴を漏らし、血の混じった唾《つば》を吐き出した。血と泥のせいでよく見えないが、少なくとも彼女の顔面にはいくつかの傷がつき、眼窩《がんか》のそばが青黒く染まっているのがわかった。

冥の顔が傷つけられている。蒼樹の汚い靴に足蹴《あしげ》にされている。

今の蒼樹《そうき》がやっていることは、この世で最も許されざる犯罪のように思えた。世界で最も卑劣な悪事のように思えた。一族郎党根絶やしにされ、引き回しにされて晒《さら》し首にされたって、決して償えない罪を犯しているように思えた。

はらわたが煮えくり返るほどの怒りが湧いてきた。体中の血という血が脳に集い、明確な殺意を作り出した。

蒼樹を殺そうとぼくは思った。この男の息の根を止めようと思った。今のぼくならば、蒼樹を躊躇《ためら》いなく凌遅《りょうち》にすることが出来るだろう。皮膚の皮を一枚一枚剥《は》ぎ、血潮を浴びた刀の先を太陽の光に晒すことも出来るだろう。それだけでは怒りを晴らし終わらず、刻んだ肉片を露天商に売ることさえも出来るだろう。それほどの憎しみがぼくを満たした。

ぼくは自分のボディバッグの中に手を入れた。そしてほとんど無意識的にナイフを触った。こんな状況になっても存在を忘れていて、頭に浮かびすらもしなかったナイフだったが、しかし体は覚えていたらしく、触ったことで存在を思い出した。ぼくは迅速にそれを取り出し、柄《つか》にあった窪《くぼ》みを押し、折りたたまれた刃を引き出した。ダイス鋼の重みが手にすうっと吸い付き、ぼくの体と激情と一体になったような気がした。街灯の光を浴びて刀身が白く輝いた。

ぼくは一秒の迷いもなく、蒼樹の脇《わき》腹の辺りを全力で刺した。

鋭いナイフだ。肉に突き立てた時の抵抗はほとんどなく、ただ蒼樹の体の重みだけが手首にずしりと伝わってきた。

その一撃を食らった蒼樹は体の動きを止めた。最初はなにかが腹に当たっただろうか、くらいの反応だった。だが自分の体に突き立てられた銀色の刀身を見て、なにかを言いかけた。ぼくはその寸前にナイフを蒼樹の体から引き抜いた。

突き立てる時よりも引き抜く時の方が抵抗が大きく、うんと力を込める必要があった。真っ赤な血が蒼樹の脇腹から、勢いよくほとばしり出た。大きな動脈を切ったらしく、血は園芸用の散水機みたいに四方八方に撒《ま》き散らされた。彼は呆気に取られたように血潮の方を見て、それからぼくの方をはっきりと睨《にら》んで言った。

「栞《しおり》……⁇　クソ……お前……ふざけんなよ……」

どす黒い憎悪に滾《たぎ》った目だった。産業汚水にまみれた死にかけの鯨のような目だった。薬物で感情が強化されているのもあるだろうが、ぼくは今までの人生で、これほどまでに呪いに満ちた瞳《ひとみ》を見たことがなかった。

生理的に怯《おび》えた。ただ頭の中の冷静な部分が「まだ生きているぞ」とぼくに告げた。「まだ殺せてないぞ」と言った。ぼくはその声に従い、蒼樹から浴びせられる憎悪を乗り越え、第二刃を繰り出した。

あああああぁあああぁあああ、のような声が出た。声を上げたのは蒼樹だったか、怯えを殺すためにぼくがあげた声だったかはわからなかった。

第二刃が刺さった。でもまだ蒼樹は生きていた。人間はそう簡単には死なないのだ。

ふたたび冷静な声が頭の中に鳴り響いた。「ほら、早くやらないと、反撃してくるかもしれないぞ」「ほら、刺さないといけないぞ」ぼくは獣のような声をあげ、何度も自分を奮い立たせながら、第三刃第四刃第五刃と、蒼樹《そうき》の体を刺し続けた。蒼樹が倒れ込んでも、馬乗りになって刺し続けていた。

何かの本で読んだことがある。命を奪うためには、たった一回刃を振るえばいい。しかし被害者の悲鳴を止めるためには、何度も何度も斬《き》りつける必要がある。

また別の本で読んだことがある。滅多刺しの事件が報道されると、世間はどれほど強い怨恨《えんこん》があったかとか、容疑者がどれほど残忍だったかに注視する。しかし犯罪心理学的には、滅多刺しは小心者の犯行だ。反撃される恐怖に怯《おび》えて、必要以上に刺し続けてしまうために起ることだ。加害者の多くは被害者よりも体格的に弱いか、戦い慣れていない弱者だ。つまり、今のぼくだ。最初に刃を突き立てた時には激情しなかった。でもいまや怯えと半々だ。

致命傷は与えたはずだ。もう十回近く刺している。でもまだ確信が湧かない。本当に蒼樹が死んだのかがわからない。

その時だった。

緊張が解けた一瞬の隙《すき》を見て、血まみれの蒼樹が獣のように体を起こし、ぼくのくるぶしの所に噛《か》みついた。

慌《あわ》てて足を後ろに引いたが、それでも歯によって靴下が破られ、皮膚の一部が食い千切られていた。あるいは皮膚よりも深くまで届いたかもしれない。混乱のせいで傷の深さがわからない。あまりの激痛に、ぼくは思わず金属的な悲鳴をあげ、アスファルトの上に転んだ。

「殺す殺す殺す殺す殺す……」

喉《のど》の奥を血の泡でコポコポコポと鳴らしながら蒼樹は言った。

血塗《ちまみ》れの、致命傷を受けているはずの蒼樹は、犬のように手足を使って、ゆったりとこちらに近づいてきていた。体を引きずって、少し進むごとに、体中から血という血を噴き出し、目にだけは憎悪を滾《たぎ》らせながら這《は》ってきた。一体こいつのどこに、こんな力があったんだとぼくは思った。やはり薬物のせいだろうか。あるいは暴力的な人間の集う、田茂井《たもい》家の血を引いているからだろうか。それとも死にかけの人間というものは、得てしてこれほどの執念を見せたりするものなのか。

その時だった。

ふと蒼樹の首が異常な曲がり方をし、彼は横方向に転んだ。

冥《めい》だった。彼女は〈魂送り〉の反動から解放されて、ようやくオカカシサマの力を使えるようになったのだ。彼女はぼくが追い詰められているのを見て、ぼくを助けてくれたのだ。

しばらく、ぼくはアスファルトの上に座り込み、滅多刺しにされた上に首を折られた蒼樹の遺体を眺めていた。それは明らかに過剰な死体だった。死に至る傷を五倍ほど受けたような遺体だった。ぼくは取り憑《つ》かれたように、かつて蒼樹だった肉塊を眺め続けていた。

そのうち、さっきまで体中を駆け巡っていたアドレナリンの作用が減少し、全身に疲労の重荷がどっと乗った。特に疲弊していたのはナイフを握っていた右手で、上腕は筋肉繊維がバラバラになりそうなほどの強い痛みがあった。そしてそれを上回る痛みを、蒼樹《そうき》に噛《か》まれた右足首が発していた。

消耗して倒れ込んでいた冥《めい》は、きれぎれにこう言った。

「第三の……生《い》け贄《にえ》……」

ぼくになにかを伝えようとしている。冥は続けた。

「栞《しおり》……儀式を……」

すぐにはピンと来なかった。だが、段々と理解できた。

最後に蒼樹の命を奪ったのは「首折り」だ。つまり、これはオカカシツツミの儀式の一部なのだ。横田《よこた》と南賀《なんが》に次ぐ、三人目の生け贄なのだ。『首を折って尿をかける』なのだ。

首は折った。つまり、今からこの死体に尿をかけなければならない。

「尿なんてかけられるの？」

とぼくは聞いた。すると冥はかすれた声で、

「かけられるかじゃなくて、かけなきゃいけないの。オカカシツツミは、一度始めたら、やり遂げなければならない……」と言った。「私は田茂井《たもい》蒼樹の首を折ってしまった。折ってしまったのに、儀式を中途半端なところで止めてしまっては、オカカシサマは私たちを許さない。

きっと恐ろしい災厄が下る……」

ぼくは言葉を呑《の》み込んだ。本心では色々と言い返してみたかったし、議論したいことがあったけれども、冥の言葉には有無を言わさぬ説得力があったし、問答をしている暇はないと暗に伝えていた。

蒼樹にはナイフで致命傷は与えていた。だからわざわざ首を折らなくたって、軽く蒼樹の体を突き飛ばすくらいでも、ぼくらは難を逃れていたかもしれない。あるいは何もしなくたって、次の瞬間に蒼樹は絶命して、全ては終わっていたかもしれない。

でも冥は蒼樹の首を折ってしまった。確実に命を奪える方法を選んでしまった。過ちだったかもしれないが、でもぼくには冥の気持ちが痛いほどに理解できた。あの憎悪に満ちた蒼樹の姿を見れば、誰だって過剰な防衛を行ってしまう。

ともかく蒼樹を第三の生け贄にしなければならない。

冥は喉《のど》が裂けそうなくらいの過呼吸と共に、震える手で自分のボディバッグのファスナーを開けると、中から小さな容器を一つ取り出した。

それは何もラベルの貼《は》られていない、真っ黒な容器だった。たぶん書道で使う墨汁の容器だ。だが今はおそらく、別のものが入っている。

冥は容器を片手に、アスファルトを這《は》って蒼樹の遺体に近づこうとした。だが〈魂送り〉の疲労と、蒼樹から受けた残酷な暴力の痛みによって、上手《うま》く前進することができなかった。時たま痛みのあまりにぶるりと震え、泣きそうな表情になった。よく見ると今の彼女は、全身が痛々しいほどの傷と痣《あざ》で覆われている。

「冥《めい》」

とぼくは声をかけた。

冥はなぜだか撥《は》ね除《の》けるような視線をぼくに向けた。

「それが……その」ぼくはあえて迂遠《うえん》な言い方をした「第三の生《い》け贄《にえ》に必要なものなの？」

彼女はこの計画に関して、いつも二重三重の準備を行っている。もしもの時のことを考えて、朝に採尿したものを持参してきていたとしてもおかしくない。なんなら昨日の時点で、お酒も尿も彼女のボディバッグの中に入っていたかもしれない。

冥は何も言わなかった。ただ墨汁の容器を片手に、アスファルトにうつぶせになっていた。

「ぼくが代わりにかけるよ。それじゃ駄目なの？」

冥は「別にいい」と言った。でも相変わらず、蒼樹《そうき》の死体の方に向かおうとしている。

「ぼくがやるよ。だいたい立ってかけないと……その、冥もそれで汚れちゃうよ」

冥は渋々納得し、墨汁の容器を道路の上に置き、全身の力を抜いた。

ぼくが墨汁の容器を手に取ると、冥が囁《ささや》くような声で「見ないで」と言った。

それでぼくはようやく、なぜ冥がこれほどまでに必死になっていたのかを理解した。

冥はぼくに、自分のおしっこを見られたくなかったのだ。そして容器に触れられたくもなかったのだ。不透明な容器をわざわざ使っているのも、彼女の心情の表れだった。人を殺した後だからか感覚が麻痺《まひ》していたけれども、十五歳の女の子として正常な羞恥心《しゅうちしん》だ。尿検査でさえ嫌《いや》がる女子もいるのだから。

わかったよ、とぼくは言って墨汁の容器を手に取る。中に液体が入っているのを、わずかに揺らして確かめた。

それを片手に蒼樹の遺体の元へと向かう。なるべく無心になって容器のキャップを開け、目をつぶって、蒼樹に垂らす。

「あ、あ」

冥がなにやら慌《あわ》てている。

理由は直《す》ぐにはわからなかったが、手首が生ぬるいもので濡《ぬ》れて事情を察した。慌てて目を開ける。容器を傾けた角度が浅かったからか、尿は上手《うま》く蒼樹にかからずに、ぼくの腕を伝ってしまっていた。

「ばか、ばか、何やってるの、死んじゃえ」

冥が子供のようにぼくを罵倒《ばとう》する。ぼくは仕方なく目を開けて、蒼樹に向かって勢いよく冥の尿をかけた。淡々とした素振りを心がけたつもりだったけれども、上手く出来たかはわからない。

酷《ひど》い死体が出来上がった。滅多刺しにされた上に女の子の体液にまみれている。度を越したサイコキラーの作り出した欲求不満の具現《オブジエ》といった感じだった。

あまり見るべきではないと思いつつも、つい目が行ってしまった。冥《めい》の尿がかかっているのだから尚更《なおさら》だが、それでも注視してしまった。もしかするとさっき噛《か》みつかれたことが軽度のトラウマになっていて、今にも動き出さないかと、心の底では怯《おび》えているのかもしれない。

冥も似た気持ちだったのだろうか。壮絶な遺体を眺めながら言った。

「栞《しおり》、ごめんね。死んじゃえは言いすぎだったわ」

「いいよ」

「言霊《ことだま》だってあるのだから言い直すわ。死なないでね」

「わかったって」

「でもね。もしも容器が空になったらどうなるんだろうって思ったの。私があなたの目の前で、死体をめがけておしっこしなければならないのかなって――」

「わかった。わかったから」

冥は動転しているみたいだった。彼女を落ち着かせたくてぼくは早口で言った。

しばらくぼくらは、その場でぼんやりと死体を見つめていた。生ぬるい風が吹き、ぼくらを湿気で濡《ぬ》らした。人気《ひとけ》がないとはいえここは公道なのだし、もうすこし慌《あわ》てて死体を隠したり、物陰に隠れる努力をしたって良さそうなものだった。でもぼくにも冥にも、全くそういった気力が湧かなかった。疲労が体と心の両方の動きを緩慢にしていた。

一連の出来事に遭って、ぼくは一つの疑問を抱いた。疑問というよりも、それはほとんど確信に近いものだった。それを冥に口にした。

「あのさ、冥。オカカシツツミって、本当にただただ生け贄《いにえ》を捧げるだけの儀式なの？」

冥はさくらんぼ色の唇《くちびる》を閉じて、何も言わなかった。

「儀式を止めたら災厄が下るって何？　そんなこと、ぼくは聞いてないよ。そういったぼくに言ってないことが、まだあるんじゃないかな」

冥は何かを答えようとした。だがその前に、あらゆる思考を奪い去る第二の刺激が彼女に下りてきた。

今日二回目の〈魂送り〉だ。

冥はうつ伏せになり、一度息を呑《の》んだ。それから激しく過呼吸になり、苦しそうに全身に酸素を送り込んだ。路傍の小石が全身を刺すのにも構わずに、ジタバタと身悶《みもだ》えした。誇張ではなくそのまま死んでしまうのではないかと思うほどに苦しんでいた。彼女は甲高《かんだか》い悲鳴を切れ切れに吐いていた。

「冥っ！」

ぼくは慌てて彼女に駆け寄った。

〈魂送り〉の疲労は、一回目の疲労がふたたび来るようなものではなかった。それは喩《たと》えるならば十キロのマラソンをさせられた後に、強制的にもう十キロマラソンをさせられて、その疲労を一度にぶつけられるようなものだった。運動量と疲労は比例せず、時として急激なカーブを描く。だからそれは一回目のおそらく倍以上の辛《つら》さがあった。冥《めい》は顔を歪《ゆが》め、アスファルトに白いよだれを吐いていた。

「大丈夫……？　ねえ、死なないで……冥……」

ぼくはもうどうしていいかわからなくて、ただただ冥を背中から抱きしめていた。頬《ほお》を涙が伝っていた。気がつけばぼくは泣いてしまっていた。

最初に蒼樹《そうき》を刺してから既に十分近くの時間が経《た》っていた。

そしてその間、繰り返しながらも、ぼくらは全く人の気配を警戒していなかった。いや、出来なかったと言った方が正しいだろう。ずうっと修羅場が続いていたのだ。周囲にまで気を配れというのは、ちっぽけな高校生二人には酷な注文だった。

その無謀さの揺り戻しが来た。誰かの足音がすぐ近くにあった。

ぼくは思わず顔を上げた。

街路灯に照らされた長い影が、ぼくと冥と蒼樹の死体を覆い隠すように伸びていた。

冥《くら》がりと明かり（三）

明里《あかり》が阿加田《あかだ》高等学校に転校して二ヶ月が経ち、雨が多い陰気な季節がやってきた。最近の明里は学校に行くのが嫌《いや》で仕方がなかったけれども、新天地での両親の生活に水を差したくなくて、弱音は吐かずに、時には楽しいのだと嘘《うそ》をついてまで登校していた。

明里はその日も、古ぼけた阿加田高等学校の校舎に着いた。この建物から受ける感想は、明里が見るたびに悪いものになっていた。最初は「古い」くらいのものだったが、先月からは廃《はい》墟《きょ》のように思われ、今では幽鬼のように思われてくる。今日は連日の雨が外壁に染みて、タイルの茶色が墓標のように濃くなっている。

昇降口のすぐそばのガラスは、相変わらず段ボールが貼《は》られたままになっていた。四月と同じだが、風雨による汚損で、段ボールがたっぷりと水を吸って焦げ茶色になっているところが違った。前に教職員に事情を聞いたところ、直したそばから生徒に窓ガラスを割られてしまうので、いつしか修理しなくなってしまったらしい。校舎に警報を設置することが職員会議で決まったらしく、その時に満を持して修理される予定だそうだが、それまでは四月のままで、今日は六月の雨をたっぷりと吸っていて、たぶん廊下の窓の周りに、腐ったパルプの混じった不衛生な水を撒《ま》き散らしていることだろう。

二年生の教室に向かう。木材をいびつに組み合わせた、手抜き工事の印象を受ける廊下を、一歩一歩床を軋ませながら歩いていると、運が悪いことに田茂井祐人《たもいゆうと》と西本周也《にしもとしゆうや》と横田真奈美《よこたまなみ》の三人組と出会ってしまった。反射的に明里《あかり》は身構えた。

「千五十円の明里、おはよう」と西本が言った。千五十円というのは、一週間ほど前から彼らの間で交わされている、明里を示す符丁のようなもので、それを西本が口にした瞬間、三人はげらげら笑った。

怒りと、煩わしいという気持ちと、変に歯向かって暴力を振るわれたくないという怯《おび》えが、じわじわと明里の頭の中に広がり、彼女の頭をショートさせた。黙り込んだ明里に、祐人は「なんで挨拶《あいさつ》を返さんのや」と半分くらい本気で怒り、背中から蹴《け》りを入れて、彼女を廊下の柱に叩《たた》きつけた。

朝はこれだけで済んで良かったと明里は思った。前は紙パック飲料をかけられて、保健室に行って着替えをすることを余儀なくされたからだ。


授業を受ける。

明里の教科書には乾いた泥が付いている。これは先日、移動教室の間に鞄を、雨でぬかるんだ花壇に投げ入れられてしまったからだ。濡《ぬ》れたノートは捨てたが、教科書はそういうわけにもいかず、家でドライヤーで乾かした。両親は喫茶店である別棟にいることが多いので、隠れて修繕を行うくらいは朝飯前だった。

ちなみにノートはたびたび落書きされて使えなくなっていたから、家に帰るたびに電子化する癖がついていた。だから濡れたノートは捨ててしまっても問題なかった。またこの学校の授業は馬鹿《ばか》みたいに簡単だったので、少し情報が失われたところで何の問題もなかった。

授業中にもかかわらず、祐人たちは大声でしゃべり続けている。それは「弱そうな」教師の授業だったからだ。むしろ教師の方が睨《にら》まれないために、小声で授業をしなければならない始末だった。その姿は音量を下げられた、哀れな教育用ロボットを想像させた。

聞き取りづらい授業を聞きながら、明里はどうしてこうなってしまったのかを考えた。

明里は端的に言っていじめを受けていた。いじめは降って湧くようなものではなく、いきなり深刻になるものでもなく、徐々に苛烈《かれつ》になっていくもので、その過程できっかけがわからなくなるものも多いが、明里の場合は確信できる火種が一つあって、それは転校の三日後に、祐人に校舎裏に呼び出されて、告白を受けてフったことだった。

ひどく段取りの悪い告白の台詞《せりふ》で、口にされた後も、しばらく自分が好意を寄せられていることすらもわからなかった。それに今時、告白のために校舎裏に呼び出すなんて。もうちょっと恋愛に慣れていなそうな男子が、同じことをしてきたなら微笑《ほほえ》ましかったかもしれないし、明里だって何も思わなかったかもしれないが、祐人のような、もはや体つきが大人と変わらない男子がこのような幼稚な告白をしてくるのは、若干の気味の悪さがあった。

アガってしまったのだろうと思うことにして、そのことはあまり考えずに、出来る限り優しい言葉を使って祐人《ゆうと》をフった。優しくしたのは祐人のためというよりも、どちらかと言うとお世辞にも柄の良さそうではない、祐人グループの報復を恐れたからだった。

だがそれからたびたび、祐人たちに無視をされたり、聞こえないように悪口を言われてくすくす笑われたり、ドンと後ろから衝かれたりするようになった。たくさん生徒がいるクラスならともかく、四十人程度のクラスにおいて、顔を合わせるたびに不快な思いをする人間がいるというのはそれだけでも辛《つら》いことだ。おまけに学校にはホームルームやグループワークといった、仲良しこよしを標榜するおぞましい授業がたくさんある。

また、明里《あかり》を攻撃してくるのは祐人たちだけではなかった。その取り巻きがいるのだ。クラスの支配者である祐人たちにおもねることで得をしようという人間だ。いじめに便乗することで、加虐心の発散を行うことが彼らの一番の目的だったが、明里を攻撃することで、間接的に自分たちがいじめのターゲットになるのを避けようという心積もりもあった……という言説は、いささか人間の善性を信じすぎているかもしれない。攻撃そのものが目的化しているように感じられることも多く、やはり加虐心の方が打算に勝っているように明里には思えた。

明里にとっての誤算の一つは、取り巻きの存在だった。仮に田茂井《たもい》祐人たちに恨まれることがあったとして、クラスの一部を敵に回してしまうくらいの気持ちだったのだ。ところがこのクラスで祐人は実質的な王であって、王の一挙手一投足が下位の人々の行動を変えた。いや、王というよりはスターに近かったかもしれない。下々の人たちは喜んで自分の行動を変えたのだから。

意地悪はいじめになり、いじめは段々エスカレートした。物が失くなったり、弁当に飲料をかけられて台無しにされたり、通りざまにスタンガンを当てて痛がるところを見て笑われたり、ハサミでちょっとずつ髪を切られたり、林間学校の最中に明里の下着を盗み、ふざけ半分でネットオークションで売られて価格の推移を見守ったりされた。もちろん売る時に素性《すじょう》を出したりはしない。狡猾《こうかつ》な彼らはいじめの証拠を残すようなことはしない。これが千五十円になったのが、明里が「千五十円」と呼ばれるようになった理由だ。身元不明の中古の下着にしては高値が付いた方かもしれないが、結局面倒になって落札者には送らずに下着は捨てたらしい。

正直なところ、学校にはもう行きたくなかった。それでも明里が学校に通っているのは、両親の喫茶店が上手《うま》くいっているからだった。

元々喫茶店には、副次的な収入しか期待していなかった。共働きの佐藤《さとう》家には貯蓄があり、それを父親が確実な投資によって増やしていて、そちらを収入面の要にするつもりだった。今回の移住は、事業に失敗したらアーリーリタイアにも切り替えられるかもしれないという、両面作戦の心積もりもあった。まあ確実にアーリーリタイアが出来るほどには貯蓄は足りず、喫茶店にも一定の収入は必要だったので、その辺りはやってみないとわからないというどんぶり勘定ではあったのだけれど。

ところがこの喫茶店の業績が、願ってもないことに好調だった。東京のコーヒー店で長らく接客業を行っていた明里《あかり》の母親は、近隣住民のなんでもない雑談を興味深そうに聞くという能力を持っていた。移住したばかりで、近所の人たちのする話なら、なんでも素直に興味を持てたというだけかもしれないけれども、結果として彼らの心を掴《つか》むことができた。だから開業二ヶ月半にして、倉庫サイズの店舗から時に人が溢《あふ》れ出してしまうほどの常連客を得ることになった。

冥《めい》の中学生活も滞りなく進んでいるようだった。阿加田《あかだ》高等学校の荒れぶりを見る限り、中学も同じくらい荒れていてもおかしくないと思ったけれども、少なくとも冥自身に関しては問題はないらしかった。冥は親には嘘《うそ》をつくが、明里には嘘をつかない。小学校の時は、図画工作の時間に男子に意地悪をされて、泣きながら明里のことを頼ってきたりしたのだ。そんな彼女が上手《うま》く中学生活を行えているのならば、その背中を押して上げたいと明里は思った。

要するに皆、順調に新生活を過ごしているのだ。ならば佐藤《さとう》家のために、私が音《ね》を上げるわけにはいかないと明里は思った。

明里は責任感のある女の子だった。真面目《まじめ》で、それでいて楽天家だった。物事は基本的に良い方に向かうと考えており、自分が誠実に目の前の問題を処理していけば、世界が帳尻を合わせてくれるように状況が好転すると思っていた。

長期的に見れば善は栄えて、悪は必ず裁かれる。努力はいつか報われるし、夢は叶《かな》う。ナンバーワンになれなくたって、オンリーワンにはなれる。明里はそんな浅はかで一面的な考え方を持っていた。とはいえそのことについて彼女を責めることは出来ないだろう。そういった考え方をするように、誰もが学校で教育されるからだ。突き詰めてみれば、明里は単に素直な女の子だった。

くわえて、祐人《ゆうと》たちが完全なる悪人ではないということが明里の判断を鈍らせた。祐人は友達を多く連れて、ゲラゲラと毎日を楽しそうに生きていた。素行は悪く、八割の「弱そうな」教師の授業を崩壊させたが、残り二割の、彼らが同格以上だと思っている教師相手には歯向かわなかったし、休み時間に彼らに雑談を持ちかけることさえあった。いささか生意気なところは鼻についたが、そういった時だけは、祐人たちはごく普通の高校生のように見えた。

ちなみに担任の山野《やまの》は「少し格下」くらいの扱いで、舐《な》められてはいたが彼自身が鈍感なのもあってそれに気づいていないようだった。また面と向かって歯向かうほどに格下ではないという感じで、全体的に見れば良好な関係を築いていた。

和をもって尊しとなすというルールのある、学校という特殊で狭小な空間においては、祐人たちはロールモデルでさえあった。彼らよりも明里の方が、教師たちからいじられて笑われることがあり、山野からは「成績が良くたって、勉強だけしてちゃ駄目なんだぞ」と嫌味《いやみ》を言われたこともあった。この学校の授業は簡単すぎて、正直なところ勉強なんて滅多にしていないのだが、苦笑をしてやり過ごすことになり、砂を噛《か》んだような気分になった。

仲間を引き連れて毎日を面白そうに生きている人間に対して「お前たちは間違っている」と言うのは、並大抵ではない心の強さが必要だ。あるいは転校直後に仲良くなった、今川真希乃《いまがわまきの》のグループとの繋《つな》がりが、まだ続いていれば可能だったかもしれない。彼女たちは祐人《ゆうと》らが、所詮《しょせん》は教室という特殊な空間でしか偉ぶることの出来ない、張子の虎であることを見破る賢さを持っていたからだ。しかし明里《あかり》がいじめられるようになってから、今川たちは巻き添えに遭うことを恐れて、明里から距離を置いていた。もちろん自衛のためだから、彼女たちを責めることはできない。

だからだろうか？　彼らにいじめられていても、なぜだか明里は自分の方が間違っているように思えてくるのだ。自分に何かの欠陥があってそれを改善すれば祐人たちはいじめを止《や》めてくれて、問題なく自分と仲良くしてくれるように思えてくるのだ。そしてそうならないのは自分の責任のように思えてくるのだ。学校という歪《ゆが》んだ閉鎖的な空間では、しばし当事者以外にはわからない特殊な心の動きを生み出す。

祐人たちは完全なる悪ではない。少なくとも扇情的なだけのウェブ漫画や、安っぽいニュースに出てくる、苛烈《かれつ》な「いじめっ子」像と祐人たちはかけ離れていた。だからこれはいじめではあるが、ちょっと違うのだと明里は思っていた。明里が知っている「いじめ」は空想の筆致によってけばけばしく脚色されていて、目の前にあるものと同一視することはどうしても出来なかった。

そして彼らが完全なる悪ではない以上、いつしか事態は好転するだろうと明里は思っていた。

いじめが長期化し、明里がその楽天的な考えを失いつつあった頃のことだ。

阿加田《あかだ》高等学校の恒例行事である「どぶさらい」が行われた。

連日の雨が、学校の側溝《どぶ》に泥を溜《た》めていた。プール開きを前に取り除いておかないと、排水が上手《うま》くいかなくてプールの授業を行うたびに周囲に汚れた水を撒《ま》き散らすことになる。そこで高校二年生の生徒が取り除くのが恒例になっていた。

清掃業者を呼ばずに生徒たちにやらせるのは、阿加田高等学校がもっと古色蒼然《そうぜん》とした、体育会系の教育方針を打ち出していた頃、生徒たちの心を磨くという名目で行事化されたかららしい。

生徒たちにとっては面倒な行事だったが、今年は「強そうな」教師の主導で行われていたので、祐人たちはなんだかんだ掃除を行い、教師が見ていない隙《すき》に明里に泥をかけたりしていた。

側溝自体は小さいので、泥を取り除く作業はすぐに終わった。後はこれを手押し車に乗せて校庭に運べば終わりだが、以前から立て付けの悪い校庭の倉庫の扉が、いよいよ本当に開かなくなってしまって、手押し車が取り出せなくなってしまったらしく、急ぎ教師が倉庫に向かい、明里たち二年生は大量の泥を前にして待ちぼうけをすることになった。

泥は独特の臭気を発している。ふと思いついたように祐人《ゆうと》が言った。

「なあ明里《あかり》、この泥で顔洗ったらどうや」

明里は身構えた。彼らのことだから、本当にやらされないとも限らない。

「東京には泥洗顔ってのがあるんやろ。やりなれたもんやろ」

西本《にしもと》が噴き出した。横田《よこた》が嗤《わら》って「東京じゃなくてもあるで」と言ったが、皆あまり気にしていなかった。

「東京式の泥洗顔見せてくれよ、明里」と祐人が言った。

にわかにクラスメイトたちが盛り上がり始めた。ふと、阿加田町《あかだまち》のローカルCM曲の替え歌で、西本が「泥洗顔、泥洗顔、やって楽しい泥洗顔」と歌い始めた。その語呂《ごろ》が良かったのと、また歌自体を誰もが知っているのもあって、クラスメイトたちはその歌を合唱し始めた。

「泥洗顔、泥洗顔、やって楽しい泥洗顔」

大勢の声の中で、明里は針のむしろになった。

二割くらいの生徒は歌っていなかったが、彼らは「なんで歌わんのや」と祐人に一喝されるだけで歌う側に回った。こんなことで祐人たちに目をつけられてはたまったものではない。むしろ声を張り上げて、祐人たちに反抗心がないことをアピールした。学校は戦場だ。誰かを撃たなければ自分が撃たれるのだ。

「泥洗顔、泥洗顔、やって楽しい泥洗顔」

歌が繰り返される中で、一人だけ最後まで歌わない女の子がいた。

それは今川真希乃《いまがわまきの》だった。

彼女は友人である明里が、祐人たちにいじめられるようになったことに対して、深い自責の念を抱いていた。いじめから意図的に距離を置いて、安全圏にいようとする自分に対して嫌悪感も抱いていた。いじめを眺めるばかりで何も出来ないことにも苦痛を覚えていた。その上に自分から、明里を追い詰める歌を歌うだなんてできなかった。

今川も祐人たちを敵に回したくはなかった。だから論理的な損得勘定からして、歌うべきだと思っていた。そして彼女は今まで、こういった時には冷淡になることで難を逃れていた。ところが今日ばかりはなぜだか心が拒否していて、そのダブルバインドの中で思考が止まってしまっていた。決めあぐねていたという感じだが、結果的に歌っていないのは確かだった。

「今川、歌えや」と横田が言った。

今川は何も言わなかった。というより、言えなかった。しかし困惑している今川は意図的に無視をしているようにも見えて、その態度が祐人たちを苛立《いらだ》たせた。

「歌えや！　クラスの和ぁ乱すんか！　ノリ悪いなあ!!」

と祐人が今川を恫喝《どうかつ》した。今川の心臓がきゅっと縮み上がり、彼女はますます何も口に出来なくなった。

明里と今川の二人が追い詰められている場所に、一人の人物が通りかかった。

ヘルメットを着けずにバイクに乗った男だった。いわゆる三白眼で、自分でバリカンで剃《そ》ったような簡潔な坊主頭だった。黒のTシャツにジーンズ。どちらも飾り気がなく、大型衣料品店で買ったもののようだった。体は日に焼けて黒く、かなりの筋肉質だ。ストイックな軍人風の男性といった印象を受けるが、顔を見てみると意外なほどに若い。

「翔真《しょうま》」と祐人《ゆうと》が言った。

どうやら祐人の双子の兄、田茂井《たもい》翔真のようだった。明里《あかり》が転校してきてから一度も学校に来ていなかったので、明里は初めて顔を見た。今川《いまがわ》の話から、勝手にベタなヤンキーのような人間を想像していたのだが、実際の見た目は修行僧に近かった。

彼がバイクから降りてくると、無言の動揺がクラス中に広がった気がした。皆が黙り込み、空気がぴりついた。しかし明里には、なぜ彼がやって来ただけで、このような空気になるのかがわからなかった。

「偶然見かけたんやけど、おもろそうなことしとるやん」

と翔真は祐人に言った。祐人の双子の兄だからか、どことなくイントネーションが似ていた。とはいえ顔は全く似ていないので、たぶん二卵性だろう。

祐人は面白そうに、翔真に状況の説明を始めた。細かい部分まで話していて、今川が歌に加わらなかったことまで伝えていた。所々声が裏返っていたので、彼も翔真の登場に対して緊張しているのかもしれない。

「へえ。で、その泥洗顔ってのはいつ始まるん？」

一方、翔真の方は何も思っていないようで、素朴に祐人に聞いた。

「それが全然やらへんねんな」

と言って祐人は明里を睨《にら》んだ。だが祐人の関心は、おそらくほとんど明里にはなかった。祐人は威嚇的な表情を浮かべていたが、ふしぎと明里は怖くならなかった。彼の頭が翔真でいっぱいになっていることが、明里にもわかったからかもしれない。

クラスメイトたちがふたたび「泥洗顔、泥洗顔、やって楽しい泥洗顔」と歌い始めた。しかし、翔真の機嫌を窺《うかが》いながらという感じで、さっきまでの声量や勢いはない。幼稚園児の覚えたての祭り囃子《ばやし》といった印象だ。

明里は相変わらず何もしなかった。しばらくその歌を聞いていると翔真は、

「うっさいうっさい」

と言って、クラスメイトたちが歌うのをやめさせた。

あっという間に皆が黙り込んだ。息をしているのかも疑わしいほどの静寂が訪れた。

「祐人はほんまに人間の心がわからんのやな」と翔真は呆《あき》れたように言った。「この女に泥で顔を洗わせたいなら、もっと簡単な方法があるやろ？」

「ええ……わからんよ」

「そうかぁ」

翔真《しょうま》は唇《くちびる》の端ににたりと笑みを浮かべると、ざっと早足で歩きはじめた。こちらに来るのかと思って明里《あかり》は身構えたが、そうではなく翔真は、明里を取り巻く群衆の方に歩いていった。クラスメイトたちは皮膚を強張《こわば》らせ、翔真を怒らせないように立ちすくんでいたが、翔真には一人の人間以外は目に入っていないようだった。彼の標的は今川真希乃《いまがわまきの》だった。

翔真は今川の頭を左手で掴《つか》むと、そのまま右の拳を彼女の顔に叩《たた》き込んだ。甲高《かんだか》い悲鳴をあげた今川の脇腹《わきばら》に、翔真は二、三回膝蹴《ひざげ》りを決めた。倒れかけた今川の髪を掴んで無理やり引っ張り上げると、顔面に肘《ひじ》打ちを叩き込んだ。そのことで今川は鼻血を出した。それから翔真は彼女の体を蹴ってアスファルトに叩きつけた。

あまりに一方的な暴行に、誰もが息を呑《の》んで翔真の行動を見守っていた。人々に無言を強《し》いたのは、声を出すと自分も制裁を受けるかもしれないという、そんな漠然とした恐怖だったのかもしれない。翔真は倒れ込んだ今川の手を踏みつけて、地獄のような悲鳴をあげさせた。それを聞いた祐人《ゆうと》は魅入られたようになって、頬《ほお》に小さな笑みさえも浮かべながら翔真の暴行を見つめていた。異常な状況に最初に声を上げたのは明里だった。

「田茂井《たもい》翔真さん!!」

初対面だが、口を挟まなければならないと思った。翔真はちらりと明里を見ると、すぐに目を逸《そ》らし、うつぶせになった今川の腹を蹴った。

「翔真さん!!」

何度も何度も、明里は翔真に呼びかけた。だがそのたびに翔真はちらりと、ある程度の決まった秒数だけ明里を見て、今川への暴力に戻るのだった。

いつの間にか今川の腕の皮膚や指先は血まみれになっていた。翔真は髪の毛を掴んで今川の顔を上げさせた。それから路傍にあった大きな石を取ってきて「これ口に入れろや」と今川の耳元で囁《ささや》いた。我慢できなくなって明里は叫んだ。

「やります!!」

明里はもう泣いてしまっていた。

「私が泥で顔を洗ったら、真希乃ちゃんは許してくれますか……」

翔真は上機嫌にケタケタ笑いながら言った。

「おお……物分りがええなあ!　はよやらんと、この子の口ん中潰《つぶ》れるぞ!!」

明里は目の前で山盛りになっている側溝の泥に目をやった。異臭もするし、不快に濡《ぬ》れてはいるが所詮《しょせん》は泥だ。側溝から出てきたとはいえ、その辺に落ちている泥と成分としては大きく変わらないはずだ。明里はそう自分に言い聞かせた。

明里は思い切って両の手の平を中に入れ、躊躇《ためら》いがちにすこしの泥を取り出した。するとバチンという大きな音がした。どうやら今川の頬を翔真がビンタしたらしい。今川の頬からは血が出てしまっていた。翔真は明里を大声で恫喝《どうかつ》した。

「ふざけとんかワレェ!!　洗うっつったらもっと派手にやれや!!　こいつ殺すぞ!!」

慌《あわ》てて明里《あかり》は泥の中に腕を突っ込んだ。六月の泥は生暖かく、所々冷たくて嫌《いや》な感じがした。だがもう細かいことは言っていられなかった。明里は掴《つか》める限りの泥を、体中で抱きしめるみたいに掴んで、その中に自分の顔を持っていった。顔を洗うというよりは自発的に泥まみれになっているようだったが、ともかく泥で顔を洗っているのだという事実が目の前の男に伝わればいいと思った。どうか真希乃《まきの》ちゃんを許してあげて欲しいと、明里は心から願った。

その懸命さが翔真《しょうま》にも伝わったらしい。彼は薄笑いを浮かべると、両手を一定のリズムで叩《たた》き始め、そのリズムに合わせて歌い始めた。

「泥洗顔、泥洗顔、やって楽しい泥洗顔」

翔真が歌っているのに合わせて、明里は自分の顔を泥だらけにした。翔真が「歌えやクソ共!!」と言うと、クラスの全員が大声を張り上げて泥洗顔の歌を合唱した。「泥洗顔、泥洗顔、やって楽しい泥洗顔」まるで何かの祭りのようだった。いまや教室の空気は一体になっていた。歌っていないのは明里と、アスファルトにうつ伏せになって泣いている今川《いまがわ》だけだった。翔真は楽しそうに「よいしょ!」「あらよっと!」と、泥洗顔の歌に合いの手を入れていた。

去り際に翔真は祐人《ゆうと》に言った。

「祐人も蒼樹《そうき》も、人を痛めつける才能が欠けとる。暴力ってのは時間をかけずに徹底的にやるもんなんや。じゃないと中途半端な反撃に遭ってつまらんやろ」

祐人は憧《あこが》れの視線を翔真に向けていた。一方、横田真奈美《よこたまなみ》は二人の様子をやや冷めた態度で見つめていた。

横田は翔真の彼女だが、正直なところ翔真に対する愛情はなかった。自分の彼氏が「強い」ことは、彼らの住む世界においては最大のトロフィーであり、そのことを誇りに思う気持ちはなくはなかったが、翔真の無用な暴力癖には内心では辟易《へきえき》していたし、そもそも顔が全く好みではなかった。横田はアイドル的な、中性的なルックスの男性を本来好んでいた。しかしこの男の告白を断っては、阿加田町《あかだまち》という狭い世界では生きていけないことを悟って付き合った。その点が祐人の告白を断った明里との違いだった。

横田が明里へのいじめに積極的に加担したのは、祐人の告白を断った明里をひどい目に遭わせることで、「告白を受けた」という過去の自分の選択を、間接的に肯定できるという無意識的な打算が働いていたかもしれない。「ムカつく」と「スカッとした」の世界に生きている横田が、自分の感情を見つめ直すことは永遠になかったが。

「佐藤《さとう》明里のことを本当にぶっ壊したかったら、俺の所に連れてこいよ」

翔真は言った。そしてそれは近いうちに実現することになる。

泥洗顔の翌日、明里はついに決心して、担任の山野《やまの》にいじめに関する相談をした。山野と祐人の仲がいいことは知っていたから、そんな彼でも自分の味方になってくれるように、出来る限り客観的な事実に基づいて話をした。

転校の三日後に祐人《ゆうと》に告白されたこと、それから無視や陰口などの小さな嫌《いや》がらせを受けるようになったこと。明里《あかり》が上手《うま》く反撃できないことがわかるといじめは過熱し、弁当に飲料をかけらたりスタンガンを当てられたり物を盗まれたりしたこと。特に林間学校の時に下着を盗まれて売られたこと。そして昨日はクラスメイトの今川真希乃《いまがわまきの》が暴行を受け、自分が泥で洗顔をさせられたこと。

口にしながら、よく自分はここまで耐えたものだと明里は思った。自分で自分のタフさを、心から賞賛してやりたい気分になった。どこからか熱いものがこみ上げてきて、氷漬けにしていた自分の中の人間らしい感情が融けていくような感覚があった。それと共に自分がいかに、心を殺してしまっていたかを自覚した。

山野《やまの》は明里の話を傾聴し、いかにも根本的な解決策を口にしそうに見えた。だが彼が口にした言葉は明里にとって到底期待外れのものだった。

「祐人たちはじゃれ合いのつもりだったんじゃないか?」

何を言っているのだ、と明里は思った。じゃれ合いだなんてとんでもない。ちょっとつつかれたりするくらいならともかく、物を盗んで売られたり、スタンガンを当てられたり、泥で顔を洗わされたりすることのどこがじゃれ合いなのだ。

「悪ふざけが過熱してしまうことはあるが、祐人たちは田舎の人間なんだから根っこの心は純粋なんだよ。都会から来た佐藤《さとう》はうがって見すぎなんじゃないか？」

夢を語るように山野は言った。思わず感情的になって言い返した。

「真希乃ちゃんが暴行を受けたことはどう説明をつけるんですか？」

すると山野は答えた。

「翔真《しょうま》のことは問題だと俺は思っている。だが今川から直接言われたわけでもないし、今は祐人の話だろう」

明里は絶望的な気分になった。

十六歳の明里は、漠然と大人全体のことを信用していた。だが考えてみれば教師だって、教室という異常な空間を構成している歯車の一つに過ぎないのだ。何よりも授業中に、この男にからかわれて恥ずかしい目に遭わされたことを忘れたか。それでも「いじめ」という単語を持ち出せば、元来の職務に忠実になってくれるものだと思っていたが、とどのつまりこの男も教室の空気の一部であり、決してそれ以上にはなれず、スクランブル交差点を、そうとも知らずに無自覚に歩いているような状態だった。

山野の判断の背景には、阿加田《あかだ》高等学校の校長の兄が農家で、田茂井《たもい》家に恩を持っているがゆえに、その息子である祐人の行動を問題視することが出来ないといった事情もあった。だが権威と人格を同一視してしまう人間は一定数おり、山野もその一人だったので、どちらかと言うと、あの高名な田茂井さんの息子がまさかいじめだなんて行うはずがないといった思考回路になっていた。そして問題があるとすれば、きっと東京なんていう荒《すさ》んだ土地から来た、目の前の女子生徒の方に違いない。大人の偏見は子供の偏見よりも、時に根拠がないくせに確固としたものである。

とはいえ明里《あかり》は納得できなかったから、なんとか祐人《ゆうと》たちに注意をしてもらえないかと山野《やまの》に頼んだ。しかし結果的には逆効果だっただろう。いじめは全く止まらず、単に『担任にチクった』という行動が、祐人たちの制裁の対象になっただけだったからだ。

その日は合唱大会の打ち上げがあった。合唱大会といっても、阿加田《あかだ》高等学校には三学年で三クラスしかないから、三回しか出し物はなかった。だが見に来ている先生が「強そう」だったために、クラスメイトたちは真面目《まじめ》に歌った。

阿加田町に高校生が気軽に打ち上げができる場所はないから、こういう時はいつも公民館の一室を借りていた。大っぴらに酒が飲める分、ファミレスよりもいいというのが祐人たちの持論だったが、明里は気が滅入った。祐人たちと狭い部屋に閉じ込められるなんて、ろくなことがあるはずがない。もちろん行く気はなかったが、学校から強制的に連行された。ちなみに今《いま》川真希乃《がわまきの》はあれから不登校になっていた。

明里は祐人たちにウイスキーのグラスを何回も一気飲みさせられた。西本《にしもと》の家が酒屋で、そこからお酒を盗んできているらしい。初めて飲むお酒は酷《ひど》く不味《まず》く、一口飲むだけで喉《のど》が焼け、鼻腔《びくう》が淀《よど》み、頭がぐらぐらした。祐人たちは飲み慣れている様子だったが、よくもこんなにキツい飲み物を美味《おい》しそうに飲めるものだと明里は思った。

祐人は「仲良しの証《あかし》だから」「仲直りの儀式だから」「そういうノリだから」と言って、明里に何杯も一気飲みを強要した。明里は断れなかったし、またウイスキーの適量を知らなかったのもあって、言われるがままにハイペースで飲まされた。祐人たちは明里が泥酔していく様を見てゲラゲラと笑っていたが、明里が気持ち悪くなって吐いたのを見ると激昂《げっこう》した。吐瀉《としゃ》物の一部が、祐人の服にもかかってしまったからだ。

「何するんや、てめぇ!!」

急性アルコール中毒の一歩手前になり、何も考えられなくなって部屋の隅にうずくまっている明里の背中を、祐人は何回も蹴《け》った。吐瀉物は取り巻きたちが片付けたが、それでも祐人の怒りは収まっていないようだった。

「こいつ、翔真《しょうま》に引き渡そうや」と祐人は西本と横田《よこた》に言った。

二人は正直、乗り気がしなかった。

西本も横田も、本心では田茂井《たもい》翔真の暴力は度を越していると思っていた。例えば、今川を殴りつけたのはどう考えてもやりすぎだ。「いじめと言っても、これ以上は洒落《しゃれ》にならない」というラインが二人の中にはあったが、翔真はたやすくそのラインを越えてみせる。

というより、そんなことは翔真の弟である祐人以外、クラスの全員が思っていることだった。祐人《ゆうと》は弟だからか、あるいは単にバカだからか、「お兄ちゃん、かっこいい」くらいの気持ちでいるけれども。

だが断るのも、空気が読めていない感じがする。それに怒っている祐人をなだめて、その提案をやめさせるのも面倒だった。またビビっていると思われるとナメられて、自分の立場が悪くなる可能性がある……といった計算は、実際に二人の頭に浮かぶことはなかったけれども、脳は粛々《しゆくしゆく》と無意識的な計算をこなし、二人は祐人の提案を呑《の》み込み、笑いさえした。

スクランブル交差点が人間を破滅へと送り出す——。


その翌日が、明里《あかり》の人生で最も悪い日になった。明里はこんな時でも、「学校を休むことは悪である」という公教育の刷り込みに従って、律儀に学校に通っていた。

その日の放課後、明里は祐人と西本《にしもと》と横田《よこた》の三人組に連行されて、田茂井《たもい》家の屋敷に訪れた。

いわゆる豪邸だった。黒々とした寄棟造《よせむねづくり》の瓦《かわら》屋根の建物が、広い敷地に折り重なって続いていた。田茂井正則《まさのり》の事業の事務所も兼ねているらしく、敷地を隔てる外壁はあえてなくしてあり、そこには一目で高級車だとわかる黒い車が何台も停まっていた。その周りにはよく手入れされたマツやヒノキの樹が植えてあった。豪華ではあるが、この家の持ち主は景観にはあまり興味がなく、建築士と庭師に薦められるがままにこの家を建てたのかもしれないと明里は思った。そう思ってしまうくらいにベタな豪邸なのだ。悪趣味ではないが無趣味なのだ。

ガラス張りの広い廊下を進む。窓からは庭が見え、眩《まぶ》しい陽光を浴びた緑色の芝生が広がっていた。廊下のところどころに花瓶が設置されていて、綺麗な花が生けてあった。しかしどれからも持ち主のこだわりを感じられず、借り物めいていた。生活感がなく、見たそばから記憶から失われてしまいそうな家だ。

やがて重々しいふすまが開けられる。そこが田茂井翔真《しょうま》の部屋らしかった。

一般的な和室だと明里は思った。床の間があり、そこには壺《つぼ》が置かれていて、わずかに開いた障子の向こうにはたぶん広縁《ひろえん》がある。広々としていて、もちろん普通の和室よりもずっと豪華だが、この家の中ならばこの部屋はあるだろうという、そんな必然性のある部屋だった。

翔真は腕立て伏せをしていた。部屋の隅には、中学生の蒼樹《そうき》とその恋人である南賀《なんが》が、ビーズのクッションに寄り添い合って座り、スマートフォンのゲームに興じていた。二人は祐人たちをちらりと見ただけだったが、翔真は祐人たちを迎えるように座布団を五つ出し、そのうちの一つの上であぐらをかいた。明里はそのうちの一つの上に座らされた。

明里は段々と、この部屋の様子がおかしいことに気づき始めた。畳の所々に、乾いた血が付いている。くわえて障子の向こうにある広縁から、何かを殴打するような音と、誰かの泣き声と、鼻をすする音が聞こえ続けている。

「よう来たな」

その音を全く気に留めずに翔真が言った。

「祐人《ゆうと》と真奈美《まなみ》と、えーっと……確か西《にし》……村《むら》？　って奴《やつ》と、それから佐藤明里《さとうあかり》やないか」

明里はわずかな驚きを覚えた。自分と翔真《しょうま》は泥洗顔の時に会っただけだったし、その時もフルネームは祐人の口から一度発されただけだった。なのに翔真ははっきりと覚えていた。西《にし》本《もと》の名前は忘れているのに。

「祐人、何の用や」と翔真は言った。

「佐藤明里に制裁を加えて欲しいんやけど」と祐人は半笑いで言った。

翔真は特に返事をせずにじろりと明里を見た。全身をくまなく点検されているような、居心地の悪くなる視線だ。翔真はあぐらの上に頬杖《ほおづえ》をつき、しばらく一心不乱に明里を眺めていた。

その時だった。広縁《ひろえん》の向こうから聞こえ続けていた意味深な打撃音と苦悶《くもん》の声がやみ、不意に障子が開いて、「許して下さい!!」と言って、チェックシャツを着た肥満体型の男子が飛び込んできた。年は近く、一つ上か下の範囲には収まっているだろうと明里は思った。

ぞっとした。男子の口の周りは血まみれになっていた。それも普通に出血しただけではまず出ない、濃い色の血が大量に流れ出て、皮膚の表面にある乾いた血と混ざり合っていた。

障子が開け放たれたことで、はっきりと見えるようになった広縁には、庭から移動してきたらしい巨大な庭石が雑に置かれていた。

石の表面は血で汚れている。その上に置かれたものを見て、明里は血が逆流するような恐怖に襲われた。

歯だ。

「もう勘弁して下さい!!　なんでもしますから、どうか許して下さい!!」

肥満の男子が言った。翔真は目を大きく開き、障子紙がぴりぴりするような大声を出した。

「あァん!!　お前の歯ァ欲しいんや俺は!!　はよ歯ァ出せェ!!」

そして肥満の男子の首根っこを掴《つか》み、何度も何度も庭石に彼の口を叩《たた》きつけた。そのたびにくぐもった悲鳴と赤黒い血が出た。

白いものが男子の口から吐き出された。ようやくお目当ての歯が飛び出てきた。しかし割れてしまっていて、翔真のお眼鏡には適《かな》わなかったようだ。だが男子は失神してしまっていたから、翔真は一旦《いったん》追撃を止めた。

返り血で汚れた翔真は明里に言った。

「なあ佐藤明里。なんで人は人んこと傷つけたりするんやと思う?」

明里は何も答えられなかった。ただ失神した男子の口元から吐き出された赤黒い血を眺めていた。

「自分が傷つけられたら嫌《いや》やろ。親しい人が苦しめられたら嫌やろ。なのになんで世の中、暴力は絶えんし、殺人は起こるし、犯罪は繰り返されるし、戦争はなくならんし、飢餓が人を苦しめるし、ヤク漬けにされたガキが銃を持たされて戦場に行かされるし、化学兵器が人々の肌を焼け爛《ただ》れさせるし、核爆弾が爆心地の人々を蒸発させるし、過去未来現在現実ネット日本外国世界中あらゆる場所で、人が人を傷つけるのが止まらんのやと思う？」

翔真《しょうま》はそう問いかけると、失神した男子の顔を上げた。

その顔に躊躇《ためら》いなく肘《ひじ》打ちを入れると、また前歯が一本飛び出てきた。

翔真は上手《うま》く取れた前歯を嬉《うれ》しそうに眺めた。それは愛想笑いではない、彼が明里《あかり》の前で初めて見せた心からの笑顔という感じがした。

「楽しいからや」

その笑顔のまま続けた。

「全てを失ってでも成し遂げたいくらいに、この世界にある営みの中で、暴力は楽しいからや」

明里は何も答えられなかった。息を呑《の》んでいるのは明里だけではなく、横田《よこた》と西本《にしもと》もだ。

「佐藤《さとう》明里は東京から来たんやったか？」

日常的な声色《こわいろ》で翔真は聞いた。明里は小さな声で「はい」と答えた。

「東京もんは嫌いや。俺の知らんもんを一杯知ってるからな」

翔真はそう言って、用は済んだという様子で男子の前歯をゴミ箱に捨てた。

「俺はな、理解の出来やんもんは全部クソであって欲しいんや。手に届かないものは全てゴミであって欲しいんや。金持ち、有名人、野球選手、政治家、高学歴、芸術家、アイドル、実業家、ネット配信者、医者、eスポーツの選手……全部全部クソでゴミやったらええ、地獄の苦しみに落ちていったらええ。俺の知らん所に素晴らしいもんがあると思ったら耐えられん、手の届かん所に美しいものがあると思ったら許せへん。でもそれは残念ながら存在してしまうから、せめて俺は俺の目に入る範囲のそういうものを、徹底的にクソとゴミに変えることにしとるんや。そしたら、ちょっとは俺のおる世界もマシかもしれんって思えるやろ」

翔真は明里の方に向き直り、前歯を手にした時と同じような嗜虐《しぎゃく》的な笑みを浮かべながら言った。

「お前のことを徹底的にクソとゴミに変えたる。永遠に逃れられれん呪縛《じゅばく》を作ったるからな、佐藤明里」

〈第四章〉

神様の前に
立っているような
気持ちで

1

ぼくらの前に現れたその女性は、大きな丸眼鏡をかけていた。

年齢は大学生くらいだろうか。背が高く、それを強調するような、ロング丈の紺色のワンピースを着ている。生地がくたくたになってしまっているので、パジャマとして使用しているのかもしれない。羽織っているカーディガンも、パジャマを目立たなくするためになんとなく選んだという感じだった。前髪の揃《そろ》った暗い茶髪のボブカットは、胸よりも下に伸びるくらいの長さがあった。この近くに住んでいて、悲鳴を聞きつけてやってきたのかもしれない。

彼女は血まみれのぼくらと遺体を一回ずつ見た。そして眉《まゆ》をひそめたが、せいぜいそれくらいの反応しかしなかった。大きな湖に小石を投げ入れた時の波紋のように、彼女の動揺はすぐに消えてしまった。

それはかなり不思議な反応だった。奇天烈《きてれつ》と言ってもよかった。普通ならば人が死んでいるのを目の当《ま》たりにしたら、顔面蒼白《そうはく》になって悲鳴を上げたりするだろう。狂乱して走り去ったりもするだろう。殺人現場を目撃することは、普通に生きていればまず巡り合わない、仰天に値する出来事だからだ。

でも彼女はただ首をかしげただけだった。珍しい気象現象を目にした学者みたいだった。このような事態は確率は低いが原理的にありえることなのだという、公平な視点から物事を受け入れているように見えた。そしてそんな反応は、総合してやっぱり変だった。

アスファルトの上で動けなくなっていた冥《めい》は、わずかな力を振り絞って言った。

「……もしかして、今川真希乃《いまがわまきの》さん？」

今川真希乃と呼ばれた女性は肯《うなず》いた。

「あなたは佐藤《さとう》冥ちゃん？」

どうやら二人は知り合いらしかった。旧知の仲のように見えた。

……だが、この後に冥から話を聞いたところ、なんとこの時が初めての会話だったそうだ。佐藤明里《あかり》の葬儀の時に目が合った程度で、そのわずかな出来事が二人の記憶の奥底に残っていたらしい。繋《つな》がりというものは時にそういうふうに出来るものかもしれない。どれだけ長い時間を共にしていても、心に何も残さない人間もいれば、目が合った程度で運命的なまでに繋がることのできる人間もいる。冥と今川さんもそんな関係だったのかもしれない。

「それは田茂井蒼樹《たもいそうき》？」

小石でも見るように死体を見て、今川さんが言った。冥が苦しそうなので、ぼくが代わりに「あ、はい」と答えた。なんだか間抜けな応答だと思いながら。

「私、この辺に住んでるの。だからその子が馬鹿《ばか》騒ぎをしながら、この道を通るのをよく目にしてる。そうでなくても田茂井蒼樹《たもいそうき》って有名人だけど」

そうなんですか、とぼくは言った。やはり日常的すぎると思いながら。

「冥《めい》ちゃんが殺したの?」

今川《いまがわ》さんは聞いた。後になって気づいたが、それもまた不思議な質問だった。返り血にまみれているぼくが殺したと思いこそすれ、傷だらけで横たわっている冥が殺したとは、少なくとも状況からは判断できないだろう。彼女には、冥が人を殺しうる人間だという先入観があったのかもしれない。

「はい」

とぼくは答えた。実際は共犯だが、あまり複雑な話をする段階でもないと思った。

「どうして翔真《しょうま》や祐人《ゆうと》じゃなくて蒼樹なの?」

今川さんが聞いた。気になるのはそこなのかとぼくは思った。

田茂井翔真も田茂井祐人も、冥の殺人リストの中に入っている。だから単純に順番の問題なのだけれども、どう説明したものだろうか。

冥が今川さんにも聞こえる声で、「栞《しおり》、言っていいよ」と言った。本当は冥自身の口から説明したいところだと思う。それほどに内面的な動機を持った犯行だし、冥自身にしか上手《うま》く説明できないであろう込み入った手順を駆使している。しかし話す気力はないみたいで、ぼくにその役目を託してくれた。

「二人とも殺すつもりです」とぼくは言った。それが最も簡潔で、目の前の女性の気になっていることを説明できる言い方だと思った。「一日に一人ずつ、合計七人、佐藤明里《さとうあかり》さんを死に追いやった人たちを殺していくんです」

「だいぶ大がかりな計画だね。そんなこと出来るの？」

「そのために、ちょっと超常的な力を使っています。簡単には説明できないんですけれども」

「超常的？」

「まあ……超能力です」とぼくは言った。身も蓋《ふた》もない言い方に思えたけれども、これ以上の表現が思いつかなかった。「ふざけてるわけではないです。ふざけてこんな状態にはなれません。ともかく、七人全員を殺し切るのも不可能ではないような力です」

今川さんはすこし考えてから「なるほど」と言った。本当に理解しているのかはわからない、ノートに一旦《いったん》クリップを留めるような相槌《あいづち》だった。

「でもきみたちは今、すごく困っているように見える」

「そうですね」

「よくわからないけれども消耗してるし、死体の処理にも困っているように見える」

「その通りです」

「なにか助けて欲しいことはある？」

今川さんは後ろ手を組み、長い髪を揺らしながら言った。

彼女が何を考えているのかはわからない。でももう、この場を乗り切るにはこれしかなかった。ぼくは冥《めい》と目配せをした後、今川《いまがわ》さんに言った。

「死体を隠すのを手伝ってくれませんか」


六月の分厚い風に吹かれながら、ぼくと冥は今川さんを待っていた。

今川さんは、家から折りたたみ式の担架とブルーシートを持ってくると言って消えた。警察を呼びに行ったのかもしれない。その方が自然な行動ではある。でもなんとなく、彼女は嘘《うそ》をつかないいんじゃないかという気がした。楽観的かもしれないが、どの道流れに身を任せるしかなかった。

冥の痛みは峠を越えたようで、今は苦痛の声を口にすることはなく、ただ苦しげな顔でお腹を押さえていた。「なにか助けられることはない？」と聞いたら、アスファルトで後頭部が痛いので膝枕《ひざ》をして欲しいと頼まれた。

だからぼくは冥の小さな卵型の頭を膝の上に乗せていた。彼女の髪は柔らかく、首は人形のように細かった。そして暗くてしっかりとは見えないけれども、顔も含めたあちこちを、痣《あざ》と傷で深く損傷しているように見えた。

やがて「お待たせ」と言いながら、小走りで今川さんが現れた。待ち合わせにちょっと遅刻したくらいの言い方だった。

彼女はちゃんと担架とブルーシートを持っていた。担架なんてものが一般家庭にあるものなのかと思ったが、よく考えたらぼくの家の薬箱もやけに充実していたし、「もしもの時に」と言って父親は時たま中身を更新していた。だから担架を常備している家もあるのだろう。必要以上の備えをしている父をぼくは内心冷ややかに見ていたが、ちゃんと「もしもの時」が来ることもあるのだ。考えを改めた方がいいのかもしれない。

ともかく死体を担架に乗せなければならない。だからぼくは冥の頭を一旦《いったん》、悪いと思いながらもアスファルトの上に置いた。すると今川さんは折り畳んだカーディガンを冥に差し出して、「これを頭の下に敷く？」と聞いた。

冥は最初は断ったが、結局のところ今川さんの厚意を受けた。

今川さんは担架を展開した。それからぼくと今川さんの二人で蒼樹《そうき》を担架に乗せた。その時に今川さんのワンピースに乾いた血が付着したが、彼女はあまりそれを気にかけてはいないようだった。単に洗濯をすればいいと思っているように見える。また死体に尿がかかっていることにも今川さんは気づいていないようだった。まあ滅多刺しの死体自体が異様なものだし、そこに何がかかっていたって普通はわからないだろう。

杉林の中に蒼樹を持っていく。ある程度、深い所まで入ってからぼくは言った。

「この辺でいいです」

「そう？　臭いがするだろうし、もっと奥の方がいいんじゃない？」

「腐臭が出始めたら、多少奥にやったってバレちゃいますよ」ぼくはちょっと笑った。なんとなく今川《いまがわ》さんに対して只者《ただもの》ではないイメージを持ってしまっていたのだけれども、少なくとも死体隠蔽《いんぺい》に関する知識はないようで、それがちょっぴりぼくを和《なご》ませた。こんなことで緊張が解けるのは自分でも変だと思いながらも。「でも腐臭が出るまでは二、三日かかります。その間に、もっと手の込んだ隠蔽を行う予定です。だから一旦《いったん》ここに置いて、ブルーシートをかけておきましょう」

オーケー、と今川さんが言って、ぼくらは担架を下ろした。

今川さんは蒼樹《そうき》を担架から降ろし、担架を畳んで手に持った。さっきまで死体に触れていたものだという穢《けが》れの感覚はないみたいだ。かなり淡々とした手つきだった。

「なんか今川さんって、超然とした空気を持っていますよね」

「そう？」意外そうに答えた。「あまりそういうふうに思ったことはないな。でも自分で自分のことはわからないものだし、他人の視線の方が時に正確だったりするからね」

とりあえずの死体隠蔽が終わる。ぼくらは道を戻りながら話す。

「たぶん、昔は違ったんだよね」と今川さんが言った。「昔はもっと、普通に泣いたり笑ったり楽しんだり悲しんだりすることが出来たんだよね。けどいつの間にかそういうのが出来なくなったんだ。今は人格が丸ごと喪に服しているような状態かな」

深い事情は知らない。でも「喪に服している」という表現を使ったことで、かすかに事情をの人格の変化が起きている。冥《めい》と同じように。

　たぶん今川さんも、佐藤明里《さとうあかり》の自殺の影響を受けている。そしてそれを境にして、何かしら窺《うかが》い知ることができた。


　冥の所まで戻る。彼女は今川さんのカーディガンの上に頭を置いたままだ。担架に乗るかと聞いてみたら、肩を貸してくれたら歩くことくらいは出来そうだから別にいいと言った。

　冥はふらつきながら立ち上がった。ぼくと今川さんの両方を同じ時間だけ見比べると、結局はぼくの肩に手を伸ばした。ぼくは冥に肩を貸しながら、今川さんの後ろを歩いた。

　道の両脇《わき》に何もない、がらんとした林道を歩いていくと、まばらに民家が見えてきた。林に埋まるようにして建っている家の一つが、今川さんの家だった。

　その隣にも、片手で数えられるくらいの家が建っている。ぼくは今川さんに聞いた。

「この辺りまで音が聞こえていましたか？」

　田茂井《たもい》蒼樹との格闘の音や、その他諸々《もろもろ》だ。今川さんは答えた。

「まあね。でも耳を澄ませばといった感じだったし、ここらでバカな高校生が騒いでいるのなんてよくあることだから、誰も気に留めなかったんじゃないかな。後々、警察からの聞き込みを受けて『そういえば』って思い出す程度だと思うよ」

　なるほど。冗談なのか本心なのかはわからないけれども、想像のしやすい表現だ。

「今川《いまがわ》さんはどうしてぼくらの方へ？」

「今日の騒ぎはちょっとおかしい気もしたし、あと怖いもの見たさかな」

そんなふうにふらふらと、女性が一人で奇声の聞こえる方に歩いていっていいものだろうかと、ぼくは逆に今川さんの方を心配してしまったが、余計なお世話だろう。

今川さんは近くの家の電気が消えているのを指差して「まあ、皆寝てたと思うよ。この辺、老人しかいないんだし」と言った。

今川さんの家は一階建てだった。比較的新しく、築十年も経《た》っていない気がした。屋根は地面に水平の平屋根で、形の違う直方体が何個も組み合わされたような外観をしていた。駐車場はあるが車はなく、淡い緑色のクロスバイクが一台だけ停められていた。

家に入る。

その瞬間に、がちがちに全身を固めていた、ありとあらゆる緊張が解けていくような気がした。どうやらぼくはひどく神経を尖《とが》らせていて、頭のてっぺんから足の爪先まで、余すことなく気を張り詰めていたらしい。その緊張の糸が心地よくほぐれていき、代わりに温かなものが体を満たしていく感じがした。肩越しに感じられる冥《めい》の体の強張《こわば》りも弱まったように思える。

「ゆっくりしていくといいよ」

ぼくら二人の安堵《あんど》を感じ取ったのか、今川さんが言った。

「そうさせてもらいます」

「聞くまでもないと思うけど、病院には行けないんだよね？」

確かに冥の容態は、本来は病院に連れて行った方が良さそうな状態だ。ただ病院に行ったら、ぼくらは蒼樹《そうき》と交戦したことを話さないとならないだろう。

冥は疲れた声で言った。

「病院に行くよりも、もっといい方法があります」

「ふうん？」と今川さんは疑問符付きで言った。もしかすると冥は、オカカシサマの力を、何かしらに用いるつもりなのかもしれない。「とりあえず、シャワーくらいは浴びた方がいいんだろうね」

「はい。お借りできると嬉《うれ》しいです」と冥が答えた。

「もちろん」

「あと、包帯も貸して下さい」

「わかった」と今川さんが答えた。「まず、冥ちゃんの体を洗面所に運ぼうか」

今川さんに案内されるがままに、冥に肩を貸して洗面所へ連れて行く。廊下に泥が落ちるが、これは後で自分で掃除をしようと思う。

それから今川さんが廊下のクローゼットから薬箱を持ってくる。家に担架があるくらいなのだから、薬箱もやはりぎゅうぎゅう詰めだった。たぶん今川さんの親が準備したものだと思うのだが、かなり心配性の親なのだろう。ぼくの母親も心配性だったので、ちょっと親近感が湧いた。

今川《いまがわ》さんがそこから包帯を取り出して洗面台の上に置く。冥《めい》が言う。

「シャワーを浴びて、応急処置をするので、席を外してもらってもかまいませんか」

「何か私が手伝えることはない？」と今川さんは言う。

「いえ、大丈夫です。今川さんの手を煩わせることはありません」

オカカシサマの力を使うのだとすれば、それを今川さんに見られるのは避けたいということだろう。

冥を残して、まず今川さんが先に洗面所を出て、それからぼくが出る。ドアを閉める前に、今川さんが不思議そうに言った。

「……冥ちゃんと栞《しおり》くんは、一緒にシャワーを浴びたりする仲じゃないの？」

すると、冥は驚いたように瞳《ひとみ》をまんまるの満月の形にした。

それから二、三回まばたきして、子供のように耳まで真っ赤になった。その後、はっきりと「違います」と言って、急いで洗面所のドアに手をかけて、大きな音を立てて閉めた。

冥のややオーバーなリアクションに今川さんは目をぱちくりさせていたが、結局は「弱い所を見せたくないのかな」と独り言のように口にした。

なるべく家の中を汚さないために、洗面所の前から離れ、ぼくらはふたたび玄関の三和土《たたき》のところに戻ってきた。

今川さんが一度自室に戻って、冥とぼくの二人分の着替えを用意し、洗面所に置いた。そしてぼくらを寝かせる部屋に、二人分の布団を敷いた。

それからキッチンに行き、グラスに水を入れて持ってきてくれた。それを飲むと、体の隅々まで水分が行き渡っていくような感じがして心地が良かった。

「どう?」と今川さんが聞いた。

「こんなに美味《おい》しい水、飲んだことないです」

「水道水だけどね」と今川さんは皮肉っぽく答えた。

「本当にありがとうございます」とぼくは言った。「今川さんがいなかったら、ぼくと冥は誰かに捕まっていたかもしれませんし、少なくとも犯行は露見してたと思いますし、こんなにも色々とお世話していただいて……」

「死体の遺棄までね」と言って、今川さんはくすくす笑った。

「そう、死体の遺棄まで」ぼくも釣られて笑ってしまった。

ぼくはふと思う。自分の行為が露見したら、死体遺棄罪になるという自覚を、今川さんは持っているのだろうか?

持っているだろう、と思った。これだけのことをしておいて、持っていないわけがない。

だからどういうつもりで、ぼくらに協力してくれたのかは気になった。でもそれを今聞くのが適切かはわからなかったから、結局のところぼくは当たり障りのないことを聞いた。

「ここに一人で住んでいるんですか?」

家の中には三、四部屋と、洗面所とお風呂《ふろ》があった。一応は、誰かと二人で住んでいたっておかしくない広さだ。

「一人暮らしだよ」と今川《いまがわ》さんは言った。「大学に入ってからは、ここに一人で住んでるの。それまでは四つ年上の兄がここに住んでいたんだけれども、入れ替わりの形でね」

「そうなんですか」

「まあ、実家も阿加田町《あかだまち》にあるんだけどね。この家は、兄がどうしても一人暮らしがしたいって言って、親に買わせたものなんだ。この辺りの土地で一階建てならば、新築でも大したお金はかからないから」

なるほど、とぼくは相槌《あいづち》を打った。

「だから、きみらがいることを私以外が知ることはないと思う。まあ、たまに何の連絡もなく親が来たりするから、その時は何か言い訳をするしかないね」

そこまで話すと今川さんは大きなあくびをした。スマートフォンの時計を見ると、もう日をまたいでいた。

「おやすみ。私はもう寝るから。栞《しおり》くんも後でお風呂に入るといいよ」

「今川さんはお風呂はいいんですか?」

「もう一回入ってるんだよ」と今川さんは言った。そういえば彼女は、ぼくらと会った時からパジャマ姿だった。「死体を運ぶのにも疲れたし、湿気のある林の中にも入ったから、本当は軽くシャワーくらいは浴びたいんだけどね。きみらを待つほどではないかな」

今川さんは廊下の向こうに歩いて行こうとした。だがふと振り向いて、

「やり遂げてね」とささやかな応援を口にした。「勝手に自分事にしてるみたいだけれども、きみたちが復讐《ふくしゅう》を終えた暁《あかつき》には、私の中でも何かが変わりそうな気がしているんだ」

ぼくはハッとした。今川さんがぼくらに協力してくれているのは、曖昧《あいまい》な気持ちからではなく、冥《めい》の復讐を手伝いたいという、極めて具体的な動機があってのことなのだ。

今川さんは佐藤明里《さとうあかり》とは知り合いだったようだし、彼女の死に対して、彼女なりに思うこともあったのだろう。真面目《まじめ》に考えれば直《す》ぐに想像のつくことだったかもしれないけれども、全く意識していなかった。

ならば報いなければならないとぼくは思った。ぼくは改まって言った。

「絶対やり遂げます」

「あはは、そんなに気負わずに。人生を賭《か》けてやりたいことが出来なかったとしても、そんなのありふれたことなんだから」

おやすみ、とふたたび言って今川さんは歩いていった。けどもう一回振り返って言った。

「そうだ。冥ちゃんが復讐をする動機はわかるけど、きみはどうしてそれに協力……」

と言いかけて、頭を掻《か》いてから、

「うん、まあ、別にいいか」と言い直した。

今川《いまがわ》さんが自室に戻ってからしばらくして、洗面所のドアが開く気配があった。

ぼくは泥を撒《ま》き散らさないように、そろそろとそっちに歩いていった。

冥《めい》は今川さんの、アイボリーの生地に熊の刺繍《ししゅう》の入ったスウェットを着ていた。身長差があるのでぶかぶかだ。襟ぐりが広く、冥の鎖骨がすっと見えている。元は半袖《そで》だったと思われる服は七分袖のようになっていて、袖口から冥の細長い腕が伸びている。そして鎖骨にも両腕にも、痛々しい傷が付いている。

くわえて顔は、昔の映画の透明人間みたいに包帯でぐるぐる巻きにされていた。包帯には乾いた血が付いていて、痛々しい印象を受ける。すこし時間が経《た》ったからか、さっきよりも客観的に見られるけれども、記憶以上に悲惨な状態がある。いや、見るたびに悲しみの実感が増していくような気がする。

思い出すまでもなく、彼女は蒼樹《そうき》のクソに顔面を踏まれたのだ。田茂井《たもい》ゲロカスゴミ蒼樹に足蹴《あしげ》にされたのだ。そう思うと、殺してもまだ晴らし足りない憎しみがぶり返してきそうになったが、ここで憎悪がループしたところで何もいいことがないので自制する。そして意外と憎しみというものは、対象が死んでいても関係なく湧いてくるものだということに気づく。ともかく死人を憎んだって非生産的なことは確かだ。

「手を出して」と冥が言う。
そうだ、ぼくが動揺していては、間接的に冥の痛々しさを彼女に伝えることになる。だから
なるべく普通に振る舞うことにする。
言われるがままに手を出す。すると温かい粘液が手の上に下りてきた……気がする。その
液体は完全に透明でぼくの目には見えない。オカカシサマの体と同じだ。
「これは何？」
とぼくは聞いた。一部が手からこぼれ落ちてしまった感覚があったが、透明なせいでどこに
行ったのかもわからなかった。
「それはね、オカカシサマの油なの。蛇の油は昔からありとあらゆる怪我《けが》や病気を治すと言わ
れていて、漢方や民間医療の薬として使われていたの。沖縄だと今でもハブの油が名産品でし
ょう。世界中に似た信仰があって、例えばＷＨＯのマークは、蛇が巻きつけられた杖がモチー
フになっているのよ」
ぼくはふと、巨躯《きょうく》を持ったオカカシサマが、口から油をだらだらと吐き出している所を思
い浮かべた。この想像が合っているかはわからないが、ともかくそんなふうにして彼の体から
出たものが、今のぼくの手の上に乗っているのだろう。
「冥はこれを塗っている？」とぼくは聞いた。
「うん、見えないと思うけれども体全体にね。もちろん包帯の裏にも」

と冥《めい》は答えた。鎖骨や腕の傷は、一見してむき出しの傷のように見えたが、実際は透明な油が上に乗っているようだ。

「傷が全部治る?」とぼくはかすかな希望を込めて聞いた。

「わからない」冥はわずかな逡巡《しゅんじゅん》の後に言った。「蛇と医学の結びつきは知っていたけれども、こんなことをするのは初めてだもの」

「そっか」

「さっき道路に横たわっていた時にね、オカカシサマが私の頬《ほお》を優しく舐《な》めてくれたの。その時に、もしかしたらこんなことが出来るかもって」

「オカカシサマは出来るって言ってる?」

「……前にも言ったと思うけれども、オカカシサマの言葉を完全に理解することは出来ないの」

「そうだったね」愚問だったかもしれない。

「でも見当違いなことをしているわけではないと思うの。そういう時は、オカカシサマがそれとなく教えてくれるもの」

効果はゼロではないのだろう。だが覿面《てきめん》かどうかは、文字通りの神頼みというわけだ。

ぼくは冥から受け取った透明な油を、蒼樹《そうき》に噛《か》まれた右足首に持っていった。動転していて傷の深さはわからなかったが、今となっては皮膚が千切れているだけで、深い部分までは届いていなかったことがわかった……って、これだけでも普段の生活の範囲なら、充分な大怪我《けが》ではあるけれども。今は乾いた血が出血を止めてくれているおかげで、鈍痛はあるが鋭い痛みまでは感じない。

油を塗ると傷口に沁《し》みて、思わず声が漏れた。高熱を持ったものが、傷跡から体の中に入り込んでいくような気がした。それこそ小さな蛇が侵入してくるイメージだ。

「どう?」

と興味深そうに冥は聞いた。こんな状況でも冥の学術的な好奇心は旺盛《おうせい》なようで、その日常的な態度に心が和《やわ》らいだ。

「なんだか皮膚が燃えているみたいだよ」とぼくは言った。

「実際に、よく燃えるそうよ。蛇は火の神様でもあるんだから。日本神話に『カグツチ』っていう火の神様が出てくることは知っている?」

「なんとなく名前は聞いたことがあるよ」

「カグツチだって蛇の神様なの。『カグツチ』は『カカツチ』の転訛《てんし》で、この『カカ』はオカカシサマの『カカ』と同じで蛇のことだから。オカカシサマとカカツチも神話的には同格ということ」

「ふうん」

ぼくはオカカシサマの油を自分の腕にも塗った。蒼樹を刺した右の上腕はいまだに痛みを発していた。外傷に効くものが筋肉痛に効くのかはわからなかったが、少なくとも神頼みをしたいくらいに痛いのは確かだった。

そういえば、

「『傷口に唾《つば》をつければ治る』という伝承もあるよね」

と、ふと思い出して言った。

「うん、唾には不浄なものを祓《はら》う効果があると考えられていて、昔から呪《まじな》いに使われていたの。『日本書紀《にほんしょき》』にも、イザナギが黄泉《よみ》で唾を吐いてお祓いするシーンが出てくるのだわ」と冥《めい》は言った。「私が思うに、昔の人たちは自分たちの体から出てくる体液が好きすぎて、一つ一つに意味を付けないと気が済まないみたいね」

と言ってから、ふと自分のおしっこにぼくが触れてしまったことを思い出したのか、目をぱちくりさせて、気詰まりそうに口をつぐんだ。包帯の隙間《すきま》から見える冥の頬《ほお》が赤くなっていく。ぼくは話を変えたくて、慌《あわ》てて言った。

「人間の唾でも傷が治せるならば、神様の油なんてぐっと効き目があるだろうね」

その気はなかったのだけど、なんだか今のぼくは冥を元気づけようとしているみたいだ。冥は端的に、かもしれないわね、と言っただけだった。

「そういえば、『唾を付けたら治る』というのは、科学的にも本当のことらしいね」とぼくは話を続けたくて言った。「唾の九十九パーセントは水分だけど、残り一パーセントの中には抗菌物質があるから、それが傷口を治すこともあるって」

「ああ、そう」と冥は興味がなさそうに言った。「私はね、迷信には実は意味があって、みたいな話って、あんまり興味がないの。それ以外にも理屈に合わないことをたくさんしてきたのに、たまたま科学的観点から意味がある風習だけを取り出して『実は効果があった』って言うのってばかみたいじゃない？　じゃあ、畳の縁を踏まなかったことには医学的な根拠があったの、って話になってくるでしょう？　効果があるかないかじゃなくて、昔の人たちは単純に信じていたの。そしてオカカシサマの力を支えているのは、そういった理屈のない信仰の力なの。ただ固く信じてたっていう、純粋な想いの力なの」

「純粋な想いの力」とぼくは繰り返した。

「そうよ。だから信じなさい。『信じるものは救われる』だなんて本来は嘘《うそ》だけれども、オカカシサマに限っては本当のことなの」と冥が言った。

だからぼくは言われるがままに、強く信じることにした。

冥が洗面所を去ってから、ぼくは一人で洗面台の前に立ち、組み合わせた指を胸元に持っていって目をつぶった。そして神様の前に立っているような敬虔《けいけん》な気持ちになって深く祈った。見たこともない蛇の神様の姿を想像し、彼に丁寧に内容を伝えるつもりで、何度も胸の中で同じ祈りの言葉を繰り返した。祈りに具体的な形を持たせて、宙に浮かび上がらせるくらいの気持ちでやった。ぼくは心の奥底からの言葉を何度も何度も神様に投げかけた。

どうか神様、ぼくの大切な女の子の体に傷を残さないであげて下さい。

2

ぼくはシャワーを浴びて、二人分の布団が敷かれている部屋に行った。

冥《めい》は横になっていたが、ぼくがふすまを開ける音を聞いて身を起こし、ぼくの姿を見ていたずらっぽく笑った。

ぼくはフリル付きのワンピースを着ていた。いや、着せられたと言った方が正しいだろう。今川《いまがわ》さんが用意した着替えがこれだったのだ。最初は彼女なりのギャグセンスなのかもしれないと思ったが、よく考えたら冥は二着ある衣服の中から、あのアイボリーのスウェットを選んだはずなので、今川さんはワンピースを冥に、スウェットをぼくに着せるつもりで洗面所に衣服を置いたのだろう。ところが冥がスウェットを選んだので、ぼくがワンピースを着る羽目になった。冥はフリル付きのワンピースはお気に召さなかったのかもしれない。単にスウェットの方が気に入っただけかもしれない。

「似合ってるじゃない」と冥は笑った。ぼくは赤面しそうなくらいに恥ずかしかった。

着るかどうかは悩んだ。しかし土に汚れた服を着て、今川さんの布団を汚すわけにはいかないし、パンツ一丁で冥の前に出ていくわけにもいかない。なんて考えているうちに、ワンピースは寝間着として見ると通気性がよく、深く眠れそうに思えてきて……というのは、早く横になりたいぼくの脳が作った、せめてもの屁理屈《へりくつ》だったかもしれないけれども、この屁理屈を一応続けてみるならば、眠れるかどうかには実際に不安があった。なんせぼくは今、睡眠薬を持っていないのだから。

……と思っていたら、ぼくの枕元には前もって、睡眠薬の入った冥のサプリメントケースが置かれていた。

「もしもの時のために持ってきたの」

と冥が言った。どこまでも用意周到な女の子だ。

睡眠薬を飲み下し、消灯した。すぐに冥は寝ついて、またあの小鳥のさえずりのような、可愛《かわい》らしい寝息を立て始めた。ずっと聞いていたくなるような、平和な呼気だ。

彼女も睡眠薬を飲んでいて、早く飲んだ分だけ先に効いたのだろう。昨日と違って、寝つきにもよく効いてくれたようだ。今日はぼくも、少なくとも昨晩よりはよく眠れる気がしている。なぜだろう、今川さんの家にいるという安心感があるからだろうか。この家にいると、彼女の存在感に守られているような気持ちになる。

睡眠薬の血中濃度が高まり、心地の良い眠気が訪れるまで、経験上すこしの時間がある。だからその間、すこしだけ考え事をする。いつもの癖だった。

ぼくは蒼樹《そうき》を殺したことを後悔しているだろうか？

最後に手を下したのは冥だが、八割くらいはぼくが殺したようなものだった。殺人を犯して後悔するというのは、ありふれた心理現象に思えたから、試しに自分の頭の働きを点検してみたという感じだったが、しかしそうしているのがバカらしく思えるくらいには、ぼくは彼の死に対して無関心だった。

まあ、人が人の死に対して一々哀れみを持つような生き物だったら、戦争なんて起きるはずがないのだ。命に等しく価値があるというのは、この時代に生まれた人間の、便宜的な考えに過ぎない。だいたいあの蒼樹《そうき》の命が、なんの価値を持つというのだろう。そしてなんとも思っていない問題を、わざわざなんとか思う必要はないのだ。

後悔することがあるとすれば、むしろ——。

そう思って、冥《めい》の方を見る。消灯はしているが、暗順応のおかげで、彼女の顔を覆っている包帯の端っこが見える。その下にある、痛々しい彼女の傷のことを思う。

殺人のことはそれ以上、考えないようにする。夜の闇は精神的な問題を、必要以上に大事《おおごと》に見せることがある。ちょうど闇の中ほど、小さな光が長い影を作るのと同じだ。だから暗いことを考えかけたら、意図的にやめることにしている。

ぼくは別のことを考える。気を紛らわせられることなら、なんでも良かった。

例えば、そうだ。父親はどうしているだろう。

「ちょっと出かけてくる」と言われたきり、息子と友人の娘が帰ってこなくなった父親だ。彼からのラインの通知はオフにしているけれども、今頃たくさんのメッセージが届いているに違いない。

父親のことを、ぼくは内心では軽蔑《けいべつ》している。

『光顔巍巍《こうげんぎぎ》、威神無極《いじんむごく》、如是焔明《にょぜえんみょう》、無与等者《むよとうしゃ》……』

父親はあの念仏を、姉二人の仏壇に向かってよく唱えている。二人はぼくが生まれる前に死んだのだが、父親があの念仏を唱えるようになったのは、ぼくが中学二年生の時だ。素朴に祈るだけでは飽きがきたのか、途中で供養のスタイルを変えたのだ。信心深くなったとかではないと思うので、変えた理由は結局のところわからないのだが、ともかくあの念仏がぼくを苛立《いらだ》たせたのは確かだった。

何故《なぜ》だろう？

『日月摩尼《にちがつまに》、殊光焔耀《しゅこうえんにょう》、皆悉隠蔽《かいしおんぺい》、猶若聚墨《ゆうにゃくじゅもく》……』

ぼくの両親は共に、ある死に至る病の保因者だった。

保因というのは異常な遺伝子を有しているけれども、それが病気を発症させるには至っていなくて、見かけ上は普通と変わらない状態を指す。だからぼくの最初の姉がその病気に罹《かか》り、医師に病名を教えられるまで、彼らは自分たちが難病の保因者だったなんて露も知らなかった。姉がそう診断されたことで、母方の祖父の兄弟にやたらと早逝の子供が多かった理由がわかったくらいだった。当時は診断不能だったが、皆同じ病気に罹っていたのだ。

あとは単純な算数だ。母親からその異常な遺伝子を受け継ぐ確率は二分の一、父親から受け継ぐ確率も二分の一。片側から受け継ぐだけならば保因者になるだけだが、両方から受け継ぐと発症し、一歳になる前に死去する。確率はシンプルに四分の一。医者は十万人に一人の病気と言っていたそうだから、保因者自体は概算で数百人に一人だろうか。両親が保因しているにもかかわらず、異常な遺伝子のことを誰も知らずに、幸せに生まれてくる子供だってたくさんいるはずだ。

神はサイコロを振らないという言葉がある。ただ、ある時には振るのだ。それも絶対的な判断として、救いようもないくらい残酷に投じるのだ。ぼくらが生まれてきた時、神は確かにサイコロを振った。ぼくは生きるサイコロの目を与えられ、姉二人は死に至る目を与えられた。

「確率」という言葉以外に、この絶望的な事象を説明する方法はあるだろうか?

こうしてぼくは三姉弟の中で一人だけ、健康な子供として生まれた。二人の命と引き換えに生まれたぼくは、母親の願望の全てを満たせる「完璧《かんぺき》な子供」であることを求められた。本来なら三等分できたはずの、彼女の願いの全てが託された。

小さな頃からぼくは、様々な習い事をさせられた。公文《くもん》、英語、ピアノ、習字、プログラミング、絵画、水泳、柔道……ぼくには高い知能と、スポーツマン的な肉体と、芸術家的な素養が求められた。全てができる人間なんているはずがないと今となっては思うのだが、ともかく当時のぼくは始終習い事に忙殺され、時に母の定めた分単位のスケジュールをこなした。

小学一年生の時から、母親が家庭教師代わりになった。といっても彼女自身、お世辞にも頭が良い方ではなく、誰かの勉強を見る力は持っていなかったから、買ってきた教材をやっているぼくをただ見張っているだけという感じだった。

　毎日、夜十九時半から二十一時半までの二時間が、机に向かう時間だった。遊び盛りの子供を毎晩長時間机に縛り付けることは、それ自体が一つの拷問で、ひどく退屈だった。よく母と喧嘩《けんか》をした。そしてぼくは内心で、彼女の望むように二時間も勉強に集中できない自分は、頭に欠陥のある人間なんじゃないかと自分を責めるようになった。

　母は心配症だった。小学校の様子を話すたびに、粗を探すみたいに「授業にわかりづらい所はないか」「友達関係に悩んでいないか」など、ぼくに悩み事がないかを聞いた。百の楽しい話よりも一つの悲しい話を、百の幸福な話よりも一つの不幸な話を彼女は求めた。毎回そうされていると、特に悩みを持たない自分がおかしいように思えてきて、段々と生活の中で、嫌《いや》なことや不満なことばかりを覚えておくようになった。でもそういうことを話すと、母は学校や友人の家にクレームの電話をかけるので、結局のところぼくは単に、母に当たり障りのない話をするという技術を身に付けた。

　ある日の学校のマラソンで、ぼくは脳貧血を起こして倒れた。前日の夜ふかしが原因だったので、言ってみれば自分のせいだった。でも翌日に母親が学校にまで乗り込んできて、小学生を寒空の下で強制的に走らせるなんて人道に反しているという抗議を始めた。阿加田《あかだ》小学校は小さな学校なので、そんな母親の姿を多くの友人が目にして、ぼくは大変バツの悪い思いをした。しばらくは「あの母親の子供だ」と誰からも思われているような気がした。その期間はほとんど針のむしろだった。

母はニュースを見るのが好きだった。世界中のありとあらゆる不幸や不正や苦痛や悲哀のニュースを知るのを好んだ。今日はどこどこで何人が死にました。犯人はこんなにも残虐な人間です。政治家の失言です。ボクサーの不倫です。市議会議員がハラスメントを行いました。海洋汚染で鯨が死にました。為替変動で製造業者が苦しんでいます。強盗殺人が起きました。通り魔に赤ん坊が刺されました……そういった扇情的なニュースの数々を見て、母は自分事のように怒っていた。

そんな彼女の姿は、段々とぼくの目にも滑稽《こっけい》に見え始めた。なんたって自分から腹の立つニュースを選んで見て、自分から怒っているのだ。絵に描《か》いたようなマッチポンプ、バカそのものじゃないか。

遠くの国で起きた殺人事件を、さぞ自分が見てきたかのように、そのくせマスメディアの受け売りで、怒り狂ったように話す彼女に対して、ある日ぼくはこんなことを言った。

「そんなにも世の中が嫌《いや》な場所ならば、生まれてこなければ良かったんじゃないか」

母親は困った表情をし、しばらく黙り込んだ。

そんな彼女を見ていると、段々と自分で自分の言葉に対し、ぼくも当惑し始めた。

考えてみればなぜだろう。なぜ苦しむにもかかわらず、人は生まれてこなければならないのだろう。生き続けなければならないのだろう。

それからしばらくして母親はいなくなった。小学五年生の夏だった。事情は後になって聞かされたが、別の男の家に行ったようだった。絵に描いたような不倫だった。

その年のうちに両親の合意の下に離婚が成立した。養育費は母親が、その時に一括でいくらか父親に払ったそうだ。

しばらくは捨てられたような気分になった。自分は母親の望む「完璧《かんぺき》な子供」にはなれなかったのだ。そう思うと世界のどこにも自分の居場所はないような孤独感に見舞われた。地球が丸ごと空虚な砂漠になって、その中で自分が迷子になったように思えた。

最初はそんなふうに感じたが、しばらくすると全く違う意見を持つようになった。

むしろ彼女の新たなる道のりを祝福し、万雷の拍手と喝采《かっさい》を浴びせたい気持ちになった。

元より、二つの死の気配のある家庭の幸福を、挽回《ばんかい》するなんて不可能だったのだ。その期待をぼく一人に賭《か》けたこと自体が間違っていたのだ。ある種の物事は、もうそれ以上は回復することができないくらいに、悪くなることがあるのだ。今更《いまさら》ぼく一人を大切に育てたところで、二つの死の欠落を補うことはできないのだ。

ならば二人の姉の死を思い起こさせるこの空間と家族から離れて、全くの新天地で生きていけばいい。それはかなり冷静な判断で、妥当な結論に思えた。

実は外に親しい男を作っていたことと言い、いざという時に論理的な判断が下せることと言い、ぼくは自分の母親への評価を改めたいような気持ちになった。もちろん良い方に。

ぼくは母親を恨んではいない。確かにひどい教育方針だったとは思うけれども、彼女はそうならざるを得ない事情を持っていた。

それから、母は元々楽観的な人間だったんじゃないかと思う時もあった。祖父母から聞いた昔の母のエピソードや、両親から聞いた新婚したての頃のエピソードでは、そうとしか思えないのだ。

ただひどく、彼女を捻《ね》じ曲げてしまう出来事があっただけなのだ。

そして特別な恨みのない、母親の幸せを願うことは子供として当たり前のことだ。

母は新しい夫との間に、晩婚ながらも子供を儲《もう》け、充実した新生活を送っているという。言うまでもなくその夫は保因者ではなかっただろう。母と同じ異常遺伝子を持っているという、最悪の賽《さい》の目《め》を引いてはいないはずだ。

母の命はそれでいい。きっと彼女の魂は救済されるだろう。なんて言い切るのは楽観的すぎるけれども、少なくともいい方へ向かってはいるだろう。

では残されたぼくと父はどうなる？

ぼくらはどん底に取り残されている。母がいなくなり、二つの死の残滓《ざんし》があり、念仏の鳴り響く、崩れかけの古い家にいる。そんなぼくたちはどうやって生きていけばいいだろう？

『如来容顔《にょらいようげん》、超世無倫《ちょうせむりん》、正覚大音《しょうかくだいおん》、響流十方《こうるじっぽう》……』

ああ、そうか。

ぼくが父親の念仏をひどく嫌《いや》がるのは、供養の仕方を変えるしかないという、それくらいの変化をつけるくらいしかないという、彼の人生の退屈さ、虚無さ、やるせなさ加減が端的に表されていて、それに直面させられるのが嫌なのだ。そしてそれはぼくに対しても同じなんじゃないかと、鏡に映る歪《ゆが》んだ自己像のように、投げかけられている気がして嫌なのだ。

たまに聞く言葉がある。

苦悩は人を、タフにするのではなく消耗させる。強靭《きょうじん》にするのではなく失わせていく。世の中にはありとあらゆる種類の苦悩があり、それに対するあらゆる反応があるが、少なくともその言葉はぼくの父親に対しては当てはまっている気がする。彼はあらゆる苦悩を経て、今となっては空っぽになってしまっている気がする。

そしてぼくは空っぽになんてなりたくないのだ。

だが、そもそも生きるという営みが、終わらない苦痛の繰り返しだとすれば。人生の大部分は、コップから絶えず水を溢《こぼ》していくだけの、無意味な作業に他ならないのだとすれば。「生ける屍《しかばね》」という言葉があるが、ぼくらは大なり小なり屍であって、その屍の度合いが百パーセントになった時に死が顕在化するだけで、実際は緩慢な死を味わい続けているだけだとすれば、命を続けることには何の意味があるのだろう。

様々な疑問があり、様々な問題がある。様々な理屈があり、様々な帰結がある。でも全てはとても簡単に要約できる。

ぼくは何か生きる意味が欲しい。

父のようになりたくない。あの空虚な、唱えられることだけに意味があるような、念仏のような命の使い方をしたくない。コップの中に水があるうちに、まだ消耗しきらないうちに、大人になりきらないうちに、何か人生の目的のようなものを成し遂げたい。このために生きてきたのだという瞬間を迎えたい。そして出来ることならば、その直後にくたばってしまいたい。だってそうだろう。生きることが単に消耗することならば、生き続けることに何の意味があるる。生の腐敗に付き合ってあげる義理が、一体どこにあるというのだろう。

自己満足でもいい。いや、いずれ全ての命が失われ、エントロピーの増大が何もかもを破壊し尽くすこの宇宙において、自己満足以上の満足なんて果たしてあるだろうか。ぼくはただ、生きた意味があったのだと思いたい。それを心の底から確信したい。そして最大の命の明滅の後に、あっさりと死んでしまいたい。

そうだ。

そして、ぼくの生きる意味は――。

目隠しをされて断崖《だんがい》を歩かされていたら、いきなり足を踏み外したかのような、唐突な印象で眠りが訪れた。

3

朝がやってきた。

淡いピンクのカーテン越しに陽光が室内に射し込み、光の粒子が部屋中に敷き詰められていた。隣の布団で眠っていた冥《めい》は既に起きていて、乾いた血の付いた包帯を取り外していた。ぼくはそれを覚醒《かくせい》と睡眠の狭間《はざま》で、ぼんやりと見つめていた。夢の光景がきれぎれに分解されていって、代わりに陽《ひ》の光に照らされて白く輝く冥の姿が、意識の中心を占めていった。

包帯を取り外し終えた冥は、何度も自分の顔を触っていた。額《ひたい》の上から唇《くちびる》の下まで、点検するように指をやった。忙《せわ》しない動作でスマートフォンを取り出して、インカメラで自分の顔を眺めた。

どれだけ眺めたって、昨日あった傷は一つもなかった。そしてきっとぼくの胸に刻まれて永遠に忘れることはないだろうというほどの、安堵《あんど》に満ちた幸せそうな微笑を浮かべた。

冥はぼくに目を向けた。彼女はぼくが起きていることを確認すると、「おはよう」の一言もなく、早々とまくし立てた。

「ねえ、見て、オカカシサマの油の力は本物よ。あんなにあった傷がね、もう一つも残ってないの。栞《しおり》の足首と右腕の調子はどうかしら。私への効果を見るに、きっとあなたも──」

そこまで冥《めい》が口にしたところで、ぼくは思わず冥の首の後ろに手を回して、彼女のことをゆるく抱きしめていた。

こんなふうにしていいのかはわからない。ぼくは彼女の同居人かつ共犯者にすぎない。でもそれは衝動的なもので、ただ幸福な感情の赴くままに彼女を抱きしめてしまいたかった。動物が感情を表す時、当たり前に歌ったり踊ったりするように、ダイバーが真っ青な海を前にして、思わず飛び込んでしまうように、ただ彼女の白くて細い体躯《たいく》の温度を感じたかった。

冥がどう思っているかはわからない。でも彼女はぼくの背中の辺りに手を置いて、かすかな抱擁《ほうよう》を返してくれた。手の力は弱く、体はぼくの方にしなだれかかっていて、そのままぼくの胸の中に収まってしまいそうになるのを、やんわりとした指の力で押し留《とど》めているような、どこか自制的な抱擁だった。

色んなことを伝えてみたかった。色んな気持ちが溢《あふ》れてしまいそうだった。でもぼくはまず、最大の感慨を伝えた。

「良かった」

口にしてみると、あらゆる感慨がその四文字の中に集約されているような気がした。なにもかもが「良かった」の一言で総括されて、人生のエンドロールが始まればいいのにと思うくらいだった。

　でも今のところ、ぼくらはもっと具体的な言葉を用いないと、お互いの気持ちを伝え合うことは出来ない。だから言った。

「きみのきれいさが無事で良かった。誰にもきみの可愛《かわい》さを失わせる資格はないんだよ、冥」

　冥の体は細く、女の子らしい柔らかさと成長期の子供らしい固さが同居していた。誰かが強い力をかければすぐにでも壊れてしまうように思えた。そしてそんな彼女が誰かに暴力を振るわれるだなんて、絶対にあってはいけないことなのだとぼくは改めて思った。

　冥の髪の匂《にお》いがぼくを通り抜け、わずかな息づかいが聞こえた。もっと強く彼女を抱きしめてしまいたかったけれども、その気持ちを抑えつけながらぼくは言った。

「ぼくは本当にバカだった。考えてみればきみが蒼樹《そうき》に見つかった時点で、口封じのためには蒼樹を殺すしかなかった。だからきみと蒼樹が口論をしている隙《すき》をついて、躊躇《ためら》いなく蒼樹を背中から刺し殺すべきだった」

　それが昨晩の思考の中で、ぼくが最も後悔したことだった。ぼくはもっと躊躇いなく、一秒の逡巡《しゅんじゅん》もなく、蒼樹を刺し殺すべきだった。

「そうすれば、きみを危険に晒《さら》さずに済んだ。でもぼくは、呆然《ぼうぜん》として様子を窺《うかが》うことしか出来ず、きみの可愛さを壊されそうになった。本当に愚かで無能で恥ずべき行動だった」

　冥は「うん」と言った。何への「うん」かはわからなかった。ともかくぼくの言動や行動は概《おお》ね間違ってはいないことを示している気がした。だからぼくは続けた。

「冥《めい》、残り四件の殺人。ぼくは全面的に協力するよ。だって放っておいても、どうせきみは殺《や》るんだろう。その中で危機に陥ったりもするだろう。だったら、誰かがきみを守らなければならない。ぼくはその役をやりたい。頼まれなくたって買って出たい。だって……」ぼくはすこし考えてから言った。「もしもきみの美しさを守ることが出来ないのならば、ぼくにはたぶん、本当に厳密な意味で、何も生きている意味はないんだ。ぼくの生きる意味のためにきみに協力させて欲しいんだ。どうか最後までやらせて欲しい」

ふと思った。それは冥の人殺しを肯定することになるだろうか？

いや、そんな問いには何の意味もなかった。心の底からナンセンスだった。ぼくはただ冥を守りたくて、冥は危険なことをやろうとしている。その二つだけが重要で、残りのことはどうでもよかった、善悪？ 道徳？ 正義？ 悪？ 戦争？ 平和？ 法？ 秩序……何もかもがクソみたいにどうでもよかった。冥という存在に上回るものが、果たしてこの中に一つでもあるだろうか？ 仮にこの全てが寄ってたかって来たって、ぼくはそれから冥を守らなければならない。

「でも、きみはオカカシツツミについて、ぼくに言っていないことがまだあるみたいだ」

ぼくは続けた。昨晩、冥は『儀式を止めたら災厄が下る』と言っていた。それは初めて聞くオカカシツツミのルールだった。そんなふうにぼくに隠していることが、他にもあるに違いないと推測していた。

それにぼくはオカカシサマの超常的な力を何度も見るにつれ、こう思っていった。

こんなにも強大な力が、何の対価もなく使えるはずがない。

もちろん冥の疲労というコストは支払っている。でもそれだけで、オカカシサマの動力の全てを賄《まかな》えるとは思えない。何かそこには絶対的な代償が必要なはずだと、直感的に悟っていた。力を見るたびにその確信は強くなった。

出来れば向き合いたくない事実だった。気づかないふりを決め込むことだってできた。でも今となってはちゃんと知り、対峙《たいじ》したかった。

抱き合っていたので、冥の表情は見えなかった。でもどこかさみしげな声色《こわいろ》で彼女は言った。

「もう、栞《しおり》には言わなきゃいけないみたいね」

すっと一瞬、彼女ははっきりとぼくに全体重を預けた。その時だけ、ぼくらの体は一つになったような気がした。

「オカカシツツミの生《い》け贄《にえ》は、一度始めたら終わりまでやり遂げなければならない。一人を捧げたならば最後まで。そうしないと手酷《ひど》い罰が下る。それは死よりも辛《つら》い罰。オカカシサマがそう告げている」

じっくりと間を開けてから、冥は続けた。

「そして儀式の最後には、オカカシサマの力を宿した、巫女《みこ》そのものの命を、神ケ島《こうがしま》に捧げなければならないの」

「巫女《みこ》そのもの？」

「うん」

そこまで言うと、冥《めい》は抱擁《ほうよう》を解いた。

朝の光を浴びる彼女の表情は、今までに一度も見たことがないものになっていた。諦《あきら》めているようでもあり、望みを繋《つな》いでいるようでもあり、泣いているようでもあり、笑っているようでもあった。目尻《めじり》を下げて、長いまつ毛に光をたくわえて、さくらんぼ色の唇《くちびる》の端を上げて、明け方の幻のような笑みを浮かべながら彼女は言った。

「私が死ぬの」

手短にそう要約した。

冥《くら》がりと明かり（四）

こんなものか、というのが、田茂井《たもい》翔真《しょうま》の家から出てきた時の明里《あかり》の感想だった。

彼は明里のことを『徹底的にクソとゴミに変える』と言った。そしてその後、自分に屈辱を与え、打ちのめすようなアイディアを、次々と即興的に実践した。そのいくつかは祐人《ゆうと》や蒼樹《そうき》が惚《ほ》れ惚れとするものであったり、普通の人だったら「こんな目に遭わされるくらいなら、死んだ方がマシだ」と言うようなものだった……と、明里は客観的に回想した。

だが、それを受けた明里の心境は不思議と穏やかだった。まず、あの歯を摘出された可哀想《かわいそう》な肥満の男子のように、強い痛みを与えられることがなかった。「目に見える傷は残さないで欲しい」という祐人の進言を、意外とあっさり翔真が受諾したからだ。

いくつか不快なことはされたし、強要されたが、印象としては強い風が吹いただけといった感じで、自分の心に何かが残っている感じはしなかった。


その夜、明里は普通に夕食を取り、当たり前に家族と談笑した。むしろ普段よりも、自分が元気にすら思えた。

入浴する。浴室にある大きな鏡に、自分の全身を映してみる。

指差し確認をするような気持ちで、自分の体の一部分一部分を確認していってみる。だがどこをどう見たって、そこに映っているのは昨日と変わらない自分の姿で、大きな違いはない。

今日は様々なことがあったはずなのに、まるで何も起きなかったみたいだ。

クラス中から腫《は》れ物《もの》扱いされている田茂井翔真。彼が口にした『徹底的にクソとゴミに変える』『逃れられない呪縛《じゅばく》を作る』という言葉……第三者的に見れば、自分はかなりの窮地に陥っていたはずだ。ところが今の心中は凪《な》いでいる。マジックショーで奇跡的な生還を果たしたみたいに、怒りも苦しみも悲しみも何もない。

無意識という名のフロイト的な概念は、明里《あかり》も知っていた。だからその日ちゃんと眠れるかどうかは気にした。もしも無意識がダメージを受けていたとすれば、安眠できないだろうと推測したのだ。

ところが目が覚めてみれば快眠そのものだった。起きたことが起きたことだし、仮病を使って学校を休むことも昨日のうちには考慮に入れていたのだが、元気そのものだった。

明里は当たり前に歯を磨き、洗顔し、朝食をとって学校に行った。

学校で、明里はひどいあだ名で呼ばれていた。昨日、祐人《ゆうと》が撮った動画も出回っていて、多くの生徒たちがそれを見て、彼女をせせら笑ったりした。

しかし、明里は別にどうってことなかった。急に紙パック飲料をぶつけられたり、スタンガンを当てられたりする昨日までの方がどれほど大変だったか。こんなふうに陰で笑われるだけならば、今日の方がよっぽど楽だった。

休み時間のスマホゲームもいつもより捗《はかど》った。明里は阿加田町《あかだまち》に来てからスマホゲームばかりをしていた。学校で孤立していて、部活動もやっておらず、勉強もしていなくて、漫画・小説・音楽・映画などの趣味もない明里にとって、スマホゲームだけが娯楽だった。普段は祐人たちに妨害されるが、今日は静かなもので、落ち着いてゲームが進んだ。

それから数日に亘《わた》って、明里は毎日、放課後に田茂井《たもい》翔真《しょうま》の部屋へ強制的に連行された。

明里を虐待するメンバーは決まって、翔真、祐人、西本《にしもと》、横田《よこた》、蒼樹《そうき》、南賀《なんが》の六人だった。翔真の部屋で明里は毎回屈辱を与えられたが、意外とずっと精神的には平気だった。

異変が起きたのは七月三日の水曜日の朝だった。

急に体中のスイッチがオフになったような感じがした。体が重く、上手《うま》くベッドから起き上がれなかった。気分が悪いというのではなく、ただただ体が自由にならない。体にコントローラーというものがあるとすれば、それを握る手がやけに遠い。

体調不良であることを母親に伝えた。すると母親に体温計を手渡されたが、測る前から平熱であることはなんとなくわかっていた。測ってもやはり熱はなかった。ともかく行く気がしないのだと母親に言うと、母親は怪訝《けげん》そうにしながらも、不承不承に学校に休みの連絡を入れてくれた。小学校の時に皆勤賞を取ったことのある明里は、学校を休むこと自体に罪悪感を覚える性質《たち》だったから、申し訳ない気持ちで一杯だったけれども、それでも学校に行くイメージが湧かなかった。何か自分の存在を超えた大きなものに、停止の命令を出されたみたいだった。

それから金曜日までの計三日間、明里は学校を休んだ。

昼間はずっと眠った。なぜかどれだけでも眠れた。

楽天的だった両親も、休む日数が増えていくに連れて、段々と明里を心配し始めた。元よりほとんど学校を休んだりしない子なのだ。何かとズル休みをしたり、仮病を使ったりする妹の冥《めい》とは違って、明里《あかり》は高校二年生になるまで何の問題もなく学校に通い続けていた、親が誇りに思うような「出来のいい娘」だったのだ。

ある朝、「明里、学校で何かあったの？」と母親が聞いた。

「いや、何も」と明里は答えた。

もっと前だったら、祐人《ゆうと》のいじめの件を母親に言っていたかもしれないと明里は思った――いや、それでも明里は何も言わなかっただろう。彼女はなるべく周囲に迷惑をかけないように、特に両親の負担にならないように振る舞う女の子だったからだ。

くわえて今は明里本人が特にストレスを感じていないのだから、親に言えることなんて原理的に何もないのだった。

もちろん両親は怪訝《けげん》に思った。だが、グーグルで子供が学校に行きたくない時の対策を検索してみると「心配しすぎない」「休みたいだけ休ませる」「親との接触の時間を多く取る」と書いてあった。そこで二人は明里が休むことを表面上は受け入れ、父か母のどちらかは、昼食を共に取ることにした。

だがもしかするとこの時に、彼女を心療内科に連れていくべきだったのかもしれない。それで運命が変わっていたかはわからないが、少なくともそのことを両親は深く悔やむことになる。

明里は内心、二人の貴重なランチタイムの労働時間を取るのは申し訳ないと思っていたし、両親の気遣いも看過していたが、親に従って昼食を共にした。そして昼食以外の時間はずっと眠っていた。

翌週も明里は学校を休んだ。

その週はテスト期間だった。親から欠席の電話を受けた山野《やまの》は、しばし困った様子を見せたが、一旦《いったん》明里の欠席を受理した。それから学年主任と相談をしたらしく、午後に電話を折り返してきて、とりあえずテストについては夏休みのどこかで受けに来てくれればよいことを伝えた。また成績についても、元より勉強のできる明里だし、何よりルーズな田舎の学校だから、期末テストの延期の影響は特に出さないよう取り計らうと告げた。

電話口で母親は山野に感謝を述べた。それから聞いた。

「明里に学校で何か変わった様子はありますか？」

山野はすこし考えてから言った。

「ないですね」

実際のところ、明里はいじめの相談を山野にしたことがあった。だが、山野はそれを生徒のじゃれ合いの延長線上のようにしか思っていなかったし、「子供の喧嘩《けんか》に大人が出る」のは、瑞々《みずみず》しい心を持った田舎の青少年の健全育成のためには控えるべきだと思っていた。だから、単に忘れていた。元よりそんな捉え方だったので、覚えていたって口にはしなかっただろう。夏休み最後の日に明里がある事件を起こすまで、彼はそのことを記憶の俎上《そじょう》にも載せなかった。

そうですか、とだけ言って母親は電話を切った。

それから夏休みが始まるまで、明里《あかり》は学校を休み続けた。

夏休みになると、明里の眠りの量も正常になった。つまり明里の状態は、表面上全てにおいて正常になった。当たり前に笑い、当たり前に喜び、当たり前に不満を口にするようになった。だから両親も段々と、夏休み前の明里の欠席には深い意味はないのかもしれないと思うようになった。思春期にたまにある、原因不明の憂鬱《ゆううつ》の一つだろう。わがままばかりの妹と違って、姉はよく出来た子供なのだから。

明里は両親の喫茶店を手伝うこともあった。近隣住民たちからは看板娘のように扱われ、お客さんから畑で採れた野菜をいきなりプレゼントされたこともあった。両親は明里を「自慢の娘なんです」と客に紹介し、明里は照れ笑いを浮かべた。何もかもが順調で、日々は光り輝いているように思えた。

それが起きたのは八月十五日、終戦記念日だった。

その日は朝からテレビで戦争の特集がやっていた。百歳近い老人が、東京大空襲の被害を克明に語っていた。原爆ドームや地方の慰霊碑といった、戦争にゆかりのある地が次々と映し出された。戦争に突入していった人たちが、いかに愚かだったが語られた。

戦争を知らない明里だって、この日はなんとなく厳《おごそ》かな気持ちになる。だが戦争そのものは、まるで現代と地続きのようには思われなかった。遠い昔の人たちが起こした野蛮な過ちといったイメージだった。今の人たちは同じ状況になったたって、同じことはしないだろう。人類は百年間で進歩してきたのだから……明里はそんな進歩史観のような楽観論を抱いていた。

実際のところ人間の脳は、百年どころか一万年以上変わっていないのだが。

居間のソファに座って一人でテレビを見ていると、妹の冥《めい》がやってきて言った。

「お姉ちゃん、ゲームしましょうよ」

甘えるような声音《こわね》だった。冥は最近、ニンテンドースイッチのゲームにハマっていた。

「この後、見たい番組があるんだよ」

と明里は言った。戦争のニュースを見ているのは時間潰《つぶ》しに過ぎなかった。

「えー」と冥は答えて、ふと思いついたように「じゃあ、乗っちゃうわ」

と口にし、ソファの上にある明里の膝《ひざ》に頭を載せた。

明里はふざけて「重いー」と言ってみるが、実は全然重くないし、ただ妹が可愛《かわい》いだけなのだった。

「このまま寝ちゃうわよ」

冥はそう言って、明里の胴のところに抱きついた。明里は甘えん坊な妹にニコニコと笑顔を向けながら言った。

「わかった、ゲームするよ」

「ほんと?」冥は素直に喜んだ。

「なんて、隙《すき》あり！」

と言って、冥《めい》の脇腹《わき》をくすぐってみた。冥は嬉《うれ》しそうに「あはは、やめて、やめて、お姉ちゃん」と笑いながら、身をよじらせていた。

『戦争は三百万人以上の人々の命を奪いました』

とテレビのナレーションが告げていた。明里《あかり》は気にせず、冥をくすぐり続けていた。

『一九四五年八月十五日に、日本は無条件降伏をしました』

戦争……そういえば、戦争という言葉を前にも聞いたことがあった。

いつだろう。確か私は巨大な和風住宅の中にいた。

坊主頭の男が口にしたのだ。

『なんで世の中、暴力は絶えんし、殺人は起こるし、犯罪は繰り返されるし、戦争はなくならんし――』

明里は特にその光景を思い出す気はなかった。ただ頭の中で自動再生されていった。

『徹底的にクソとゴミに変え――』

そしてその瞬間、まるで脳という名のプラットフォームを、回送電車がノンストップで走り抜けていったかのように、当時の記憶が鮮やかに蘇《よみがえ》っていった。

気がつけば明里の背筋は嫌《いや》な汗で濡《ぬ》れていた。顔面から血の気が引いていき、心臓がきゅっと掴《つか》まれているかのように痛くなっていた。呼吸すらも上手《うま》くできず息が上がった。

田茂井《たもい》家に連行されてから一ヶ月以上経《た》って、ようやく翔真《しょうま》たちにされたことの実感が湧いてきたのだ。

トラウマだ。

いまや口語化し、一般的に用いられている「トラウマ」という言葉だが、単にショッキングな体験と、精神医学的に定義されているトラウマは異なる。

ショッキングな体験をして心を痛めるのは誰にでもあることだ。それを意に反して何度も思い出してしまったり、激情を覚えたりするのも正常なことだ。これらは何度か思い出したり、他人に話したりするうちに「過去の記憶」となり、自らの認知的な枠組みに取り込まれていく。記憶という名の物語に編み上げられていくのだ。

だがトラウマは違う。あまりにも強いショックは、直《す》ぐには認知的な枠組みに取り込むことができない。それを「起きたこと」として受け入れること自体ができない。そういう時、脳は体験と記憶を合流《マージ》するのを諦《あきら》め、一旦《いったん》、トラウマ的な体験を「瞬間冷凍」する。心を守るための脳なりの防衛策だが、そのまま体験を捨ててくれるほどには万能ではなく、それから脳はことあるごとに冷凍保存されたトラウマ体験を取り出し、正常な記憶との合流《マージ》を試みる。

記憶は常に編集されている。私たちが覚えやすいように、私たちにとって都合のいいように。こうした記憶のあり方を「物語記憶」と呼ぶ。「過去の嫌なことを思い出す」と言っても、普通は角が取れて丸くなった「物語記憶」を思い出し、思い出すことによってその角をさらに削る、言わば心理的な労働をしているに過ぎないわけだが、トラウマは「瞬間冷凍」されていて、一般的な記憶とは違い、無加工の状態で想起することになる。するとひとたび思い出すだけで、視覚、聴覚、触覚、当時の感情、何から何までひっくるめて、まるでたった今起きた出来事かのように、鮮やかに思い出してしまう。

こういったフラッシュバックは、なぜだかトラウマ体験の直後には起こらず、その後のふとした瞬間に起きることが知られている。ベトナム戦争の帰還兵も、日常に戻りしばらく経《た》ってから、脈絡なくPTSDを発症した例が多い。まるで脳が「そろそろトラウマ体験を受け入れてくれるだろうか」と、ありがた迷惑な気を回しているかのように、楽しい時や嬉《うれ》しい時に限ってトラウマを解凍しようとし、体験者に害を与える。

明里《あかり》のトラウマ体験も、最初に被害に遭ってから五十日近く経って、ようやく解凍された。そしてその生々しい記憶は、夏休み最後の日まで、彼女を責め苛《さいな》むことになった。

「どうしたの、お姉ちゃん」

と急に黙り込んでしまった明里に、冥《めい》が呼びかけた。

明里はすこし考えてから、苦笑を浮かべて、

「ごめん、トイレに行きたくなっただけ」と言ってごまかした。

＊

それからの明里はずっと、黒い影のようなものが首の後ろをちらちらするのを、気にしながら生きているような気分だった。その黒いものが自分の中に入ってこないかを、びくびくと警戒しながら生きている感じだった。黒いものは明里の後ろに立ってみたり、蚯蚓《みみず》のような縄状になって首の周りを這《は》ってみたり、はたまた鳥のように肩の上に乗ってみたりする。明里は黒いものの居る場所が気になって仕方がなかった。こいつが自分の中に入ってくる恐怖が、いつだって頭にあって拭《ぬぐ》えないのだ。とはいえ気にしたって仕方がないのは確かだった。黒いものが頭の中に侵入しようとしたが最後、もう抵抗するすべはないのだから。いや「侵入」という表現は正しいだろうか？　黒いものはただ通りすぎるだけのように明里の精神を横断していくのだ。それこそ歩いていて、不意に航空機の影に覆われてしまう感じなのだ。そして脈絡なく精神の汚染が始まる。トラウマのフラッシュバックだ。底なし沼をボートが緩慢に沈んでいくみたいに。わかっていながらにしてどうすることもできず、最悪の気分にまで真っ逆さまに落ちていく。

明里はその時、二つの生を生きていた。冥や両親と話す、ごく普通の佐藤《さとう》明里の生と、田茂《たも》井《い》翔《しょう》真《ま》たちに無残な虐待を受けている、ボロ雑巾のような生だ。「ボロ雑巾のような」という表現を、自分自身に使うのは乱暴に思えたけれども、それは明里《あかり》の実感に恐ろしいほどに合致していた。雑巾のように無力で、取るに足らない自分。阿加田町《あかだまち》に来るまで、明里は特別に自己肯定感の低い人間ではなかったけれども、今では自分のことが世界で最も不出来な、ゴミに似た人間に思えて仕方ない。そしてそんな私がいじめの被害に遭ったり、虐待を受けたりするのは、極めて正当な罰で、救いを求めて喚き立てること自体が、身の程を知らない罪人の行動に思えてくるのだった。

いやいや私は一体、何を考えているのだ？　彼らは単なるいじめっ子だ。悪人だ、罪人だ、知性なき犯罪者だ。論理的に見れば私にはなんの罪もないはずだ。

しかし心理的に見て、明里はどうしても自分の罪をあげつらわずにはいられなかった。例えば私が転校した直後、田茂井祐人《たもいゆうと》は和《なご》やかに私を迎えようとはしなかったか？　にもかかわらず、私は彼の厚意を無下にしたのではないか？　彼に告白を受けた時に、もしかするとなにか彼をひどく怒らせるような、恐ろしい失言をしなかったか？　その言葉を一つ口にしただけで、もはや人前では胸を張れず、ありとあらゆる悪意を身に受けて、世界中からズタボロで退場させられても、妥当のような言葉を口にしなかったか？

もちろん自分でもバカなことを考えているのはわかっている。口にしただけで世界から強制退場させられる失言なんてあるはずがない。仮に私の態度がどれだけ高慢であったとしても、その後の彼らの行動に正当性が生まれるはずがない。

でもそういったことを考えずにはいられない。不合理な考えが泥のように、脳にこびりついて拭《ぬぐ》えない。あまりにも思い出してしまうので、祐人の告白の時に自分がしたことを、一々思い出してノートに書いてみたくらいだった。そうしているうちにバカらしくなってきて、ノートをビリビリに破ってゴミ箱に捨ててみた。すこしは気が晴れるかと思ったけれども、全く効果はなく、祐人や翔真《しょうま》のことが強迫的に頭に浮かぶのは変わらなかった。

八月十六日からの明里は、概《おおむ》ねそういった気分の中で暮らしていた。日々は不意に浮かび上がる黒い影とのいたちごっこで、それに呑《の》み込まれないために空虚な格闘を続けているような状態だった。

端的に言って、明里の精神はまともではなかった。彼女の精神は傷を負い、血を流していた。

彼女はうつ病だった。うつ病には妄想の症状がないと一般的には思われている。妄想と言えば統合失調症の領分であるイメージがある。だが、実際にはうつ病にも妄想がある。それは微小妄想といって、自分を実際よりも劣った人間のように感じ、駄目な人間のように思い込むことだ。

微小妄想の一つに罪業妄想というものがある。自分は罪深い人間であり、身に降りかかるありとあらゆる責め苦が、自分の責任のように思えてくるというものだ。

また「妄想」というと一般的には否定しがたく、患者本人が確信しているもののようなイメージがあるが、実際には患者本人がおかしいことを自覚しながらも、なぜだか考えてしまうといった例の方が多い。総合して明里《あかり》はうつ病であり、微小妄想と罪業妄想を患っていた。

心の傷は確かに存在する。口語的な「心の傷」の他に、医学的に定義された「心の傷」があり、それが引き起こす「心の病気」がある。私たちは自分の心の声を、いともたやすく聞き取れるものと思いがちだが、しかしある領域よりも深くなると、自分自身や周囲の人間でさえわからなくなり、心の専門家に尋ねるしかなくなる。医者とて完璧《かんぺき》ではないから、尋ねたってわからないこともある。

「医者に診てもらおう」という発想は、明里には一度も思い浮かばなかった。それは明里の世界には、実質的に存在していないようなものだった。画家にとっての画材屋、写真家にとってのカメラ屋、精神病患者にとっての精神科・心療内科……明里にとってはそんなイメージで、偏見こそないが、自分が関係することはないものと考えていた。

そして祐人《ゆうと》や翔真《しょうま》を告発しようという発想を、明里が本格的に吟味することはなかった。喩《たと》えるなら今は爆弾が降ってくるのを、避《よ》けたり見ないふりをしているような状態だった。空襲を行うパイロットは黒い影で、それを意識することはあっても、影を送り出してきた敵国のことまでは気が回らない。くわえて体験はまだ冷凍されていて、記憶の領域には落とし込み切れていなかった。そして明里には微小妄想と罪業妄想があったから、そんな自分が他人の罪をあげつらうことを無意識的に忌避していたのもあった。

そんな期間が二週間ほど過ぎた。

八月二十八日、木曜日。

明里は阿加田《あかだ》高等学校に向かった。大変気詰まりだが、期末テストのためだ。今日と明日の二日間で一気にテストを済まさなければ、夏休み最後の平日が終わって、テストを受ける機会を失ってしまう。

阿加田高等学校には見込み点制度というものがあった。期末テストを欠席した時には、中間テストの五割の点で算出してもらうという制度だ。そちらを選ぶことも出来たのだけれども、明里には全くその気はなかった。勉強をしなくたって、五割以下の点を取ることの方が難しいくらいのテストだ。受けないのは悔しいし、親にも悪い気がする。試験に臨まない理由は現実的には何もなく、ただ心理的なものが彼女を圧迫していた。

久々に見た阿加田高等学校の校舎は、伏魔殿のように見えた。悲嘆と悲痛と苦痛と苦悶《くもん》の凝縮された魔窟《まくつ》のように見えた。経年劣化した橙《だいだい》色のコンクリートの外壁は、刑務作業を強《し》いられ、日焼けした囚人の赤茶けた肌の色のようだった。そこについた黒い汚れは囚人が流した涙のようだった。こんなにも陰惨な施設に自分が毎日収容されていたのだと思うと、心臓が押しつぶされているかのように痛くなり、息も絶え絶えになった。

校庭を歩く。昇降口のすぐそばの窓ガラスは割れて、段ボールで応急措置がされていた。窓ガラスは一回、校舎に警報が設置された上で修繕されたのだが、警報を無視してガラスを割った生徒がいたのでこうなっている。どうしようもない。まるでこの狂気に満ちた施設の象徴のようだった。

建物の中に入り、木材の継《つ》ぎ接《は》ぎの廊下を歩く。

駄目だ。胸が苦しくて、頭がぼんやりして、手足が震えて、心があらゆるトラウマの断片で千々に乱れている。

一刻も早くこの建物から出なければ。なるべく遠くに逃げて、心を落ち着かせなければ。そうでないと私は駄目になる。私の心身が壊れてしまう。

体調不良のためにテストをやめたいと、教室に来た山野《やまの》に言うと、彼は小馬鹿《ばか》にするように嗤《わら》った。

「ははあ。さては夏休みがあったのに準備ができてないんだな?」

山野が言う。彼の小さな冷笑すらも、明里《あかり》の心にダメージを与えた。

「見込み点制度があると思うのですが……」

「ううん、もう使えないぞ」と山野は冗談を言った。使うことは出来たが、彼は風邪でさえも精神論で治せると思っている男だったため、明里の口にする「体調不良」を大したものだと思っていなかった。

というより、そもそも他人の立場に立って想像する能力が彼には根本的に欠けていた。「もしも自分ならば、体調が悪くても、すこしくらいは無理が出来るし、行動しているうちに気にならなくなってくる。よって目の前の生徒も同じはずだ」……彼はこの程度のことしか考えていなかった。そんな人間はべつに珍しくもないが、そんな人間が教師になるべきだったのかはわからない。明里は冥《めい》が「地球上で絶対に教師になってはならない人間ばかりが教師になっている」と不平を述べていたことを思い出したが、けっこう正しい意見なのかもしれない。

「じゃあ、早めに終わったらテスト時間が終わる前に答案を提出させていただいて、次のテストを解かせてください。それで私を早めに帰してください。いいですか？」

明里は言った。内心では山野の「準備ができてないんだな？」という、見当違いな発言への抗議の念があったが、山野は鈍感なのでそのことには気づかなかった。

テストの時間が短くなるのは、業務を早く終わらせたい山野にとっても都合が良かったので、彼はその提案を受け入れた。

テストが始まる。

明里は答案を高速で埋めていった。テストを早く終わらせたいというのもあったし、悩むほどの問題がないというのもあったが、なによりも「黒い影」がいつ自分の心に侵入してくるかがわからなかったので、そうでないうちにやるべきことは迅速に済ませる習慣がついていたのもあった。もっとも人目に触れる時は、そういった奇異な振る舞いは避けていたが、今はテスト中だし、部屋には山野しかいないから構わないと思った。

明里は字が汚くなるのにもかかわらず、いささか品のない動作で、ものすごい速度で答案を埋めていった。山野《やまの》は「丸暗記したものを忘れないうちに解こうとしていのかな」と思っただけで、気には留めなかった。

明里《あかり》は本来五十分のテストを、一個平均十分、計六個解いた。学校に来てから一時間ちょっとしか経《た》っていなかった。

期末テストはあと五科目ある。今日のうちに終わらせるのも時間的には可能だったし、テスト時間が減って気を良くした山野にもそう薦められたが、これ以上この場にいては自分の精神が駄目になるという、強迫観念の方が上回っていた。くわえて文字も答えも雑になっていった覚えがある。覚えはあるが、実際に精度が下がっていったかはわからない。疲れている時というのは得てしてそういうもので、自分のしていることを客観視することが出来ない。そして明里はほんの一時間で、一週間分の労働をこなしたかのように疲れ切っていた。

明里は万引きの帰り道のように、逃げるみたいに校舎を去った。明里の後ろでは、阿加田《あかだ》高等学校の校舎が不気味に佇《たたず》んでいた。

駐輪場に向かう途中で、自転車に乗った高校生の集団が通りかかった。明里は思わず声を漏らした。

田茂井祐人《たもいゆうと》たちだ。私服を着てどこかに遊びに行くつもりだったらしい。明里を見つけて、声を弾《はず》ませた。

「おお、明里やないか」

明里の脳がぐらぐらした。絶対に遭遇したくない連中と鉢合わせしてしまった。全身の筋肉が強張《こわば》り、心臓は痛いほどに高鳴り、顔面が蒼白《そうはく》になった。今にも感情が溢《あふ》れて、訳のわからないことを叫びだしそうだった。今すぐこの場所から消えてしまいたいと思った。

そんな明里の反応は、祐人たちにとっても新鮮なものだった。夏休み前の彼女は日々タフになり、どんな理不尽な要求に対しても毅然《きぜん》として振る舞い、時に自分たちに対して呆《あき》れた表情を見せることすらもあった。ところが今の彼女は脆《もろ》く、すぐにでも泣き出しそうに見える。

そんな初々しい明里の反応が、祐人たちの嗜虐《しぎゃく》心に火を点《つ》けた。祐人は言った。

「折角会ったんやし、今日の予定は変更して、翔真《しょうま》の部屋に明里を連れて行こうや」

明里はついに、本当に泣いた。悲鳴を上げて祐人の提案を拒んだ。だが仲間たちが明里を力ずくで押さえつけているうちに、祐人が電話で呼んだ田茂井家専属のドライバーが車に乗ってやってきた。彼は祐人の命令に従って、祐人たちと明里を田茂井家にまで連れて行った。

車内で明里は「下ろしてくれ」とドライバーに懇願した。だがドライバーは田茂井正則《まさのり》と裏社会の人間との折衝にも関わっていた人間だったから、べつに女の子が一人、今更《いまさら》泣こうが喚こうが関係がないといった感じだった。冷酷に彼女を田茂井家に送り届けた。

玄関で明里は座り込んでしまったが、祐人が「はよ歩けや!!」と言って殴るので、結局は引きずられるようにして翔真の部屋に案内された。

翔真の部屋のふすまを開けた。その日も蒼樹《そうき》と南賀《なんが》が、翔真の部屋にいた。中学二年生の蒼樹《そうき》は、誰よりも「強い」翔真《しょうま》のことを自分の師匠のように慕っていて、暇さえあれば彼の部屋に入り浸っていて、翔真がなんらかの拷問を行う時には必ず立ち会うようにしていた。彼女である南賀《なんが》もそれに付き合わされていた。

明里《あかり》はまた、へなへなと座り込んだ。翔真はさっきまでやっていた腕立て伏せを中断すると、猛禽類《もうきんるい》のような鋭い眼光で明里を睨《にら》んだ。

そこには自分のことを完全に怯《おび》え切っている、か弱い小動物のような女の子がいた。ありとあらゆる誇りや自尊心を失い、屈辱と悲哀にまみれたボロ雑巾のような女の子がいた。生きていくだけのことにも怯えている、世界で最もか弱い女の子がいた。

翔真は感慨に耽《ふけ》るような、深いため息をつくと言った。

「素晴らしい……」

翔真はまるで作品の完成を目《ま》の当たりにした芸術家のように、しみじみと明里を見つめていた。しばらく恍惚《こうこつ》とし、明里を見ながら息を呑《の》んでいた。小声で「完璧《かんぺき》や……」とか「これ以上ないわ……」とか、ぶつぶつと繰り返していた。それからなぜか優しささえも感じられる穏やかな声色《こわいろ》で言った。

「しっかり壊れたなあ……明里……お前はもう、俺のクソッタレの世界の一部や……」

明里は怯えていて、何も答えられなかった。

翔真はまた、静かな喜びの息をついた。どうやら今の明里を見て、彼はかなりの精神的な満足を覚えているらしかった。それも普通の満足ではなく、彼の心の奥底にまで染み渡り、彼の生き様そのものを肯定し、翌日にそれを思い出してにこりと笑えるような、桁外《けたはず》れの満足を与えたようだった。

祐人《ゆうと》たちは夏休み前と同じように、翔真が明里を痛めつけてくれるのを期待していた。だが翔真には全くその気はないようで、祐人を敵愾心《てきがいしん》すらもこもった視線で睨みつけると言った。

「もうええわ、祐人帰れや」

そして言葉少なに、帰れ帰れ、と繰り返した。翔真を怒らせると何が起こるかわからないから、祐人たちは急いでそれに従い、明里も同時に翔真の部屋を去った。

ふすまを閉める瞬間、翔真は既に、祐人が来る前にしていた筋力トレーニングに戻っていた。

＊

小学生の時からソフトボールを行い、ボーイズリーグの男子たちを近くから眺めてきた明里は、子供の肩や肘《ひじ》は脆《もろ》く、時に壊れ物のように扱わなければならないことを知っていた。目への負担は近視の原因になるが、それが視力を上げるといった話は聞いたことがない。耳への負担は難聴を呼びこそすれ、聴力を上げることはない。筋肉だけには超回復という、破壊した分だけ筋肥大が起きる現象があるが、近視・難聴式の単なる損傷もあり、それを避けて適切なトレーニングを行うべきであることは、いまや少年野球に関わる多くの大人たちの共通認識となっていた。

練習のしすぎで肩を壊し、しばらく野球ができなくなった同級生を明里《あかり》は見たことがある。実際に見てみると、それは想像以上に悲惨な印象があった。なぜなら子供たちはみな、努力はすればするほど報われるものだと刷り込まれているからだ。まさか苦労をしただけ辛《つら》い目に遭い、その後もますます辛い目に遭い続けるような、そんな理不尽な努力があるだなんて、大人たちは決して教えてくれないからだ。それは大人たち全員の裏切りのように思えた。

体への負担はこうだ。

では心への負担はどうだろう？　と明里は考えた。

心は苦労をしただけ、強靭《きょうじん》になるものだろうか。あるいは近視や難聴や投球障害のように、単に心を失わせるだけのものだろうか。

一般論はわからない。けれども私の心は日々、苦痛に苛《さいな》まれている。苦難の記憶が、私の心を損なわせ続けていて、今となっては私の心は、もう最初の一割も残っていないような気がする。

そして苦痛の出来事の記憶は、原理的に決して消えてくれないのだ。タイムスリップでもしない限り、なくならないのだ。これが肉を切り裂いた刃が、刺さったまま抜けないのと同じだとすれば、一体どうして心の傷が良くなる理屈があるというのか。一度刺さった刃はただ時間をかけて、私の心を緩慢に殺していくだけだ。

そんなことを考えながら、明里は麻のロープを自室の梁に結びつけ、ハングマンズ・ノットと呼ばれる首吊《くびつ》りのための輪っかを作っていた。

ロープはＤＩＹが趣味の両親が、喫茶店に新しい意匠を凝らそうと思って買ったものだったが、人間一人の体を支えるのに充分な、しっかりとした太さがあった。

日時は九月二日、月曜日の午前二時だった。つまりは夏休み最後の日である、九月一日日曜日の深夜だった。朝型の明里ならば、普段は必ず寝ている時間だ。この時間に起きているというだけで、自分は腐った人間なのだという、罪業妄想に苦しめられる。

明里はネットを参考に、首吊りのための輪っかを作った。初めて作ったにしては、よく出来ていた。試しに懸垂のようにぶら下がってみたが、まるで縄がほどける気配はなかった。

しかしこれを作っている間に、本当に死ぬ気はどれくらいあっただろう。ほんの一割だった気もするし、六割くらいあった気もする。喫煙をして得意がる中学生と同じで、逸脱的なことをして気を晴らしたい気持ちもあったかもしれない。その意味では首吊り自殺の準備は失敗だったろう。特に気は晴れず、むしろ鬱々《うつうつ》としていくばかりだった。

明里はぼんやりと首吊り用の輪っかを見つめた。ハングマンズ・ノットは逆さにした電球の平面図のような形をしている。この中に頭を入れて首の力だけでぶら下がれば、あっという間に全ての苦しみを終わらせることが出来る。

死んだらどうなるだろう、と明里《あかり》は考える。

全く想像がつかない。死後の世界なんてあるはずがないから、たぶん虚無があるだけだが、考えてわかるものでもないし、別にどうでもいいと明里は思った。

死ななかったらどうなるだろう、と明里は考える。

あと五時間ちょっともすれば、家族揃《そろ》っての朝食が始まる。私は寝不足の言い訳を口にして、行きたくもない学校に、楽しそうに行く演技をするだろう。自転車を漕いで十分もすれば、あの亡者の顔のような外壁をした阿加田《あかだ》高等学校が見えてくるだろう。きっとこの時には心臓は押し潰《つぶ》れて、ノミみたいな大きさになって私の胸を痛めつけるだろう。そして悪魔のようなクラスメイトたちと教師たちに追い込まれ、あらゆる誇りと自尊心を失い続ける日々が始まる。それが二学期の間中、四ヶ月も延々と続く。

死んだらどうなるかはわからなかったが、生きたらどうなるかははっきりとしていた。解像度の高いビデオで撮ったみたいに、くっきりと明里の目に見えていた。もちろん現実には曖昧《あいまい》な部分もあったが、うつ病は世界を狭くし、最悪の事態が起きるとしか信じられなくさせる。そして人生はこの先、永遠に悪くなり続けるのだと確信してしまう。

そうか、と明里は気づいた。

自殺は、しなければならないのだ。

ごく普通の、自殺なんてほとんど考えたことのない私に、ようやく自殺ができるという活力が湧いてきたのだ。だとすればそれを今、行使しなかったらどうなる？　また明日になれば私は消耗し、折角の夏休みで蓄えたエネルギーを使ってしまうだろう。きっと使い切ってしまうだろう。必ず使い果たすだろう。そして四ヶ月もの間、冷たくてどす黒い苦しみの中、それを終わらせる手段もなく、もがき苦しみ続けるのだ。すると今度は、自殺すらも行うエネルギーが湧かず、ひょっとすると残りの人生の数十年間、苦しみだけを味わい続けるかもしれない。今日、首吊《くびつ》りの輪を作ってみたのは、私の人生に一時だけ訪れた、全てを終わらせるチャンスかもしれない。

妙な言い方だが、それは前向きに後ろを向いたとでも呼べる心理状態だった。全力の逆走を決めたかのようだった。明里は「自殺をしたい」と思うと同時に、「自殺なんて馬鹿《ばか》げている」という気持ちも持っていた。それはコインの裏表のようで、今はたまたま「死」の面を向いているが、ほんのわずかでも時間が経《た》ったら、「生」の面を向いてしまうかもしれなかった。だとすればコインが「死」のうちに、全てを終わらせなければどうなる。一度「生」になったコインはそのままテーブルに溶接されて、二度と元に戻らないかもしれない。

しよう、自殺しよう、と明里は思った。

椅子《いす》を準備し、ハングマンズ・ノットの中に頭を入れながら、明里は遺書を残すことについて考えた。

しかし、遺書を書く気には全くなれなかった。それはとても馬鹿馬鹿しく、理に適《かな》わない行為に思えた。そんな呑気《のんき》なことをしているうちに、コインが「生」を向いたらどうするのだ？そのわずかな気の緩みによって、私は数十年間の苦痛を受け入れるのか。私は今首を吊《つ》ろうとしているが、遺書を残す人間のことだけは依然として理解ができない。悲劇のヒロインでも気取っているのだろうか。

次に明里《あかり》は、冥《めい》や、残される家族のことを思い出した。彼女たちの笑顔や、穏やかな食卓の風景のことを思い出した。

しかしその回想は、明里の自殺を止める手立てにはならなかった。むしろ彼女たちが幸福そうにしているところを、想像するたびに死にたくなった。そこに嘘《うそ》くさく笑いながら交ざっている自分、心の底では決して交ざることのできない自分、もう一生交ざることのできないであろう自分、あの孤立感、あの孤独感、あの不全感、あの疎外感、その何もかもを、もう二度と味わいたくなかった。朝になればふたたび、あの希望に満ちた家族での食事があると思うと、一刻も早く私の魂をこの腸《はらわた》から掻《か》き出して、冥府へ送ってくれという気持ちになった。

自殺は、追い詰められた当事者にとって、生の損切りという名の能動的な努力だった。気概のあるうちに死を迎えなければ、エネルギーのあるうちに行わなければ、死よりも大きな地獄の苦しみに落ちていくことになる。死ななければ、迅速に死ななければ、次に死に殺到できるほどのエネルギーは湧いてこないかもしれない。「思い詰めた」という抑制的な言葉が不釣り合いな蛮行を、「魔が差した」という言葉の似合う怒涛《どとう》の感情の奔流の中で、死に至る満員電車に駆け込み乗車をするみたいに、一気呵成《かせい》に自殺は完了する。

そう、満員電車だ。夏休み最後の日は、一年で最も学生が死を選んでいる日だ。だからその電車には多くの、膝《ひざ》小僧の赤黒くなった学生たちが乗っていて、座席にも座れずにすし詰めで、必死に吊り革を掴《つか》んでいただろう。考えてみれば不思議なことだ。十代の自殺の最大の動機は「学校問題」だが、その多くは夏休み最後の日という、学校から最も遠い日に起きている。学校という名の閉塞的なスクランブル交差点を、一年で最も俯瞰《ふかん》することができて、かつ長期休暇で充分なエネルギーを蓄えることができる日だからかもしれない。

その電車の中にはきっと、乗ってから「乗るほどでもなかった」と思い直す学生も少なくなかっただろう。自殺に失敗した人間が、助かって良かったと当時を振り返るのはよく聞く話で、当時の心理状態が、思い返してもよくわからないという失敗者もいる。自殺する本人は理詰めのつもりでも、客観的に見れば一時の衝動が、大部分の自殺を作り出している。

明里にとってはどうだっただろう?

ともかく彼女にその質問をする機会は、永遠に失われてしまった。

九月二日の午前二時二十三分、佐藤《さとう》明里は逝去《せいきょ》した。

＊

九月四日、冥《めい》は制服姿で明里《あかり》の葬儀に参列していた。

なにがなんだかわからない、というのが冥の感想だった。

姉が自殺をする兆候はあっただろうか？　考えてみればここ数日は不調そうだった。八月二十八日に、テストを受けて学校から帰ってきてからは、特にその傾向は顕著で、用事がある時以外は自室にこもっていて顔を見せなかった。

さらに前に遡《さかのぼ》れば、七月の頭から夏休みに入るまで、姉は学校を休んでいた。かなり不審な休み方だったから、冥も気にしていたのだが、明里の態度は普通だったし、夏休みに入ってからは、本当にいつもと変わらない自分の姉という感じになったから、当時のことは忘れていた。

総合して、姉はすこし様子がおかしかった。しかし到底、自殺をするようには見えなかった。もしも自殺を選ぶとすれば、その前に「死にたい」と口にするなり、なにかしらの不満を言うなり、目で見て分かるような、おかしな振る舞いをするものだと思っていた。冥の目からすると、まるで通り魔に襲われたような自殺だった。

そう思ったのは両親も同じらしく、現場検証に来た刑事に、変質者が侵入して明里を他殺した可能性はないかと、口酸っぱく聞いていたくらいだった。刑事からすると、捜査を深めるまでもなく自殺に違いないとわかる現場のようで、困ったようにやり過ごしていたが。

今も両親は、他殺の可能性を論じ合っていた。ただ冥は戸惑いながらも、少なくとも他殺ではないのだろうと思っていた。刑事の態度がそれを物語っていたし、現実的に考えて「自殺に見せかけた他殺」が起きるよりは「自殺」が起きる可能性の方が高い。姉の死が動かしがたい事実である以上、自殺も動かせないのだ。

悲しむ暇はなかった。実際に、彼女は通夜でも葬儀でも泣かなかった。冥は姉を慕っていたが、明里の死を悼む前に、明里がなぜ死んだのかという混乱の糸を解きほぐしたい気持ちの方が強かった。粛々《しゆくしゆく》と思考を巡らせた。

姉は自殺したのだ。

ならばなぜ、姉は自殺しなければならなかったのか。

漠然と、いじめは疑っていた。姉が自分で問題を抱《かか》え込みやすい性格で、他人と問題を共有できない人間であることを、冥は知っていたからだ。

そして実際に姉は、七月に不登校になっていた。「不登校」という言葉が持つ悲愴《ひそう》なイメージは当時の彼女にはなかったから、学校の問題について思いを馳《は》せることはなかったけれども、客観的に事実だけを並べてみれば、やはりいじめが一番の容疑者だった。

十代の自殺の最大の動機が「学校問題」であることを、冥はここ数日、厚生労働省の発行している自殺に関する資料を読み込む中で知った。また、読んでなくたって十二歳の女の子として、学校が自殺を誘発する最大の脅威であることを、冥は身に沁《し》みてわかっていた。

じゃあ、誰が殺した？　誰が姉を自殺にまで追い詰めた？

葬儀は古い公民館の一室で行われていた。広いとも狭いとも言えない部屋だった。壁紙はオレンジ色で、葬儀場には似つかわしくない安っぽい光沢を帯びていた。無数の献花が並べられていて、中学校の卒業アルバム用に撮った明里《あかり》の写真を取り囲んでいた。

姉の同級生はほぼ全員が参列していた。教師の指揮の下《もと》、制服を着た高校生たちがひとかたまりになっていた。厳粛《げんしゅく》そうにする者も、退屈そうにする者も、悲しそうにしている者も、あくびをしている者も、色んな者がいた。

この中に姉を死に追いやった人間がいるのかもしれない。いや、いるはずだと冥《めい》は思った。そして私は容疑者が一堂に会す、この好機を絶対に逃してはならない。でないと姉の死の真実は、永遠にわからなくなってしまうかもしれない。

冥は目を細め、同級生たち一人一人の様子を注意深く観察していった。

まず目が行ったのは、ひときわ背が高くて髪の長い女の子だった。ハンカチで顔を隠してはいるが、耳まで真っ赤になるほどの大泣きをしている。

彼女は後に、冥が「今川真希乃《いまがわまきの》」の名を知ることになる女の子だった。泣けない自分の代わりに泣いてくれているようで、彼女を見ていると言葉にできない嬉《うれ》しさが胸に広がっていった。しかし今は、怪しい人間を探すのが先だ。冥は目を逸《そ》らし、視線を別のところにやった。

両親が控室に戻って、葬儀社の人間と話し込んでいるタイミングだった。

品のなさそうな大柄の男子高校生と、髪の毛をトサカのように立てた男子高校生と、エラの張った気の強そうな女子高校生の三人組が、明里の棺桶《かんおけ》のところにふらふらと、ふざけるような足取りで歩いてきた。大柄の男子高校生が、へらへらと嗤《わら》いながら、姉の棺桶を覗《のぞ》き込むと言った。

「ほんまに死んどるで」

三人の生徒が代わる代わる、死に化粧をした姉の顔を眺めていき、それぞれの感想を口にした。マナーに反した行為だったから、葬儀社の人間に言えば止めてもらうことはできただろうが、そうする代わりに冥は彼らの顔を、入念に時間をかけて頭の中に記憶した。

こいつら、こいつらだ。

こいつらが私の姉を自殺に追いやったのだ。

証拠はないがそう確信した。冥の第六感が鋭く指し示していた。

その後、冥は火葬の最中にオカカシサマに呼びかけられる。そしてオカカシサマの力を使うことによって、彼らの名前が「田茂井祐人《たもいゆうと》」「西本周也《にしもとしゅうや》」「横田真奈美《よこたまなみ》」であることを突き止めた。

＊

それから冥はオカカシサマの力を借りて、姉が死に至るまでの出来事を断片的に集めていった。

だが、オカカシサマと同化している現在とは違って、この時期の千里眼は、ひどく不安定なものだった。冥《めい》が見たいと願ったものを必ず見せてくれるわけではなく、姉の死に関係している事項を無作為に抽出して、一方的に開示するといった感じだった。情報は時にひどく曖昧《あいまい》で、時に不必要なほど鮮明だった。

透視の結果がどれくらい信用できるものかもわからなかった。だからそれを確かめるために、冥は千里眼の検証も行った。例えば現時点の田茂井祐人《たもいゆうと》の服装など、自分では知りようのないものを透視し、私立探偵に調べてもらったものと照合するのだ。

探偵を雇うために、冥は初回だけ、親に探偵事務所まで同伴してもらった。未成年一人では、どうしても探偵と契約ができなかったからだ。

しかしそれ以降は、冥が一人で探偵とのやり取りをし、また彼らに何を調べてもらっているのかも、親には言わなかった。くわえて親も知りたがらなかった。

仮に共有したとしても、何が目的の調査なのか、親にはさっぱりわからなかっただろう。千里眼の検証のために、一見事件とは無関係なことばかりを調べていたからだ。ちなみに探偵に直接、姉の死の真相を調べてもらったこともあったが、裏社会とも関わりのある田茂井家の情報対策がしっかりしていたため上手《うま》くいかなかった。

冥たちは阿加田町《あかだまち》を出て、東京に戻った。

その直接的な理由を親から教えてもらったことはなかったが、言われるまでもなく、愛娘《まなむすめ》を失くしたという痛切な記憶が残り、それをたびたび思い出させる家と町には、もはや留《とど》まることは出来ないということだろう。

かつての上司に相談したところ、父は元の職場に戻れるという。冥たちは以前住んでいた町とは別の町のマンションを借りて、そこに住み始めた。たまたまその町に両親の要望に沿う住居があったのか、あるいは以前住んでいた町だと、たびたび明里《あかり》のことを思い出してしまい、辛《つら》くなるから避けたのか、どちらかはわからない。両方かもしれない。

両親はなるべく、明里が死んだという事実に直面せずに生きていこうとしているように見えた。探偵事務所に行く冥に連れ添ってくれたのも一回きりで、以降は冥に捜査の進捗《しんちょく》を聞こうとしないという行動にも、彼らの逃避的な態度が表れている気がした。両親にとって明里の死は、狐につままれたような出来事で、狐の行方を追おうにも、辺り一面藪《やぶ》の中だった。また冥とは違って、彼らは他殺や事故や病気などの可能性も捨てきれていなかったから、真相を知るために更《さら》なる心労を重ねるくらいならば、いっそのこと何も知らない方がいいと思ったのかもしれなかった。そんな彼らの態度を、冥は心の底から軽蔑《けいべつ》した。

だがいくら現実逃避をしたって、彼らは日々の中で、どうしても明里がいないという事実に直面してしまう時があった。この時、この場所、この状況で、明里ならばこんなことを言っていたのではないか。明里ならばこんなことをしていたのではないか。明里ならばこうやって笑ったのではないか。父の中で、母の中で、冥《めい》の中で、そんな想像が浮かんできて止まらなくなることがあった。その時、三人のまぶたの裏には明里《あかり》の残像が見え、明里の息遣いが、明里の体温が、明里の存在が感じられた。

家の中は虚《むな》しいくらいに静かだった。ねずみのため息すらも聞こえてきそうだった。そんな時期が半年くらい過ぎると、仲の良かった両親は、たびたび小さなことをきっかけにして喧嘩《けんか》をするようになった。かつては笑って見逃していたお互いの失敗をあげつらって、本気で腹を立てるようになった。何かを言ったとか言ってないとか、何かをしたとかしてないとか、喧嘩の理由は毎回変わったけれども、たぶん実際に口にしていないだけで、両親は毎回同じことを言外に含んでいた。

つまり明里が死んだのは母親のせいか、父親のせいかということだった。

冥が中学二年生の冬に、両親は離婚した。表面上は色んな理由を並べてはいたけれども、つまるところ明里の死が原因だった。

冥は父親に付いていった。母親に対しては「お前が喫茶店なんかをやりたがったからこうなったのだ」という気持ちが、感情的に過ぎることは自覚しつつも、どうしても湧いてきてしまったからだ。父親も軽蔑《けいべつ》の対象であることに変わりはないが。

中学三年生の春になって、ようやく冥は姉の身に起きた出来事の全容を掴《つか》むことが出来た。オカカシサマの力は、六十干支《ろくじつかんし》の火の日にしか、つまり五日に一回しか安定して使えなかったし、そうして得られた情報でさえ、断片的だったり不鮮明だったり、一瞬しか見えなかったりした。くわえて透視である以上、パソコンなどの記録媒体に移すことはできないから、一度見た映像を忘れてしまうこともあった。そうやって集めた膨大な情報が、ようやく一つの像を結んだのだ。

だが冥は、果たしてそれを本当に信じていいものなのか、いまいち確信できていなかった。それはバラバラの情報を集めた先にある、一つの仮説にすぎない気がした。

なによりも、こんなにも酷いことが姉の身に起こっていいのか、と冥は思った。冥は途中から、自分が出してしまった結論を否定するために、情報を集めているような状態になっていた。どうか姉に、こんなことが起きてませんようにと冥は強く願った。だがオカカシサマは、その裏付けとなる情報を冥に与え続け、ついに冥が否定できなくなったという諦《あきら》めによって、冥にとっての「事件の全容」が完成したのだった。

その年の夏至に、冥はたった一人でオカカシツツミの儀式を行った。体中に龍脳《りゅうのう》の塗香《ずこう》を塗りたくり、純白の下着姿で、誰もいない深夜の磐座《いわくら》の周りを「ゲーカーカ、オオカカナミヤ」と唱えながら回った。

儀式をしている間中、オカカシサマの気配は感じ取っていたが、これでは頭のおかしい人間と変わらないじゃないかと冥は思っていた。だから、もしもこれで何の力も得られなかったら、姉の死のこともオカカシサマのことも忘れて、全てがリセットされたつもりで生きていこうと思った。

だが夜明けと共に冥《めい》は力に覚醒《かくせい》した。彼女はオカカシサマと一体となり、ただ力を借りていた時とは比べ物にならないほどに、強力な千里眼を使えるようになった。その力は約四十時間、使用することができた。

新しい千里眼は阿加田町《あかだまち》に関わる全てのものを、自由自在に冥に見せてくれた。それは約十万年前から阿加田山に棲《す》み、人々を絶えず見張り続けていたなにかの視線だった。

ストーリー性のない映画のように、様々な映像が冥の脳裏に浮かんだ。明里《あかり》の与えられた苦痛の映像が、連続して頭に浮かんだ。その屈辱を一つ一つ目の当《ま》たりにするごとに、冥の頭はくらくらし、血が逆流しそうになった。そのほとんどは今日よりも前に、借り物の千里眼によって予見していたはずのものだが、どうやら私も両親と同じで、事実を否認したいという欲望に抗えていなかったらしい。

許せない。

姉を死に追いやった、田茂井翔真《たもいしょうま》と田茂井祐人《ゆうと》と、西本周也《にしもとしゅうや》と横田真奈美《よこたまなみ》と、田茂井蒼樹《そうき》と南賀良子《なんがりょうこ》を殺そう。オカカシツツミの生け贄《いにえ》は七人だから、それに加えてろくでなしの三兄弟を生み出した、父親の田茂井正則《まさのり》を死なせることで、製造責任を取らせてやることにしよう。

それから冥は、ずっと無下にしていた父親に対して、表面上は心を開いた。彼女の目的は、翌年に一つの願い事を聞いてもらうことだった。

それは高校一年生の六月から、阿加田町に住んでいる父親の友人の家に住まわせてもらい、阿加田町で暮らすことだ。もちろん高校一年生の女の子が親元から離れるのには、それなりの理由が必要だし、それが姉の死んだ阿加田町であるなら尚更《なおさら》だが、「阿加田町に住むことで姉の死を吹っ切りたい」だとかそれらしいことを言ったら、割とあっさり認めてくれた。姉の死は父にとってのアキレス腱《けん》で、そこを押さえられると何も言えなくなってしまうらしい。そんな父親への軽蔑《けいべつ》がまた強まったが、深くは考えないことにした。

父の友人も、冥の印象に残っていた。葬儀で今川真希乃《いまがわまきの》と同じくらい、激しく泣いていたからだ。中学三年生の夏至の日に、千里眼で簡単に素性《すじょう》を調べてみたところ、彼にも子供を亡くしたことがあって、その経験から父に感情移入をしているようだった。

当時、阿加田町に住んでいて、姉の自殺を止められなかった人間に対して、冥は無条件で嫌悪感が湧いたが、復讐《ふくしゅう》のためには使えるものは全て使おうと思った。

父の友人とは直接電話で話し、姉の死を引き合いにして、時に「見殺しにした」などと感情を揺さぶってやることで、彼は冥との同居を渋々認め、冥は阿加田町にやってきた。

そして今年の夏至が来て、オカカシツツミの七つの生け贄が始まった。

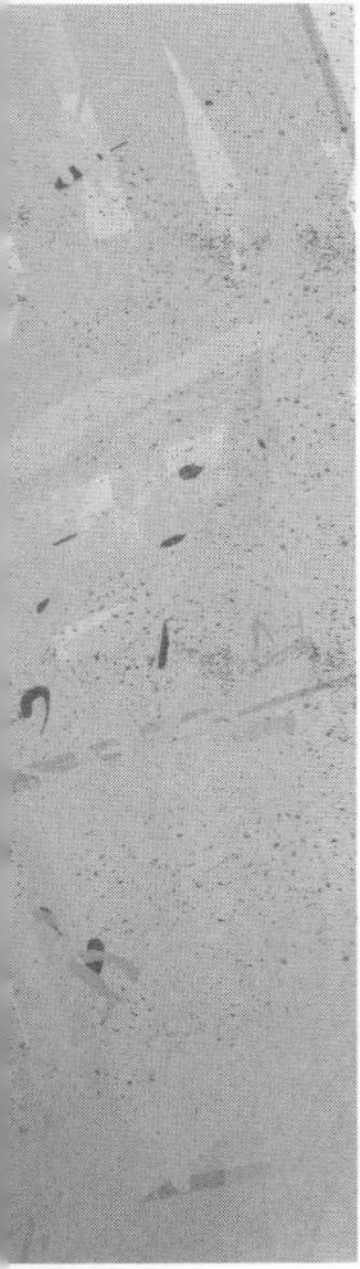

〈第五章〉

そして、ぼくらは火を放った

1

今川《いまがわ》さんの家に泊まった翌朝、ぼくらは田茂井蒼樹《たもいそうき》の遺体の処理をしに行くことにした。

その前に、まずはぼくが着せられている、ワンピースを着替えることにした。こんなものを着ていては目立って仕方がないし、朝の光の下で見ると本当に、内輪ノリの女装コンテストに無理やり参加させられた人のように滑稽《こっけい》だった。冥《めい》はそれが面白かったらしく、白い八重歯を見せて子供っぽく笑いながら、ぼくの肩の辺りを人差し指でつんつんとつついていた。

今川さんの部屋のドアをノックし、返事が聞こえたのでドアを開けた。

彼女は既に起きていて、ベッドの上でスマートフォンを触っていた。彼女はぼくらの様子を見ると……というよりも、ぼくのワンピース姿を見ると言った。

「おはよう。意外と性嗜好《しこう》の屈折したカップルなんだね。確かに栞《しおり》くんはそっちの気がありそうだな」

「わざと言ってます?」とぼくは批難した。

今川さんから代わりの着替えを借りる。ぼくは重ね重ねお礼を述べる。

「返さなくていいよ」

と今川さんは言ったが、仮にぼくらが警察に捕まった時に――それは全然あり得る話だ――今川さんの衣服を所持していたら、ぼくらと今川さんの関わりが露見してしまうだろう。だからこれは早めに返そうと心に決める。時間のある時に、オカカシサマを使いにして冥に返却してもらおうと思う。

蒼樹の遺体を隠した林の中に行く。見つかってないかと気を揉《も》んだが、遺体は昨日と同じ場所にちゃんとあった。

まずは蒼樹のスマートフォンをオカカシサマの力で破壊した。スマートフォンにはGPS機能があるから、壊しておかないと遺体の発見が早まってしまう。

ちなみに冥の計画だと、殺した後に生け贄《いにえ》のスマートフォンを破壊することは、必須《ひっす》の手順だとされていた。だから南賀良子《なんがりょうこ》のスマートフォンは破壊されている。しかし、蒼樹のものは今の今まで壊せなかったし、また横田真奈美《よこたまなみ》のものも、初めての殺人で動転していたのもあって、彼女が所持したままになっているそうだ。

冥は穴を掘ろうとする。しかしぼくは、ふと思いついて言う。

「冥、ここに遺体を埋めるのはやめておこう。GPSの履歴を調べれば、ここに一晩蒼樹の遺体が寝かせてあったことは、直《す》ぐにわかると思うんだよ」

そう口にしながらぼくは、今川さんのことを考えていた。ここに遺体を運んだのはぼくと今川《いまがわ》さんなのだから、この場所に今川さんの生体情報が残っていてもおかしくない。それをもとにして、警察が今川さんに辿《たど》りつくかもしれない。

ぼくが逮捕される分には構わない。そんなものは大して怖くはない。冥《めい》についても（認めたくないことだが）彼女は死に逃げを決め込むつもりだと思う。でも今川さんの人生は続いていく。彼女に捜査の手が伸びるのは避けたかった。

「山の中を一キロくらい移動させて、埋め直そうかしら」

と冥は言った。オカカシサマの力を使えば、それくらい訳もなさそうだった。

でも、とぼくは考える。警察が本気で蒼樹《そうき》の遺体を捜そうと思ったら、まずはこの山の山狩りを行うのではないか。長時間、この山に彼の遺体が放置されていたことを考慮すれば、妥当な捜査だろう。

ぼくらが行っている死体遺棄は、単に遺体を山に埋めているだけで、土を掘り返した跡もそのままになっている……というより、元通りに修繕する方法がわからないのでそのままにしている。もしも山狩りが行われれば、この山のどこに遺体を埋めたって、警察は直《す》ぐに遺体を見つけてしまうだろう。

「冥、単に死体を埋めるんじゃなくて、もっと入念に処理しよう」とぼくは提案した。「遺体が見つからなかったら、事件化のハードルが上がるし、仮に今川さんの生体情報が見つかったとしても、起訴までは出来ないよ」

「わかったわ」

と冥は言った。彼女の声は弾《はず》んでいた。確かに死体を処理するというのは、倒叙ミステリーみたいで、ちょっと心が躍ることだった。

考えてみれば、ぼくは普段から「どうすれば死体を完璧《かんぺき》に処理できるか」について空想してみることがあった。ほんの思考的な娯楽のつもりで、実際にやることまでは考えたことはなかったけれど。

「では強酸で溶かしたり、火葬炉に入れたり、カラスについばませたり、バクテリアに食べさせたりしましょうか」

冥が楽しげに言った。七つも死体があるのだから、全てを一つずつ試していくことも出来そうだという軽口は思いついたけれども、実際に口にするのはやめた。

冥の言った四つの死体処理の方法は、どれも聞いたことがあった。だが、そういった技巧を、わざわざ用いる必要はあるのだろうかとも思った。聞きかじりの知識を試したところで、失敗する可能性が上がるだけで、証拠を増やすのが関の山な気がする。

なによりもぼくらは万能に近いオカカシサマの力を持っている。姿形を持たず、遠隔操作も可能で、透明な体を持った彼の力を用いれば、もっと気の利いた死体遺棄の方法もあるんじゃないだろうか。

例えば、こうだ。身も蓋《ふた》もない方法だけれども、こういう方法はどうだろう。

「オカカシサマに蒼樹《そうき》の遺体を食べてもらうことは出来ないかな?」

少なくともカラスについばませるよりも、オカカシサマに食べてもらった方が、迅速だし証拠も残らないだろう。でも冥《めい》は言った。

「オカカシサマはね、この世界から丸ごとなにかを消してしまうことは出来ないの。それは神様の世界のルールに反することなの。だいたいそれが出来たならば、私は最初の殺人からして、穴を掘らずにオカカシサマに食べさせて遺体を処理していたと思うのだわ」

それもそうか。「神隠し」という言葉はあるが、現実には不可能らしい。

どうすれば蒼樹の遺体を上手《うま》く葬れるだろう。ぼくは思考を巡らせた。

まず頭の中で、蒼樹の遺体を二つに分解してみた。すなわち人間の最小単位である、肉と骨である。

この二つの中では、骨の方が比較的処理が難しいと言われている。肉は細切れにしてトイレに流したりすることが出来るが、骨で同じことをやると水道管が詰まってしまう。

蒼樹の遺体を肉と骨に分けて、それぞれに対して、別の処理手段を講じるというのはどうだろう。普通、人間を肉と骨に分けるにはかなりの手間が必要だが、そこは力自慢のオカカシサマに任せる。

例えば、こういったやり方だ。

ぼくの提案を聞いた冥は、しばらく唖然《あぜん》として、目をぱちくりさせていた。そして呆《あき》れたように言った。

「あなたって神様のことをなんだと思っているの？　罰当たりだとは思わないの？」

「罰を当てるかどうかはオカカシサマが決めるんじゃないかな」

と言いながらも、実際に罰を当てられたらどうしようという不安もあった。まあ提案くらいなら許してくれると信じよう。

冥はぼくの頼み事をオカカシサマに伝えた。そして返答を聞き、肩をすくめると言った。

「やってくれるって」

「よかった」ちょっと心配になってぼくは聞いた。「嫌《いや》そう？」

「いや、全然気にしていないみたい。私が同じことをさせられたら絶対に嫌なのだけど」

「神様は細かいことを気にしないんだよ」

ともかく死体遺棄の方法が決まった。

まず蒼樹の服を脱がし、オカカシサマの口の中に体を入れた。

それからオカカシサマに、蒼樹の遺体を噛《か》み潰《つぶ》してシェイクにしてもらった。

それは壮絶な光景だった。なんたってオカカシサマの体は透明で、口の中の様子がリアルタイムで見えるからだ。ぼくはまじまじと見てしまったが、冥は目を伏せていた。

こうして蒼樹の遺体が肉と骨に分けられた。

まず肉の処理についてだが、オカカシサマに人気《ひとけ》のない道路まで出て行ってもらい、マンホールの蓋《ふた》を開けて、下水道の中にまるまる蒼樹《そうき》の肉を吐き出してもらった。思ったよりも流れが悪かったので、近くにある川の水をオカカシサマの口に入れて運び、下水に注ぎ足して蒼樹の遺体を流した。すぐに阿加田《あかだ》下水処理場に辿《たど》りつき、誰かの糞尿《ふんにょう》と見分けがつかなくなるだろう。人体の約八割は肉なので、これで遺体の八割は処理したことになる。

残るは骨と蒼樹の衣服だ。サイズ的にはそれほど大きくはない。くわえてオカカシサマの歯によって、骨の方は粉々に砕かれている。

これらは最初、ゴミ処理場に直接投入しようと考えていた。だが、意外とゴミ処理場は監視が厳しくて、日中はオカカシサマの力を使っても「宙に浮く謎の肉塊がゴミ処理場の中に吸い込まれていった」という、ホラー映画化した『E.T.』みたいな状況を見られるリスクはありそうだった。

そこで一旦《いったん》、骨と服を計四つのビニール袋の中に分けて入れ、一つ一つを大きな紙袋で覆った。それから近隣のマンションの入居者用ゴミボックスを開けて、他人のゴミ袋の中にその紙袋を忍び込ませた。

オカカシサマの千里眼をもってすれば、監視カメラもなく、管理も杜撰で、丁度いいゆとりのあるゴミ袋の入ったゴミボックスくらいなら直《す》ぐに見つけられる。これならば、最悪死体の回収が出来なかったとしても、蒼樹の服と骨はゴミ収集のプロセスに従って、阿加田町の清掃工場に向かうはずだ。

こうして遺体の処理は九割ほど終わった。だが今夜に予定している、第四の生け贄《いにえ》『腹と足を折る』まで、まだ時間があった。

「横田《よこた》と南賀《なんが》の遺体も一応、同様の処理をしようか？」

ぼくは聞いた。でも冥《めい》は首を振った。

「こんなのゾッとするし、面倒なのだわ」

「楽しそう、って言ってたのに」ぼくは唇《くちびる》を尖《とが》らせた。

「実際にやってみて、考えを改めたの」冥はうんざりしたように言った。「あなたがしたいというのならば協力するけれども」

じゃあいいか、とぼくは思った。埋められた横田の遺体からはぼくの生体情報が検出されるだろうが、今更《いまさら》逮捕されるくらいどうってこともない。

「ねえ、もっと楽しいことをしましょうよ」と冥は言った。

「楽しいことって？」

「モンブランケーキでも食べない？」

「そんなものがどこで食べられるの？」

冥は各駅停車と急行電車を乗り継いで、一時間ほどで着く駅の名前を言った。ぼくらの住んでいる県は全体的に田舎だが、その中では比較的都会に当たる町にある駅だ。

「最近オープンしたスイーツカフェがあって、有名なパティシエがやっていて、目の前でモンブランクリームを絞ってくれるパフォーマンスがあるそうよ」

「へえ、そんな情報、よく知ってたね」

「中川《なかがわ》さんが見てた朝のニュースで紹介されてたの」

ぼくはちょっと驚いた。冥《めい》にもそういうことを覚えておく一面があるのか。

それから、驚くほどでもないと思い直した。それは高校一年生の女の子として当たり前の興味だから。

甘いものを食べたいという気持ちはぼくにもあった。蒼樹《そうき》の遺体の処理で疲れてしまって、糖分を補給したかったからだ。またぼくが疲れているくらいなのだから、オカカシサマを操作している冥の疲れは、態度に出さないだけで相当だろう。

なによりも冥がこんなふうに、楽しそうにお出かけの提案をしてくれたことは、今までになかった。考えてみればこれはデートみたいなものじゃないか。ならば是非行ってみたいと思った。

モンブランケーキを食べに行くことに決める。駅に向かって自転車を漕ごうとする冥に、ぼくは言う。

「電車じゃなくてタクシーで行かない？」

「そんなお金、持ってるの？」

ぼくは自分の財布から、二十万円近い札束を取り出してひらひらさせた。それを見て冥も、遺体処理の最中に思わぬ軍資金が入ったことを思い出したようだった。

「蒼樹の財布に入っていたお金があるじゃないか」

冥はいたずらに偽悪的な笑みを浮かべると言った。

「あなたって最高ね」

2

その夜、冥は西本周也《にしもとしゅうや》の腹を折り、足を折って殺した。

殺してから埋めるまで、ほんの数分で済んだ。なぜこれまでの殺人に手間取ったのかがわからないくらい、滞りない殺人だった。

遺体を山中に埋めた、ちょうどのところで〈魂送り〉が来た。ぼくは立てなくなった冥の頭を膝《ひざ》の上に乗せ、その体勢でしばらく、木々のこすれる音と虫の声を聞き、お互いの体に塗っている、虫除《よ》けのための龍脳《りゅうのう》の匂《にお》いを嗅《か》いだ。

冥が回復したので、自転車に乗って家に帰った。

残る生け贄《いにえ》は三つ。『腹と首を折る』『腹と首を折り四肢を切り取る』『腹と足と首を折る』の三工程で、田茂井祐人《たもいゆうと》、田茂井翔真《しょうま》、田茂井正則《まさのり》の三人が標的だ。

その日の夜は横田《よこた》を殺した日の夜とは違って、お互いの寝つきは問題なさそうだった。けれども冥《めい》の布団はぼくの部屋に置いたまま、なんとなく移動しなかった。

お風呂《ふろ》から出た後は、二人してぼくの部屋にいた。しばらく二人とも本を読んだりスマートフォンを触ったりしていたのだけれども、ふと冥が言った。

「部屋を探検してもいいかしら」

いいよ、とぼくは言った。

冥はしばらくガサゴソと、クローゼットの奥にある棚の中身をひっくり返していた。すると中学の卒業アルバムが出てきた。

「見てもいい？」

「うん、燃やしてもいいよ」

ふうん、と冥は言って、ぼくの卒業アルバムを適当にどけて、棚の捜索を再開した。ぼくの返答を聞いて、特に見たって面白くないと思い直したのだろう。ぼくにとっての卒業アルバムなんて、囚人が出所する時に貰《もら》う証明書くらいの意味しか持たない。

そのうちジェンガが一つ出てきた。いつ買ったのかもわからないくらいに古いものだが、箱の中に入っていたのもあって、埃《ほこり》で汚れていたりはしなかった。

「ジェンガでもしない？」と冥は言った。

「是非やろう」

たまに童心に帰るのも楽しそうだ。ジェンガブロックを積みながら冥が言った。

「栞《しおり》はジェンガを前にしたのはいつ？」

「覚えてないけど、小学生の時くらいだと思う」

「私もそんなものかしら」

ジェンガが始まる。ぼくはなるべく危険を冒さないように、タワーの中央からブロックを取っていくのだが、冥はなぜだか、下の隅っこの変な所から取っていこうとする。だから冥だけ最終ラウンドの難易度から始めているような感じになる。

冥の指先で触れたブロックが、思ったよりも重量がかかっていたらしく、冥は思わず嬌声《きようせい》を上げた。しばらくそのブロックを冥は押し引きしていたのだけれども、最後にはタワーをひっくり返してしまい、ぼくらは箸《はし》が転んだかのように笑い合った。

「面白いゲームね」と冥は言った。

「確かにね」事前に想像していたよりも、ジェンガは楽しかった。歴史のあるゲームなだけはある。「次は罰ゲームでも付ける？」

「そうしましょう。負けた方はね、勝った方の言うことをなんでも聞くの」

それはスリリングだ。倒れたジェンガのブロックを拾い集めながらぼくは聞いた。

「冥が勝ったら、ぼくに何を頼む？」

冥はすこし考えてから言った。「……女装？」

なるほど、それは絶対に負けられないなとぼくは思った。

「負けるのもいいかも、って思った？」冥《めい》は軽口を叩《たた》いた。

「いや、人生で一番真剣なジェンガになりそうだよ」

ふたたびジェンガが始まる。今回ばかりは、冥も安全な所からブロックを抜いていく。

二周ほどしたところでぼくは言う。

「ねえ、本当に罰ゲームは『なんでも言うことを聞く』でいいのかな？『なんでも』って言うと、なんか……ちょっと変なことを頼んでしまうかも」

「ちょっと変なことってどんな？」

冥は聞く。ぼくは口に出すかどうか迷ったけれども、変な沈黙はしたくなかったし、今更《いまさら》、頭を切り替えることも出来なかったから、さっきまで脳内でイメージしていた「冥に頼みたいこと」をそのまま口にした。

「……膝枕《ひざ》？」

そう口にされた冥は唇《くちびる》を尖《とが》らせて、頬《ほお》をにわかに染めて、困ったようにそっぽを向いた。その反応を見ているとぼくも恥ずかしくなってきた。たかだか膝枕なのに、とんでもなく無分別な要求をしてしまったかのような気がする。今川《いまがわ》さんの家の洗面所での一件といい、この子は時たま大和撫子《やまとなでしこ》のような反応をする時がある。

冥はぼくの勉強机の上段に、無造作に積まれていたぬいぐるみの方に目をやると口を開いた。

「じゃあ、ルールを変更しましょう」と改まって言った。「負けた方がぬいぐるみを使って、一分間、人形遊びをするの」

「そうしよう」平和でいいとぼくは思った。

「ちゃんと語尾に、『にゃん』とか『ワン』を付けるのよ。真剣にやらなきゃ駄目だからね」

意地悪のように冥は言ったが、その回で負けてしまったのは冥の方だった。

冥は自分で自分の提案した罰ゲームに従って、ぼくに一分間の人形遊びを見せてくれた。ちゃんと語尾に「にゃん」とか「ワン」を付けて。


六月二十五日、金曜日。

冥は早朝のうちに今川さんの衣服を、オカカシサマをお使いにして返却していた。

また冥は、ゴミボックスの中の蒼樹《そうき》の遺体が、朝のうちに処理場に送られたのも千里眼で確認したらしい。最初は自分たちで、改めて処理場に持って行くつもりだったのだが、冥が死体処理に後ろ向きだったので、ゴミ収集車に代わりの役を務めてもらったのだ。

昨日は忙《せわ》しなかったので、今日はゆっくり過ごすことにした。午前中はキャッチボールをしたり、本を読んだりして過ごした。

昼間は冥とサンドイッチを作った。冥がふと「料理を作りたい」と言い出したのだが、お互いに料理の経験なんてあまりないから、簡単に作れそうなサンドイッチならどうかという話になったのだ。

二人でスーパーに行って適当なものをカゴに詰めた。冥《めい》は「買ったことがないから」という理由で、飲料コーナーの隅っこにある高そうな瓶のジュースをカゴに入れていた。ぼくも無駄に高価な生ハムを買ってみた。蒼樹《そうき》のお金がまだ余っているから金銭的には問題ない。

家に帰ってからサンドイッチを作り始めた。たくさんの食料をテーブルに展開し、バイキング形式にした。野菜を切るのは調理実習の時ぶりだったので苦戦したが、結果的に良い見栄えになった。

だが冥は、ぼくの用意した野菜を全く挟んでくれなかった。忘れていたけれども彼女は、コロッケをソースの海に沈めるような、味覚の独特な女の子だったのだ。パン・肉・肉・シーチキン・肉・肉・パンのような、小学生の考えた夢のサンドイッチみたいなものを実際に作り、冥は美味《おい》しそうに頬張っていた。そんな彼女を見ていると、ちゃんと野菜を挟んでいる自分は、もしかすると想像力の乏しい人間なのかもしれないと思ったりもした。


夜になってから、第五の生け贄《いけにえ》を捧げるために、ぼくらは自転車で家を出た。

ボディバッグの中には蒼樹を刺した折りたたみナイフが入れてあった。もちろん、お守り気分で入れているのではなく、冥が窮地に陥った時に彼女を守るためだ。

目的の杉林の中に潜み、今日殺害する予定の、田茂井祐人《たもいゆうと》が通りかかるのを待った。

しばらく待機していると、田茂井祐人がやって来た。

冥は大声を出されたりしないように、まずオカカシサマの力を使って、祐人の喉《のど》を遠隔で潰《つぶ》した。

それから自分たちのいる杉林の中にまで祐人を運搬した。〈魂送り〉の都合上、命を奪うのは目の前でやる必要があるからだ。

田茂井祐人がやってくる。迅速に命を奪おうとしたところで、ふと祐人は呟《つぶや》いた。

「やっ、やっぱりか……」

喉を潰してしまったので聞こえづらかったが、確かに彼はそう言った。

冥はオカカシサマによる殺人を中断し、代わりに祐人に聞いた。

「やっぱり、ってどういうこと？」

質問せざるをえなかった。まだ二件の殺人が残っている。ぼくらはこれから彼の家族である、田茂井翔真《しょうま》と田茂井正則《まさのり》を殺す必要がある。

そして二人の家族である祐人が「やっぱり」と言っている。殺害を予期していたということであれば、聞き逃がせなかった。

話しているうちは殺されないと思ったのかもしれない、祐人は捲《まく》し立てるように、時に声を裏返らせながら話し始めた。オカカシサマの姿は見えなくても、自分が命の危殆《きたい》に瀕《ひん》していることは、状況からとっくに察しているだろうから。

「蒼樹《そうき》、横田《よこた》、西本《にしもと》、南賀《なんが》……次々と仲間が失踪《しっそう》しとる。なにか起きとるんちゃうか、俺らも狙われとるんちゃうか、逃げた方がええんちゃうかって翔真《しょうま》に言ったのに。あいつは『大丈夫、いつも通りにしとれや』『普段通りにせな、俺が祐人《ゆうと》を殺すぞ』って……そしたら、やっぱり俺の所にも来たやないか。クソ、全部翔真のせいや……」

まあ実際に逃げたところで、千里眼がある以上、逃げ切るのは不可能だっただろうとぼくは思ったが、それはそれとして冥《めい》の暗躍を、既に祐人は察していたらしい。

警察がまだ動いていないことは、冥の千里眼で確認してあった。人間が一人失踪したところで、せいぜい家出人として扱われるだけで、警察が本気で捜すことはない。中学生以下であれば「特異行方不明者」として緊急捜査が行われることもあるが、高校生以上であれば中々これには該当しない。くわえてぼくらが殺しているのは、普段から素行の悪い人間ばかりだ。狼少年が森に帰ったところで、誰も見咎《みとが》める人間はいないのだ。

だが当事者である祐人には、見過ごせない状況だったろう。なんせ弟を含む友人たちが、毎日消えていくのだから。それを兄の翔真に相談するというのも、自然な行動のように思えた。

だが田茂井《たもい》翔真が、なぜ祐人に「いつも通りにしろ」と言ったのかは気になった。異変を感じて警戒するというのは普通の行動だが、逆に人の警戒を解くというのは、普通以上に含みのある奇怪な行動に思えた。それとも田茂井翔真は、単にものすごく楽天的な人物で、状況が差し迫っていることに気づかなかっただけなんだろうか。

「佐藤明里《さとうあかり》の妹か……」

と祐人は言った。彼は死を前にして、一時的に頭脳が明晰《めいせき》になっているようだった。今まで一度も冥のことを考えたことはなかったが、たった今天啓を受けたように、ふと思い出したという言い方だった。

「すまん……明里のことは謝る……金ならいくらでも出す……親父がいくらでも積む……どうか命だけは……」

冥はもちろん、そんなナンセンスな命乞《いのちご》いには耳を貸さなかった。むしろ気分を害されたという感じで、粛々《しゅくしゅく》と祐人の腹を折った。

腰椎が折れたのか、太い木の枝が折れるのに似た、重くて鈍い音がした。それと同時に祐人が、犬の唸《うな》りに似た低いうめき声を漏らした。その後に砂を踏んだようなざらざらという音が続いた。たぶん自重に負けて、腰椎の周りにある小さな骨も丸ごと折れているのだろう。出血もしていて、シャツの下が鮮血で赤黒く染まり、その色はどんどん濃くなっていった。

「なんでも……なんでもする……お願いやから……」

冥は祐人の首を折った。パキリという淡白な音と共に祐人は静かになった。こうして第五の生《い》け贄《にえ》、『腹と首を折る』が終わった。

事前に掘っておいた穴の中に祐人の遺体を入れ、土をかぶせた。それから〈魂送り〉が発生し、また立てなくなった冥は、ぼくの膝《ひざ》の上に頭を乗せた。

ぼくらはしばらく木々のそよぎと、絶え間ない虫たちの合唱を聞いていた。膝《ひざ》の上からは冥《めい》の温かな鼓動を感じ、龍脳《りゅうのう》の香りがいつまでも漂っていた。


その夜、冥は昨晩と同じように、ぼくの部屋の布団の上で横になっていた。だがスマートフォンを触りながら、彼女は「ああ」と、小さな声を上げた。

「どうしたの？」

ぼくは聞いた。あまり尋常ではない様子に思えたからだ。

冥はしばらく無言で、スマートフォンの画面を上下にスワイプしていたが、「これを……」と言って、ぼくに遠慮がちにスマートフォンを手渡した。

それは田茂井《たもい》翔真《しょうま》のSNSだった。殺害する予定の七人のSNSを、冥は残らず把握していたのだが、そこに新しい投稿がアップロードされたようだ。

タイトルはこうだった。

『クソ垂れのクソ喰《ぐ》い明里《あかり》の妹へ』

彼の投稿した内容は下記のようなものだった。

『よう、クソ垂れのクソ喰い明里の妹か？

今日は俺の弟を殺してくれたみたいやな。本当にバカな死にっぷりやったな。中身がなくて、上っ面を剥《は》いだら何も残らんような弟やと思ってたが、実際に中身を出して、命までぶち撒《ま》けてみたら、命乞《いのちご》いまでもがつまらんくて、何も面白いものは出んかったな。怯《おび》えて尿くらいは垂れ流したか？

なんで俺が知っとるか不思議か？　横田《よこた》、蒼樹《そうき》、南賀《なんが》、西本《にしもと》、って次々と行方不明になっていくから、第六感がピンと働いたんや。祐人《ゆうと》に盗聴器を付けて、俺の偵察機くんになってもらったんや。あいつの唯一の功績は、お前を佐藤《さとう》明里の妹やと突き止めたことやな。

懐かしいな、佐藤明里。あいつのことは、俺にとってもいい思い出でな。お前ともあいつの話に花を咲かせてみたかったけれども、その前に一つ伝えたいことがあるんや。

俺、今から人を殺して、警察に捕まるんや。

元から殺したかったんやけど、丁度ええ機会やと思ってな。

だって絶妙なタイミングやろ？　だってお前は、俺が警察に捕まったら困るもんな。お姉ちゃんを自殺に追い込んだ俺のことを、心の底から憎んで、腹の底からなぶり殺したくて、奈落の底まで突き落としてやりたいと思っているのに、そんな俺が司法に守られて、せいぜい数年もしたら刑務所から出てくるなんてやりきれんよな。刑務所以上に安全な場所なんて、考えてみればこの世にはないからな。

もちろん、こんな無駄話をするためだけに、これを書いとるわけやない。

俺も俺で、お前と会ってみたいと思っとるんや。だって興味が湧くやろ。たった四日のうちに五人も殺害して、足取りもほとんど掴《つか》ませず、煙のように姿をくらます、稀代《きだい》の殺人犯や。薄汚い俺とは違って、きっと歴史に名を残す魅力に溢《あふ》れた殺人鬼やろな。そう思うと、羨望《せんぼう》と興味と劣等感の混ざった気持ちで、胸が引き裂かれそうになる。

正直なところ、俺はお前のファンになってる。阿加田《あかだ》高等学校から取り寄せたお前の写真を見とるだけでも、心臓がムカデが這《は》っとるようにゾワゾワする。お前がどんな人間なんかという取り留めのない妄想が、ウニの産卵のように浮かんでくる。お前と会ったらどんな話をしようという話題が、小蟻《あり》の繁殖のように、大量に思いついて仕方がない。

さっさと自首して身を守るか、命を危険に晒《さら》してでもお前と会うか、俺はジレンマに陥っとる。それもこの機会を逃したら、たぶんお前とは一生会えやん。いくら快刀乱麻の殺人鬼といっても、俺が刑務所にいる間中、逃げおおせられるとは思えん。そしてひとたびお前が刑務所に入れれば、五人も殺したお前が出所することはない。獄中で人殺し同士、悲しいすれ違いってわけや。

だから、俺はこうしようと思う。

俺は今から人を殺す。そして、明日の十七時に警察に自首する。その間は、たぶんお前も知っとる、蒼樹《そうき》がヤリ部屋にしてたうちの別荘に滞在することにする。もしも俺を刑務所に逃したくなかったら、その前に会いたいと思ってくれたら、うちのログハウスの門扉を叩《たた》いて欲しい。会うか会わないか、殺すか殺さないかは、お前次第ってことや。

田茂井《たもい》翔真《しょうま》』

読み終わってみても、しばらく内容が頭に入ってこなかった。だからぼくは二、三回、読み直してみたのだけれども、そのたびに混乱が深まっていくばかりだった。

こいつは一体、何を言っているんだ？

まず弟を偵察機代わりにして、みすみす死なせた？　見ず知らずの冥《めい》に向かって、殺人の予告をしている？　そして、自分が捕まったら困るのは冥の方だからと言って、その前に会いに来いと言っている？　時刻と場所を指定して？　それも冥に判断を委《ゆだ》ねて？　なんなんだこの文章は、理解に苦しむ文章だ。いや、理解はできるが、内容の咀嚼《そしゃく》に苦しむ文章だ。

ともかくここから推測できることが一つある。

それは、今から明日の十七時までの間、翔真は田茂井家の別荘で冥を待っているが、そこには冥を打倒するための、ありとあらゆる罠を張り巡らせているだろうということだ。翔真は冥が五人を殺したことを知っている。その上で会いたいと言っているのだから、それくらいの準備はしているだろう。田茂井家は裏社会との繋《つな》がりを持っているという噂《うわさ》があるし、銃器などを準備していたっておかしくない。

だが十七時までの間に別荘に行かないと、この男は自首をしてしまう。そして一度刑務所の中に入ったら、この男を殺すことは実質的に不可能になる。〈魂送り〉のために、殺人の場には冥《めい》が立ち会わなければならないが、翔真《しょうま》を追って刑務所に入るわけにもいかないからだ。

つまりぼくらは、罠があるのを知った上で、田茂井《たもい》家の別荘に行かなければならないことになる。

そこまで把握すると、意外とこの、無為に書き綴《つづ》っただけの印象を受ける文章が、交渉の文面としては思いの外、理に適《かな》っていることがわかる。不合理と不合理を掛け合わせたら、結果的に合理が生まれた感じで、狙い通りなのかはわからないけれども。

田茂井翔真は頭のいい男という印象はないが、他人の嫌《いや》がることを熟知していて、それを躊躇《ためら》いなく、時に自分の利害すらも顧みずに、遂行できる男といった感じがした。なんたって半分は自衛のためとはいえ、残り半分は冥への嫌《いや》がらせのために、人を殺して刑務所に入ろうとしているのだから。ここだけ抜き出したって異常な行動だ。

冥は翔真のことを「主犯格」と呼んでいた。また翔真の話を持ち出した時の、横田《よこた》と南賀《なんが》の反応には異常なものがあった。その理由がなんとなくこの文面からだけでも窺《うかが》えた。

田茂井家を千里眼で偵察していた冥が、悲鳴に似た声を漏らした。そして口元を押さえながら言った。

「翔真の父、田茂井正則《まさのり》がバラバラ遺体になっているのだわ」

田茂井翔真がやったのだ。

3

千里眼で見たところ、田茂井正則を殺害した翔真は、遺体の処理を側近のような人物に頼んだらしい。側近は、さすがに正則がいきなり殺されたことに面食らったようだが、彼は元々裏社会の人間だったようで、必要以上に慌《あわ》てたりはしなかった。

側近は正則の遺体を、懇意にしているアスファルトの処理業者のプラントの中に入れて、高温で溶かしてしまうことを進言した。そうすれば彼の経験上、遺体が見つかることはなかったからだ。

だが翔真が求めるのはその逆で、遺体が見つかって自分が逮捕されることだった。だから翔真は切断した正則の遺体を、単に袋に入れて冷蔵庫の中に入れておけばいいと言った。殺害現場も血液を拭《ふ》いて、適当に消臭剤でも撒《ま》けばいいと命令した。消臭剤なんかで血の臭いは消えないから、それは翔真なりのジョークだったのかもしれないが、ともかく側近は言われるがままにそれを実行し、消臭剤も撒き、遺体の暫定的な処理はほんの二十分ほどで終わった。殺害現場の畳の縁には、正則の流したどす黒い血が、まだはっきりとこびり付いていた。

それから翔真は何人かの部下を引き連れて、蒼樹《そうき》が使っていた田茂井家の別荘に向かった。車のトランクには違法な銃器が大量に詰め込んであった。

どうやら彼はそこで、本気で冥《めい》が来るのを待つつもりらしかった。別荘の入り口では、翔《しよう》真《ま》に仕える黒服が、代わる代わる見張りを務めていた。上着のポケットに銃を忍ばせながら。

冥はそこまで千里眼で鳥瞰《ちようかん》すると疲れたらしく、ぼくの部屋の隅にある糸のほつれたソファに座り込んだ。普段は透視くらいではあまり疲れない冥だが、田茂井祐人《たもいゆうと》の〈魂送り〉の疲労が残っているのか、わずかに息を荒げていた。ちょうど長いマラソンの後に、軽度の運動をさせられているような状態だろうか。

「なにか飲みたいものはある？」疲れている冥を労《ねぎら》って、ぼくは聞いた。

「……じゃあ、ホットミルク」

ぼくは一階の台所に下りて、マグカップの中に牛乳を入れてレンジでチンした。そうして出来た温かいミルクを、冥のところへ持っていった。

ちょっと熱かったらしく、冥はホットミルクの表面にこわごわと唇《くちびる》を付けて、それを何度か繰り返し、ようやくすこしだけ口の中に入れるとぼくに言った。

「田茂井翔真と戦いましょう」

やはり交戦は避けられないと冥自身悟ったようだった。ぼくも嫌々《いやいや》ながら同意見だった。

「でもそれは明日にする。今日は〈魂送り〉の後だから無理よ」

それについては強く賛成だった。今の冥はあまり戦えそうな状態じゃない。いくらオカカシサマの力があるとはいえ、相手は完全に武装している。こちらも万全の態勢じゃないと、何が起こるかわからない。

「明日は戦えそう？」

とぼくは聞いた。冥は〈魂送り〉の疲労を翌日に持ち越している様子は見せなかったが、彼女はやせ我慢をする傾向があるから、隠しているだけかもしれないと思ったのだ。

「うん、きっと万全よ」

冥はそう言って笑った。本心はわからなくても、それを見ると安心してしまうような穏やかな微笑《ほほえ》みだった。

面倒なことになったと思った。でも別の考え方をしてみようとぼくは思った。もしも田茂井翔真が籠城《ろうじょう》戦を選ばなかった場合、つまり冥と会うことに魅力を感じずに、黙って自首して刑務所に入ってしまった場合、彼を殺害することは極めて困難になっていただろう。

まさかここまで武装した自分が、人間相手に引けを取るはずがないという自負が、彼をこの戦いへ向かわせたのだろう。むしろ刑務所に入るという保険をかけている分、勘が働く方なのかもしれない。敵が人間じゃない可能性を、無意識に加味していたのだ。

そういえば、とぼくは思い出して言った。

「田茂井正則《まさのり》は七人の生け贄《いにえ》のうちの一人だったよね」

「そうね」

「べつの人を殺さなきゃいけなくなったと思うんだけど、どうする？」

オカカシツツミの生け贄《いにえ》は、一度始めたら最後までやり遂げなければならない。だから田茂《たも》井正則《いまさのり》の代わりの生け贄が必要だろう。

「実はね、田茂井正則とどちらを殺すか迷っていた人がいるの。最後の生け贄はその人にするわ」冥《めい》は特に悩むこともなく言った。

「誰？」

「阿加田《あかだ》高等学校の、当時の二年の担任、山野裕貴《やまのひろたか》」

ぼくは口笛でも吹きたいような気分になった。山野はぼくの担任でもあり、蒼樹《そうき》のいじめに対して何の役にも立ってくれない奴《やつ》だった。むしろ彼のへらへらとした態度が、蒼樹たちを増長させているのだとさえ思っていた。彼に嫌《いや》なことを言われた記憶もたくさんある。

「そういえばあなたの担任でもあるのね。どう思う？」

「センスのいいゴミ掃除だよ」

ぼくの感想を聞いて、冥は猫のように目を細めた。

「すこしだけ手間がかかるの」と楽しげに冥が言った。「彼はね、今学校を休んでいるの」

「そうなんだ」しばらく学校に行っていなかったから、知らなかった。

「山野は三年前の教え子が、次々と行方不明になっていることをどこかで知ったみたい。それも佐藤明里《さとうあかり》の自殺に関わった人間ばかりが。鈍感な彼も、すこしは生命の危険を感じてくれたみたいよ。今は阿加田町から離れて、他県のホテルに滞在しているの」

「ふうん」山野にも一応、そういった想像力はあるらしい。「けど、町の外でもオカカシサマの力は使えるんだよね」

「うん。でも彼を殺すためには、彼を迎えに行かなければならないでしょう」

冥の言う通り、ぼくらは山野のいる場所まで出かける必要があった。〈魂送り〉は山野のそばでないと行えないからだ。とはいえ冥と一緒に県外に旅行に行けると思うと楽しそうだし、彼女も羽を伸ばせると思って上機嫌になっているのだろう。ぼくも明るい声で言った。

「わかった。田茂井翔真《しょうま》を殺したら町を出て、最後の生け贄を捧げに行こう」


六月二十六日を迎えた。

その日は土曜日だったから、朝食の場には父親もいた。

テーブルには、昨日ぼくらが大量に余らせた食材で、父親が作ったトマトパスタのソースの余りと、短冊状のチーズと、食パンと、切り刻んだベーコンと、ウインナーと、ピーマンが載っていた。どうやら全てを載せてトースターで焼いて、ピザトーストにしようという趣向らしい。そして小さなカップヨーグルト。冥が買った高価そうなジュースもまだ残っている。

冥はアメリカの肥満児みたいに、大量の肉類を食パンの上に載せて上機嫌にしていたが、あまりにも載せすぎて、中まで加熱が行き届かなかったらしく、食べる時はしんみりしていた。

朝食を終えてから、軽くキャッチボールをして体を動かした。それから自転車に乗って、田《た》茂《も》井《い》家の別荘のある林道の入り口まで行った。

この辺りまで見張りが出て来ないことは、千里眼によって確認してある。だがすこし距離を隔てたところに武装した集団がいると思うと、不思議な気分になった。

自転車を停める。そして別荘のある方向を見た。苔《こけ》むしたガードレールがたわみながら遠くまで続いていて、そのそばにはいつから堆積しているのかもわからない、泥のような落ち葉が積もっている。左右には鬱蒼《うっそう》とした杉林があり、その隙間《すきま》から白い木漏《こも》れ日が、丸や三角や台形などの形となって、アスファルトに射し込み、複雑なカーペットの模様のようなものを作っていた。光に照らされる冥《めい》の横顔がとてもきれいだ。

ふと冥の髪の色が、日を浴びて茶色く染まるところを見つめてしまう。彼女のまつ毛が陽光をたくわえて、上がったり下がったりするところを眺めてしまう。黒く澄んだ瞳《ひとみ》が何気なく動いたり、杉林のどこかに焦点を合わせたり外したりするのを見てしまう。Tシャツから伸びる白く細い、子供っぽさの残る腕を見てしまう。チョークのように細い脚がショートパンツの裾から出て、木漏れ日のまばら模様と同じ色になりながら、スニーカーの中に吸い込まれていくのを眺めてしまう。

「この先に、武器を持った人たちがたくさんいて、きみとぼくと戦おうとしているみたいだよ」

とぼくは言った。遠くの戦争の話をしているような、どこか実感の湧かない気分で。

「あまり想像がつかないわ。千里眼で見えてはいるのだけれども」と冥は答えた。

「そんな気持ちで戦ってもいいものなのかな」

「大丈夫だと思う。あなたが考えてくれた作戦は完璧《かんぺき》だと思うし、私の気持ちがどうこうじゃなくて、後はオカカシサマが上手《うま》くやってくれるかどうかだから」

「そっか」

「あなたは大丈夫？　ちゃんと戦えそう？」

「わからない。ぼくも全然違うことを考えていたよ」

「どんなことを考えていたの？」

「きみが好きだってことを考えていたよ」

　ぼくはそう言った。すると冥は振り向いた。そうして揺れた髪のはざまに、ひとひらの光の破片を融かしていた。まるで陽光のヘッドドレスを被っているようだった。彼女は特に表情を変えないまま、二、三度まばたきをして、小首をかしげてぼくの方を見ていた。

「今、言うことじゃなかったかもしれない。でも、なんだか……そう思ったから」

　そこまで口にしたところで、冥はすっとぼくの方に一歩踏み込んで、軽くぼくの唇《くちびる》にキスをした。小鳥がくちばしで触れ合うみたいな、ささやかなキスのやり方だった。

「私も同じ」

　そう言って柔らかに笑った。穏やかに満たされたような笑い方だった。

ぼくらは両思いだったらしい。それを今、確かめることができた。

でもぼくらは今から、戦争に赴く必要がある。なのに告白をし合った後だからか、やけに恥ずかしい気持ちになる。普段、何気なくしている動作の一つ一つを意識してしまうし、当たり前の冥《めい》の動作が意味ありげに見える。冥にとっても同じだったようで、苦笑すると言った。

「栞《しおり》はどうして今、そんなことを言うのかしら」

「今言うことじゃなかったね」

「本当にそうね」

冥は子犬のしつけをするみたいに言った。

それから冥は杉林の方に目をやって、オカカシサマが雑草と灌木《かんぼく》をぱきぱきと折りながらこちらに近づいてくるのを待った。ぼくも釣られて林に視線を向け、大いなる力の到来を待った。冥はこちらを振り向かないまま、さりげないタイミングでぼくに言った。

「全部が終わったら、いっぱいいっぱい、今までのことが全部バカみたいに思えるくらいに、めちゃくちゃに『好き』っていっぱい言い合いましょうね」

4

田茂井《たもい》翔真《しょうま》を倒すためにぼくらが考えた作戦は、とても単純なものだった。

まず冥がオカカシサマを呼び出す。そして彼の口の中に入る。そのまま真っ直《ます》ぐに、ただただ田茂井翔真のいる場所まで行軍する。

蒼樹《そうき》がオカカシサマの口の中で、シェイクされているのを見た時に思いついた戦略だった。蒼樹が入れるくらいなのだから、ぼくらが入っても問題ないと思ったのだ。

最初はほんの思いつきで口にしただけだったのだけど、冥は名案だと言った。どうやらオカカシサマの体はとても頑丈で、仮に機関銃の一斉掃射に遭ったりしても、傷ついたりはしないらしい。その中にいるぼくらも、鋼鉄の戦車の中にいるみたいに無事なようだ。

とはいえ理論的にへっちゃらなものが、実際に大丈夫なのかには不安があった。なんたってぼくらは一回撃たれたら死んでしまうのだ。自作のハングライダーと共に高いところから飛び降りたら、そのまま墜落死してしまった飛行機の発明家のような事態は避けたかった。だから昨晩のぼくは入念に聞いた。

『本当に大丈夫なのかな?』

『うん、大丈夫よ。単に頑丈というのではなくて、それは神様の世界のルールなの。オカカシサマは人間の想いそのものなのだから、人間の空想を止めることが出来ないのと同じくらいに、それを破壊することは出来ないの』と冥は言った。『あと、気休めになるかはわからないけれども、彼らが主に使うのは実弾じゃなくて、制圧用のゴム弾みたい。田茂井翔真は私と話し合いたいのだから、殺してしまったら意味がないものね。実弾も所持しているようだけれど』

ゴム弾だって死亡事例がいくつもある危険なものだが、それ以上の追及をするのはやめた。冥《めい》が大丈夫だと言っているし、単にそう思っているだけではなく、オカカシサマの体はそういうものであるという確信を彼女は持っている気がしたからだ。そうでなかったら、ぼくを危険に晒《さら》したりはしない女の子だとも思っている。だから彼女を信用した。

オカカシサマの舌がすっと伸びてくる。弾力のある温かなものがぼくの体に触れ、ぼくの胴にくるりと巻かれる。特に親密さはないが、さりとて物扱いをされているような気分にはならない、中立的なやり方だ。

それからオカカシサマの口の中へ、しゅっと格納される。ほんの数秒だったが、空中ブランコに乗っているみたいで心地よかった。

オカカシサマの口の中に入る。といっても、あんまり生き物の口の中に入っているという感じはしない。粘度の高い泥の中に足を突っ込んでいるような感触は伝わってくるし、いきなり風を感じなくなって、外の音が遠くなったことには不思議な感じはしたが、せいぜいそれくらいだ。なんだか分厚い透明なフィルムに包まれたようだ。

遅れて冥も、オカカシサマの舌に掴《つか》まれて口の中にやってきた。

同じ口の中にいるはずなのだけれども、それを示すものが何もないから、なんだか別々の透明なフィルムに包まれているような気分になる。でも手を伸ばすと、確かに冥の手に触れることが出来た。二つの透明なフィルムが繋《つな》がり、ぼくらはそのまま手を繋いだ。足下《あしもと》を見るとぼくらの影は二十センチほど地面から浮いていて、空中浮遊をしている気分になった。

冥はオカカシサマに、たぶん頭の中で前進を命じた。するとオカカシサマが進み、慣性の法則に従ってぼくの体が後ろに押され、危うくこけそうになった。ぼくはつい冥に言った。

「動かす時は、なにか合図をしてよ」

冥は無邪気に口走った。

「発進」

オカカシサマはすこしずつ速度を上げ、最後にはかなりのハイスピードになって、田茂井《たもい》家の別荘に到着した。

空中を手を繋ぎながら近づいてくる、正体不明の少年少女二人に、見張りをしていた黒服の男は、かなり度肝を抜かれたようだった。彼は職務への忠実さよりも、おそらくは未知のものへの恐怖心から、混乱に満ちた大声を上げながら銃でゴム弾を、六発続けて連射した。

冥は思わず目を逸《そ》らしていた。頭では安全だとわかっていても、生理的な恐怖は感じるものだろう。ぼくの手をぎゅっと握った。

一方のぼくはちゃんと、弾道を見極めていた。怖いのは確かだけれども、オカカシサマの防御力を、ちゃんと見定めておきたいと思ったからだ。

見張りの発射した灰色のゴム弾は、ぼくらの目の前にある透明な膜、すなわちオカカシサマの皮膚にめり込んで空中でぴたりと止まり、火薬の残滓《ざんし》を吐き出していた。

それからゴム弾は空中を転がった。要するにオカカシサマの体の形に従って、山なりに下に落ちていった。全ては視覚的な出来事であり、オカカシサマの体は特に揺れたりもしなかった。これがテーマパークのライドアクションであれば、臨場感が足りないと開発者が怒られているところだろう。見張りはさらに怯《おび》えてスーツの内ポケットから拳銃《けんじゅう》を取り出し、今度は実弾をぼくらに向かって乱射したが、どれも透明な壁に阻まれてぴたりと止まり、硝煙の煙と共に宙を転がった。

オカカシサマに突き飛ばされて、見張りは別荘の外にあるアスファルトに尻餅《しりもち》をついた。それからオカカシサマは、自らの頭を田茂井《たもい》家の別荘の玄関に突っ込み、派手な音と共に、壁もろともドアを破壊し、別荘の中に侵入した。

建物の一階には、六、七人の男がいた。どれも軽装で、柄の悪そうな風貌《ふうぼう》に思えたが、翔《しょう》真《ま》の手先だという先入観があるからで、世間的には普通の見た目だったかもしれない。

彼らはドアを破りながら侵入してきた、宙に浮く手を繋《つな》いだぼくらを見て、しばらく呆気にとられていた。だがぼくらがログハウスの二階に、つまりは事前に冥《めい》が千里眼で翔真がいると把握した方に向かおうとしているのを察すると、驚いた熊が登山者に牙《きば》を剥《む》くのに似た、反射的かつ、生来の攻撃性を発揮するかのようなやり方で、ゴム弾をぼくらに向かって発射した。

だがやはり、弾は空中で止まった。驚いた何人かがぼくらの方にふたたび弾を発射したが、どれも宙で止まり、オカカシサマの輪郭を弾丸によって浮かび上がらせただけだった。ここまで来ると冥も、自分が弾に当たることはないと安心し切ったようで、面白そうに宙を転がる、雨粒みたいにちんけな弾丸をまじまじと見つめていた。

弾はまだまだ発射された。でも赤ん坊向けのくるくる回るおもちゃみたいに、手を繋いだぼくらに対して何の手出しも出来なかった。

進行方向にいた男が一人、オカカシサマの下敷きになった。感触はないが、足下《あしもと》が盛り上がる感じはあった。男の命はどうだってよかったが、儀式に支障があるかもしれないと思ってぼくは聞いた。

「こいつが死んじゃったら、儀式は大丈夫なのかな」

「私に殺意があったわけじゃないから大丈夫よ。だいたいオカカシサマが勝手に踏んだだけのものを、儀式に含められたら困るのだわ」

そういえば前に、冥に「オカカシサマが気づかないように、彼をこっそり殺人に利用することは出来ないか」と聞いたことがあった。その時の返答は「殺せない」ではなく「騙《だま》されていることを彼が知ったら怒るから出来ない」というものだった。逆に言えば冥に殺意さえなければ、故意ではない形の殺人ならOKということだろう。

というより、そうでなかったら遠隔でオカカシサマを操作している時に、ぼくらのあずかり知らない形でオカカシサマが人を轢《ひ》いてしまい、生《い》け贄《にえ》に出来なくて詰むといったこともありそうだから、妥当なルールに思えた。ひょっとすると〈魂送り〉の発生条件に「冥の殺意」があるのかもしれないが、これ以上は当て推量になってしまいそうだからやめた。

オカカシサマの頭突きを受けて、男が一人吹き飛び、血を吐きながら壁にめり込んだ。その光景が面白くて、冥《めい》は手を叩《たた》いて笑い、ぼくもお腹を抱《かか》えて笑った。

愉快がるぼくらとは対照的に、男たちは悲愴《ひそう》な表情でちゃちな拳銃《けんじゅう》を振り回していて、その真剣さがまた面白かった。一体なにがそんなに大事なのだろう？　こんな戦い、さっさと諦《あきら》めてしっぽを巻いて逃げてしまえばいいのに。そんな想像力もないのだろうか？

だが彼らは、とうの昔に失われた常識の看板にすがりつくかのように、何度も銃弾をぼくらに撃ち出し、オカカシサマの肌によって受け止められ、自分たちの無力さを痛感しなければいられないようだった。ぼくと冥はふたたび、社交ダンスのパートナーのように手を繋《つな》いで、それと同時に銃を持った男がオカカシサマの巨体に轢《ひ》かれ、赤黒い血しぶきを吐き出した。

ぼくらを中心に銃弾を撃つものだから、期せずして同士討ちのようになる者もいた。室内には無数の血が流れ、無数の苦痛が訴えられ、無数の肉体が投げ出されていた。客観的には地獄のような光景だったかもしれない。でもそんな光景は、本質的にはぼくらにとってはどうでもいいものだった。スクリーンに映し出された映画のように、面白みはあるが主体的な体験とまでは言えないものだった。ぼくの手には冥の白くて柔らかい手があり、思ったよりも細い、精巧な造りの人形のような指があり、関節と関節のはざまにあるなんとも言えない感触があり、ぼくの世界にあるのはその感触と冥の呼吸の音だけで、他は銀幕の向こうに追いやられていた。

オカカシサマは二階に上ろうとした。だが田茂井《たもい》家のログハウスの階段は、太い柱を持たない、いわゆるステップ階段だった。オカカシサマが上ろうとすると、彼の重みで踏み板が外れていくだけで上手《うま》くいかなかった。そこで冥は言った。

「家ごと壊しちゃいましょう」

それがいい。きっと面白い光景になるだろう。

すっとぼくらの体が宙に上がった。振動はあまり感じないが、どうやらオカカシサマが一階の天井に頭突きをしたらしい。二階の床板が割れ、くしゃりという淡白な音が鳴り、木材の破片が水しぶきのように宙を舞った。ぼくらの体が下がり、また上がって、ふたたびオカカシサマの頭が天井にぶつけられた。その動作を何回か続けるだけで、いつしか二階の床板は完全になくなっていて、折れた無数の床板が一面に散らされていて、茶色い粉塵《ふんじん》の中に田茂井翔真《しょうま》が座り込んでいた。

「佐藤《さとう》冥やな、俺はお前を――」

とまで口にしたところで、冥は翔真の腹を折った。

腰椎の折れるゴリッという音と共に、翔真の胴が異常な曲がり方をした。それと同時に彼の腰の皮膚が裂けて、壊れた散水機のように四方八方に血を吐き出した。翔真は苦悶《くもん》の声と共に、人間として不自然な倒れ方をした。もがき苦しみながら、彼はもごもごと口にした。

「俺はお前――」

第六の殺人は『腹と首を折り、四肢を切り取る』だ。

だから冥《めい》は翔真《しょうま》の首を横に折った。大動脈が破れて、噴水のようにざくろ色の血しぶきを上げた。ぬめりを帯びた頸椎《けいつい》が傷口から突き出て、骨と脂肪と血管の混ざった翔真の首の断面が露出した。そこから正体のわからない濁った液体がこぼれ落ちていった。まるで翔真の中身のように。

最後は『四肢を切り取る』だ。冥がすっと目をやると、翔真の四つの手足がほぼ同時に、スポーンと引き抜かれた。綺麗に八つ裂きの刑に遭ったかのようで、ちょっと芸術的な感じすらもした。それから手足を失った翔真の、元は両手足のあったところから、血がゆるやかに、しかし大量に流れ出ていった。切り離された手足も、まるで離れた子機が親機と必死に連絡を取り合おうとしているかのように、健気《けなげ》に血を流していた。

第六の生け贄《いにえ》が完了した。だが、敵地で〈魂送り〉が発生したら困る。だからぼくは急いで言った。

「冥、逃げよう！」

その言葉を聞いたか聞いてないかという速度で、冥はオカカシサマを操り、あっという間にログハウスを出て、鬱蒼《うっそう》とした杉林の奥深く、山の中へ行った。

杉とブナが交互に聳立《しょうりつ》する、林のやや開けたところにオカカシサマは止まった。彼はぼくと冥を順番に、弾力のある舌でくるんで自分の外に出した。行き同様に、空中ブランコに乗っているかのような爽快《そうかい》さがあって、冥は明るい嬌声《きょうせい》を漏らしていた。その声を聞いていると、林道の入り口でオカカシサマに乗ってから今までに起きたことの全てが、出来のいいアトラクションだったかのように感じられた。

森の爽《さわ》やかな風が吹き、虫と鳥が交互に鳴き、土のにおいが立ち上っていた。世界はこんなにも情報に満ち溢《あふ》れていたのかと思うほどの、無数の情報の洪水だった。ずっとオカカシサマの口の中に入っていたからだろう。目の前にあるものの全てが新鮮に感じられた。

ふと冥がぼくの服のすそをきゅっと引いて、ぼくを柔らかく抱擁《ほうよう》し、キスをした。ぼくが彼女を抱き返すと、彼女がぼくを抱く力も強くなった。お互いがお互いをリボンで巻いているかのような抱擁だった。冥の体はぼくの想像よりもずっと細くて、手を回して余った手であやとりくらいなら出来そうだと思った。

十秒に満たない程度のキスを終えるとぼくは言った。

「何もそんなに急がなくたって」

「〈魂送り〉が来たら、また私はへなへなになっちゃうもの」

その言葉の通りに、冥はぼくの腕の中で弱々しくへたり込んだ。いつもと同じように、ぼくは彼女の頭を膝《ひざ》の上に乗せた。

5

数分後、冥《めい》が回復してから森を出て、最初に自転車を停めたところに戻った。

上り坂だったし、〈魂送り〉の疲れも冥には残っていたから、ぼくらは自転車を押しながら進んだ。

なんとも言えない沈黙があった。自転車のホイールが回る、渓流に似た音がよく聞こえた。その静けさをゆるやかに破るように冥は言った。

「私はね、ずうっと、生きることって嫌《いや》なことの繰り返しだと思ってたの」

自然な言い方だった。長い間、自分の中で考えていて、幾度となく自分に向かって口にした言葉を、表に出しているだけかのようだった。

「嫌なことと嫌なことの間に橋を架《か》けるようにして、私たちは生きていると思っていたの。だってそうでしょう？『生まれる』という一番いいことがあって、『死ぬ』という一番嫌なことがあるとすれば、間にあるものが徐々に悪くなっていくというのは、当然の連想でしょう」

ぼくはうなずいた。同じことを考えたことがあったからだ。でも表面上が同じであっても細部が異なることがあるし、彼女の話をもっと聞いていたかったから、今は自分の意見は口にしないことにした。

「私は特別に悪い家庭に生まれたわけではなかった。いや、きっと世の中の平均よりも、幸せの多い家庭に生まれたと思う。姉が死ぬまでは」と冥は言った。「取るに足らないような悩みはたくさんあったけれども、世の中のもっと深刻な悩みと比べれば、どれもちっぽけなものばかりだった。でもなぜか、私はそんな恵まれた環境にいるにもかかわらず、ずうっと妙な考え方に取り憑《つ》かれていた」

冥はそう言って、ふっと青空の方に目をやった。瞳《ひとみ》は空の色に溶けていきそうなくらいに儚《はかな》げな色に染まりながら、もやのような羊雲に向けられていた。

「それは放っておけば全ての物事は、いつの間にか悪くなっていくという考え方。時間のベクトルは私たちの大切な営みを、最後には破壊し尽くすという考え方。世界の終わりが明日にでも迫ってきているという考え方」

冥はちらりとぼくの方を見て、どこか自嘲《じちょう》的な微笑を浮かべた。それからまた進行方向を見ると言った。

「だからか私は周りの人たちと同じように暮らしていても、ずうっと嫌なことばかりを覚えている子供になったの。クラスメイトの他愛《たわい》ない悪口や、誰かにぞんざいに扱われたことや、世界の不均衡を告げるニュースや、誰かを前にした失敗……小さなことばかりだし、考えたって仕方がないことばかりだし、些末《さまつ》なことばかりだった。でも毎日が憂鬱《ゆううつ》の連続で、不安や怒りは毎晩、荒波のように私に押し寄せた。日々は永遠の雨上がりの道だった。『嫌なこと』という名の水たまりに足を突っ込まないように、永久に気をつけながら生きている……」

坂のてっぺんに着いた。ここからはゆるやかな下り坂が続く。自転車に乗って下りてみたら心地が良さそうだったけれども、冥《めい》もぼくもそんな気にはならずに、ハンドルを押しながら進んだ。

「お姉ちゃんが死んだ時、心のどこかに『私じゃないんだ』って気持ちがあったの」と冥は言った。「姉と私のどちらかが自殺するとしたら、それは私だろうと漠然と思ってた。ところが日々を楽しく生きていた姉の方が、日々を苦しみながら生きていた私よりも、先に死を選んだ。頑丈な建物の方が、一度ひびが入ると脆《もろ》いものなのかもしれない。私のように中途半端に嫌《いや》なことを避けられて、致命的なダメージを避けられる人間の方が、長く生きられるものなのかもしれない。でも――」

冥は下を向いて、アスファルトに映る自らの濃い影を、鏡に映る自分のようにじっくりと見つめながら言った。

「死にたいという気持ちはずっとあった。それは当たり前に、手で掴《つか》めそうなくらいに形を持って、生暖かくて黒いものとして目の前にあった。それは私の前でちらちらと動いていて、その黒いものを私の首元に押し当ててやるだけで、私は死へのレバーを容易《たやす》く引くことが出来ると思っていた。自殺のために発生する痛みや苦しみのことを考えれば、能動的に死にたいというほどでもなかったけれども、でも機会さえあれば、方法さえあれば、レバーくらいの単純さであれば。私はいつだって死に向かう道を歩いていくと、そう思っていた」

夏の光には似合わない、雪のように白い顔を冥は上げた。手首で軽く汗を拭《ぬぐ》い、自転車のハンドルを握り直すと冥は言った。

「オカカシサマと出会って、姉の死の真相を知った時、姉を死に追いやった人間を一人ずつ殺していくことは、私の使命のように思われた。真実を知っているのは私だけだし、オカカシサマの力を借りられるのも私だけだし、彼らを決して許すことはできないと思っていたし、彼らの暴挙を見過ごしたまま生きていくわけにもいかないと思っていた。でも心のどこかに、私はただ体《てい》のいい自殺の方法を見つけただけなんじゃないかという懐疑があった。姉の死を自殺に利用しているだけなのではないかと自分を疑ってしまう時があった。いずれ失われゆく命に、復讐《ふくしゅう》という意味を付けられるのならば、それはそれで理に適《かな》った選択のようにも思えたけれど、そう自分に言い聞かせた日もあったけれども、でも――」

ふと冥が自転車を停めた。ちょうど自動販売機の前だった。特に商品を選んでいるわけではない、漠然とした視線で飲料の配置を眺めながら冥は言った。

「結局のところ、私は死ぬのが怖かった。死ぬと思うと苦しかった。不安で、とてつもなく不安で、深い海の底にたった一人で沈められているみたいに不安で、その暗黒の深海で死神が来るのを、何も出来ずに待ち続けているみたいに、とてもとても不安だった」

家に着くまでにはまだ時間がある。だからか冥は小銭を入れて、自動販売機のボタンを押した。

三百五十ミリリットルの、百パーセントのオレンジジュースのペットボトルを手に、何気ない視線をラベルに送りながら、冥《めい》は言った。

「ねえ栞《しおり》。なんで人は死ぬのが怖いんだと思う?」

ぼくも冥の後に、自動販売機でポカリスウェットを買った。ぼくもパッケージを見つめながら「なんでだろうね」と言った。それは本当にぼくにもわからないことだった。

冥はペットボトルのキャップを開けながら、

「いずれ死ぬことがわかっているのに。誰もが死の運命を受け入れざるを得ないのに、なぜ不安になるのかしら」

と言った。オレンジジュースを一口飲んでから続けた。

「人によって死への捉え方は違って、人ごとに恐怖の形も異なると思うのだけど、私が怖いのは、いざ死ぬというその瞬間に、自分で自分の人生に意味なんてなかったんだと思ってしまうことだった。自分で自分の人生の全否定を、唱えてしまうことだった」そしてまた、冥は自転車を押し始めた。「姉の仇《かたき》を取ることが、果たして私に『生きてて良かった』という実感をくれるだろうか? もちろん最大の動機は復讐《ふくしゅう》だし、そこに世間的な道徳や、道理の話をトッピングして、自分の行動を正当化することはできる。でも本当は、自分のやることが正当かどうかなんてどうでも良かった。私はただ、私の感情的な充足が何にも満たされないことが怖かった。そしてこの計画は、絶対に殺してやりたい六人が阿加田町《あかだまち》の近くにいるうちにしか出来ない。来年の夏至以降は不可能になるかもしれない。だから私は半ば見切り発車で計画を始めた気がするのだけど、もしかすると全てを終えても単に疲労を覚えるだけで、私は私の人生に何の意味も見出せないままに死ぬかもしれないと思ったけど。でも——」

冥は隣にいるぼくを見上げた。彼女は真上から陽光を浴びていた。夏の光の作り出す影は短く、同時に濃く、だから彼女はステージ上でスポットライトを浴びる女優のようにも見えた。そんな彼女を見ていると、世界には彼女しかいないようにも思えてきた。彼女以外の全てのものが書き割りの向こうに追いやられてしまったような気がした。

「嬉《うれ》しい誤算があったの。私の知らないところから、私の生きる意味がくるりと舞い込んできたの。それはここに来るまでに顔も知らず、興味も持たなかった一人の男の子が持ってきてくれたの。彼のおかげで、私はようやく暗いトンネルを抜けて、生きる意味を見出せそうな気がするの。それはこれから六十年間、もしも姉の死を忘れて生きたならば、きっと永遠に見つけられなかったものだろうという、それくらいに大切なものの気がするの」

見つめ合う感じになってしまって、やや恥ずかしかった。もしかするとそれは冥も同じだったのかもしれない。だからぼくらは目を逸《そ》らし、気づかない間に止まってしまっていた足をふたたび踏み出した。からからと回る自転車の車輪の音と共に冥は言った。

「生《い》け贄《にえ》を捧げる決心をした去年から今日までにかけて、私は色んな映画を観《み》た。映画は色んな人の人生を教えてくれる。十五歳のままこの世を去る私が、決して知ることのない人生を、可能性を、光景を見せてくれる。それ自体は良い経験だったと思う。楽しかったと思う。でもどこか核心のようなものだけは、私がどうしても知りたい部分だけは、すっぽりと欠けたままだった」

冥《めい》はふたたびジュースを口に運ぶと、はっきりとした声色《こわいろ》で言った。

「それで知ったの。結局のところ、私にとって一番の映画は、私の人生でしかないんだって。ほんの十五年で終わってしまう映画だけれども、究極的にはこれだけなんだって。名作であろうと駄作であろうとも、私はこのスクリーンを観《み》るしかなくて、エンドロールが流れ終わるまで、スクリーンから離れられなくて、そして座席が明るくなると共に、私の意識は暗くなっていく。そんな映画なんだって」

そしてぼくの方を愉《たの》しげに見上げると言った。

「最後まで観ててくれる？」

もちろん、とぼくは言った。もちろん、としか言えないことが歯がゆかった。その四文字の中には含みきれない複雑な思いが、切実な感情が、彼女に伝えたいことがたくさんあった。もっとなにか、彼女の存在全てを肯定するような言葉を口にしてみたかった。でもぼくは上手《うま》く思いを言葉にすることが出来なかった。

翌日の夜、ぼくらは阿加田町《あかだまち》に火を放つことにした。

町を出る前に火を点《つ》けようと冥が言って、ぼくもそれに同意したからだ。

点火のためにはオカカシサマの油を使った。今川《いまがわ》さんの家に泊まった夜に冥から聞いたところによると、オカカシサマは火の神様であり、日本神話の『カグツチ』と同格であり、彼の油はよく燃えるからだ。彼の吐いた透明な油を、事前に町中に撒《ま》いておいたのだ。今川さんの家の周りだけは除いて。

点火装置はぼくが作った。色んな手段を考慮したが、結局はスマートフォンで遠隔で火を点ける方法を選んだ。オカカシサマに点火してもらうことも考えたが、全長十メートル以上ある彼は細かな作業を苦手としていたし、たかだか電球を割って中身を露出させて、簡単な回路と接続するだけの工作であれば、自分でやった方が楽だと思ったからだ。冥と一緒に動作確認をしたり、木の葉を燃やしてみたりするのも楽しかった。

そうしてぼくらは阿加田山の見晴台に来た。六月の生ぬるい風がぼくらを迎えた。

冥は自分に発火装置を起動させて欲しいと言った。火を点けたいと言ったのはあくまで彼女なので、出来る限り多くの責任を、自分が負いたいと思っているようだった。

スマートフォンを片手に、冥は眼下の町をしばらく見下ろしていた。彼女はたぶんその間、この町に来てから起きた、様々な出来事を思い出していたと思う。もちろん彼女が何を考えていたのか、本当のところはわからないけれども、それに似た感情の動きがあっただろうということは、約一ヶ月間、彼女と一緒にいたぼくにはなんとなくわかった。

彼女は一度目をつぶった。そしてたぶん、こんなことを考えていた。

三年前に母が開いた喫茶店のこと、家族四人での暮らしぶりのこと、順調な生活が唐突な姉の死で崩れ去ったこと、火葬の最中にオカカシサマの声を聞いたこと、オカカシサマと共に姉の自殺の理由を究明した日々のこと、姉の死の真相のこと、去年に一人で行ったオカカシツツミのこと、今年この町に来てぼくの家に住むようになったこと、ぼくとの暮らしのこと、オカカシツツミの手順に従って六人を殺していったこと、田茂井正則《たもいまさのり》の死を透視したことを含めれば計七つの死に立ち会ったこと。

そういった回想に、彼女がどう折り合いを付けたかはわからない。ともかく彼女は最終的には涼しげな目つきで町を一望し、風に柔らかな髪を揺らしながらこう言った。


「さようなら、私たちに優しくしなかった、すべての人々が住む町」


そして冥《めい》はボタンを押した。

町の風上にある新聞店に、小さな焔《ほむら》があざやかに浮かび上がった。炎は揺れるたびに少しずつ大きくなった。屈伸するたびに背を高くした。そしてある時、まるで誰かに足蹴《あしげ》にされた紙風船が破裂して中身を吐き出すように、四方八方に灰色の煙を振り撒《ま》き、その煤煙《ばいえん》の範囲にあるあらゆる家屋に火を灯《とも》した。

炎の子供たちが町を茜《あかね》色に染め始めた。炎同士が繋《つな》がってさらに大きな炎になった。大きな炎はまた子供を作った。そのうち町を覆っているのは、一つの業火としか呼べないものになった。業火は町をオレンジ色に染め、その色が天空にまで繋がり、空から伸びた巨大な梯子《はしご》のような光景を作った。その梯子の前を灰色の煙が打ち出され流れていった。風向きの都合で煙はこちらに来ず、臭いはしなかった。音だってあまりせず、梢《こずえ》の立てる音の方が大きいくらいだった。だから町が燃えている光景は無声映画のようで、ただ美しかった。それを見ているぼくの心も、自然と浄化されていく気がするような。

ぼくらはしばらく炎に包まれた町を眺めていた。炎が阿加田《あかだ》高等学校や、田茂井正則《たもいまさのり》のセメント工場や、田茂井家の整備した畑を焼き尽くすところを眺めていた。いっそのこと、このまま全てが燃えてしまえばいいのにとぼくは思った。

そうだ、燃えてしまえ。ぼくらに優しくしなかった全ての世界よ、大人たちよ、町並みよ、悲しみよ、苦しみよ、憂いよ、淀《よど》みよ、混沌《こんとん》よ、無秩序よ、無価値なものよ、無益なものよ、くそったれな全ての物事よ、この国よ、この地球よ、この世界よ、ぼくときみ以外の全てのものよ、あらゆるものが灰に還《かえ》ればいいと思った。なにもかもが塵《ちり》へと変わってしまえばいいと思った。例外なく土へと戻ってしまえばいいと思った。そしてぼくらが安心して、深く息を吸える場所が出来ればいいと思った。

燃え盛る町の風景を眺めながら、ぼくらは抱き合ったり、キスしたりした。遠くで燃えている町よりも、間近にいる冥《めい》の存在感の方がリアルで、夜風に撫《な》でられた肌の表面は冷たくて、でも触ってみると肌の奥は温かくて、その鮮烈な体温の対照を、ぼくは永遠に忘れないだろうと思った。

町はまだまだ燃え上がるだろう。でも、既に重要な場面は見終わったような感覚があった。同じことを思ったのか、冥がぼくに手を伸ばして言った。

「ほら、行こ」

その手を取り、ぼくは彼女の促す方向に向かった。

全ての儀式を終わらせる場所へ。冥の命の物語の終わる場所へ。

〈第六章〉
きみとぼくと、
それ以外のすべてのもの

1

六月二十八日、月曜日の十三時。

ぼくらはホテルのレストランのテラス席にいた。大通りに面した二階くらいの高さの席で、さほど見晴らしがいいわけではないが、肌に感じる風は心地が良かった。目の前の道路には中央分離帯が設置されていて、計八車線もある。道路とテラスの間に、クスノキとカシとツバキの混合林が、外界とこちらを隔てるすだれのように連なっている。

目の前にはサングラスをかけた冥《めい》がいる。群青色のノースリーブのワンピースを着ていて、襟に襞《ひだ》の付いた白いブラウスを中に合わせている。夏の日差しを浴びて、衣服も彼女の肌も白い陶器のように光っている。彼女自身が絵になる女の子だというのもあって、その姿でステーキにナイフを入れている光景は、さながら映画のワンシーンのようだった。

サングラスもワンピースもブラウスも、確か出会った日の冥が阿加田駅《あかだえき》のロータリーで着ていた服だ。そういえば冥はここ一ヶ月、Tシャツやショートパンツなどのボーイッシュな服を好んで着ていたので、今みたいなガーリッシュな服を着ているのは稀《まれ》だった。もちろん何を着たってチャーミングだと思うから、自由にファッションを楽しんで欲しいとは思うのだけれども、どう使い分けているのかは気になった。

「この服？」と、ステーキの筋を切るのに格闘しながら冥が聞いた。

「うん」とぼくは言った。

「『ティファニーで朝食を』は観《み》たでしょう？」

「うん」とぼくは答えた。冥の部屋で観せられたのだ。静かな映画で、内容はあまり覚えていないので、あまり細かい話をされると困ってしまうけれども。

「このサングラスは『ティファニーで朝食を』のオードリー・ヘップバーンのサングラスのオマージュなのだわ。形は違うけどね」

「なるほどね」唯一、オードリー・ヘップバーンが魅力的だったことだけは覚えていたので、ぼくは強めに相槌《あいづち》を打った。

「去年の七月、ちょうど一年くらい前にね、ふと『心ゆくまでオシャレをしたい』って思ったの」と冥は言った。「それで、無理を言ってお父さんにクレジットカードを借りて、百貨店で気に入った服を片っ端から買ったの。だって死ぬ時に、『もっとオシャレがしたかった』だなんて、後悔したらばかみたいでしょう？　それでこのワンピースを買ったの」

ぼくはつい黙り込んでしまった。冥の余命が短いことを、楽しい昼食の最中にふと思い出してしまったからだ。

でも冥は明るく振る舞ってみせた。残り短い命の時間に、暗くなっている暇なんて一秒もないというふうに。

「可愛《かわい》いでしょ?」冥《めい》はぼくに笑いかけた。自分が可愛いことを自覚している笑い方だった。

「オードリー・ヘップバーンより可愛いよ」とぼくは言った。

「イングリッド・バーグマンと私なら?」

「その女優は知らないけど、きっときみの方が可愛いよ」

ちなみにぼくも、今日の午前中に、冥に選んでもらった灰色の薄手のジャケットを着ていた。冥がぼくの服を買いたいと言って、ファッションビルで買い物デートをしたのだ。今も足《あし》下《もと》にはアパレル店の大型のショッパーがある。

今までの人生でまともにオシャレをしたことがなかったので、こんな服を着ていると周囲の目が気になって仕方がないのだが、とはいえ派手な彼女の隣にくたびれた服装のぼくがいるという構図も、従者みたいで恥ずかしかったので、これはこれでいいと思った。いい服を着ると高揚感があることもわかった。ちなみにこの服を着ている間に、冥から「きょろきょろしないで堂々としてて」ともう三回も言われてしまった。

「ねえ、カプレーゼも頼んでいいかしら」と冥がメニューを指差しながら聞いた。

「いいんじゃない?」とぼくは言った。

その時だった。冥の目つきが睨《にら》むようなものになった。千里眼で、待ち構えていたものが来たことを察したのかもしれない。

「山野《やまの》が来た？」

とぼくは小声で聞いた。ぼくらのいるホテルは山野が泊まっている場所だった。テラス付きのレストランが一般客にも開放されていたので、ぼくと冥は彼を待ちがてら、昼食をとっていたのだ。

「うん。今、エレベーターに乗った」冥も声を潜めて言った。それからメニューの話の続きをした。「でも、キウイとモッツァレラチーズのカプレーゼって、珍しいわよね」

「だと思う」そもそもカプレーゼってどういう意味だろうとぼくは思った。

「食べたかったのに」と冥は不満そうに首をかしげた。

　ぼくはテラス席からガラス越しに店内を見た。そのまましばらく待っていると、ホテルから直通しているらしいエレベーターが開き、山野が入ってきた。

　山野はなぜだか眼鏡をかけていた。ぼくは眼鏡をかけた山野の姿を一度も見たことがない。もしかすると変装のつもりで伊達《だて》眼鏡をかけているのかもしれない。だとすると、砂利に隠れて爆撃をやり過ごそうとするかのように無意味な偽装だと思った。

　山野は店員に案内されるがまま、テラス席にやってきた。そして運がいいのか、山野にとっては運が悪いのか、ぼくらの後ろの席に座った。虎穴と知らずに虎穴に入って、虎子も得られずに野垂れ死のうとしている印象だ。それから早口で店員に注文を始めた。

　彼が昼食を終えるまでには時間がかかるだろう。仮に彼が席を立ったとしても、この距離ならばオカカシサマの力で迅速に捕らえることも可能だろう。既に生《い》け贄《にえ》の成功は、半ば確定したようなものだった。

「急ぐこともないんじゃない?」

とぼくは言った。今山野《やまの》を殺したら、カプレーゼが食べられなくなってしまう。

冥《めい》は「それもそうね」と言って、料理の注文をした。

カプレーゼが届いて、二人で食べた。胡椒《こしょう》の味とキウイの甘さがよく合っていて、それら全体の味をチーズとオリーブオイルが上手《うま》く包んでいた。キウイ単体でもチーズ単体でもこの味にはならないだろう。よく練られたレシピだと思った。

冥も美味《おい》しそうに食べていた。見ているぼくが幸せな気分になるくらいに、満ち足りた様子だった。

「きみはこういう食べ物も好きなの?」とぼくは聞いた。やや失礼だが、味音痴な女の子というイメージがあった。

「甘いものにチーズ。美味しいものと美味しいものの組み合わせでしょう?」

冥は完璧《かんぺき》な論理を披露するように言った。それもそうかとぼくは思った。

飲み物としてぼくはジンジャーエールを、冥はグレープフルーツジュースを頼んだ。デザートとしてぼくはプリンを、冥はラズベリーのパンナコッタを頼んだ。

ゆったりと味わう。どれも阿加田町《あかだまち》では食べたことがないくらいに、手が込んでいて美味しかった。

食事を取りながら、午前中に行ったアパレル店の店員さんが変な口癖を持っていたね、という話をする。一回した話だが、冥はこの話が好きなようで、屈託なく笑ってくれた。

食べ終わる。そろそろ山野も食事を終わりそうだ。

「始める?」と冥は聞いた。

「いいと思う」とぼくは答えた。

直後、背後から腰椎の折れる音がした。さり気ない音だったが、山野が甲高《かんだか》い悲鳴をあげるものだから、テラスにいる全員が彼に注視した。

ぼくも何気ない様子で山野を視界の隅に入れた。驚いたことに、客の中には山野にカメラを向けている人間もいた。一方の冥は慣れた素振りで、注目されていることにも動じずに山野の足を折っていた。膝《ひざ》が逆方向に曲がり、それから人体にしてはあり得ないほどに、重力に従順にぶらぶらと脛の部分が宙を舞った。その様子はぼくにブランコを想像させた。最後に首を折り、山野は目の前のイタリアンの皿の上に顔をうずめた。首の折れた部分から、赤黒い血がじんわりと、だが止めどなく流れ始めた。

店中に悲鳴と叫喚が起こった。これで最後の生け贄『腹と足と首を折る』は完了だ。

店内で〈魂送り〉の状態にはなりたくない。透明なオカカシサマによる殺人である以上、発動したところでぼくらと山野の死を結びつける直接的な証拠が出るわけではないが、それでも事件当時に不審な動きをしていた客として店側に記憶されるのは避けたかった。気持ちの問題かもしれないけど。

「騒ぎに乗じて、食い逃げしちゃおう」とぼくは言った。

冥《めい》はうなずき、パンナコッタの皿に残っていたクリームを、スプーンで一回しだけすくって口に入れると、ぼくと一緒に小走りで、テラスの外側に設《しつら》えられた階段に向かった。

そうして店から出た後に、ぼくらはオカカシサマの口の中に入り、彼の跳躍に合わせて空を飛んだ。そして事前に当たりを付けていた、ホテルの近くにある公園のベンチに座った。

公園では一組の母と子が、ぼくらの空中浮遊を目撃していた。だが子供の方が「ねえお母さん、あの二人、空を飛んでたよ」と言っても、母親は「気のせいでしょ」と否定するばかりだった。子供は躍起になって「飛んでたよ、絶対飛んでた」と主張したが、母親の否認を強めるばかりだった。どうやら常識の檻《おり》は中々厳重に人々を収容しているらしい。

二人を横目に〈魂送り〉が発動し、ぼくの膝《ひざ》の上に冥が頭を乗せた。いちゃいちゃしているカップルを見せるのは教育上よろしくないとでも思ったのか、母は子供の手を引いて足早に公園を去っていった。

落ち着かない気分だった。阿加田町《あかだまち》の方が殺人に向いていたなとぼくは思った。もしもこの町でオカカシツツミを行っていたなら、毎日公園で膝枕をしている名物カップルになってしまっていただろう。

しばらく冥が荒い息を漏らし続け、呼吸のリズムで体を揺らしているだけの時間が過ぎた。いつも林の中で〈魂送り〉をやり過ごしていたから、あまり考えたことはなかったけれども、客観的に見たら変な状態かもしれない。喘息《ぜんそく》の介抱をしている人、あるいは思春期なりの邪推かもしれないが、なにかいやらしいことの最中にも見えるかもしれない。あの母親のせいだろうか、妙な想像力がかき立てられてしまう。

徐々に呼吸が落ち着いてきた冥が、心配そうに言った。

「あのお店、人が死んだお店ってことになって、いわくが付いちゃったかしら」

言われてみれば、お店に迷惑をかけたかもしれない。

「仕方ないよ。山野《やまの》はホテルを離れなかっただろうから。どの道、あそこで殺すしかなかったんだ」ぼくは言った。「ぼくも父親に連れて行かれた焼肉店で、三年前に店主を人質にした強盗事件があったんだけど、誰もそれを覚えていないし、今も普通に営業しているから、それと同じになっていくんじゃないかな」

ならいいのだわ、と冥は言った。まだ心残りはあるが、とりあえずそう口にすることで考えに区切りを付けたという言い方だった。

すこしして冥が体を起こした。彼女も人目を気にしているのかもしれない、普段よりも早く膝枕をやめた。ぼくの膝から頭を上げた後も、まだ小刻みに息を吐いている。

遠くで小鳥たちが忙《せわ》しなく鳴いていた。無数の車が国道を行き交う音がひっきりなしに続いていた。空気は六月の太陽に温められ、熱気となって立ち込めていた。公園の隅にある鉄棒の錆《さび》に目を留めて、なんとなく冥《めい》を見られないままぼくは聞いた。

「それで、きみが命を捧げるまではどれだけの時間があるの？」

冥はしばらく沈黙した。タイムリミットはとっくに把握していただろうけれども、いざ口にするには覚悟が要ったのかもしれない。長い時間の後に冥は言った。

「四日間」

2

それから四日間、ぼくらは普通の恋人のように過ごした。

山野《やまの》を殺した日は、ホテルのチェックインまで、二人でアカデミー賞を取った映画を観《み》に行った。別の場所に行く案もあったのだけど、冥が〈魂送り〉で疲れていたので、座っていられる映画館を選んだのだ。七十年代のアメリカを舞台にしたヒューマンドラマで、シングルマザーの主人公が「空の旅」をプレゼントされ、初めてセスナに乗って子供のように頰《ほお》を緩めているラストシーンが印象的だった。いい映画を観たという余韻があった。

映画を観終わってからホテルに泊まった。高校生だけでホテルに宿泊するのは難しいと思っていたのだが、多くのホテルは親の署名が入った同意書を出せば可能だった。同意書に書く親の住所はぼくの家、電話番号は今川《いまがわ》さんの携帯の番号、親の名前は「中川真希乃《まきの》」、続柄は母、印鑑は文房具屋で買った「中川《なかがわ》」というシャチハタ印鑑にした。同意書を出す時はドキドキするが、いたずらをしている時みたいな、いい意味でのドキドキで、受付で受理されるたびに、冥と意味なくウインクを交わし合ったりした。

だがたびたび、今川さんに確認の電話が行ったようだ。今川さんには協力を頼んでいたので、彼女は毎回「うちは放任主義で育てています」とか言ってごまかしていたそうだ。面倒なのはホテルの調査よりも、電話を受けた後に今川さんに囃《はや》し立てられることの方だった。彼女はぼくと冥をからかって面白がることを好んでいたから。

お金はあった。蒼樹《そうき》の財布から抜いたお金の他に、祐人《ゆうと》の財布から抜いたものがあった。この兄弟は大量のお金を常に携帯して他人に見せびらかすことを趣味にしていたので、それだけでも充分な額があった。また出発の際に、父親のクレジットカードを一枚盗んできていた。彼は「得をする」だとか「ポイントが貯まる」だとかいう言葉に負けて無駄に多くのカードを作っていたので、一番使用頻度の低そうなものをくすねてきたのだ。高価なホテルに泊まる際はそれで会計を済ませて、手元に現金を残したりもした。また最悪、オカカシサマを使えば完全犯罪のATM強盗だって出来そうだったので、全体的にお金のことは考えなくてよかった。

一泊目のホテル、つまり山野を殺す前に泊まったホテルは、冥がネットでなんとなく予約したものだったが、とても居心地が良かった。部屋の色合いは淡いブラウンを基調とした落ち着いたもので、空調は何をしなくても程よく保たれていて、寝具はふかふかで清潔だった。客室にあるバスルームも立派で、広い浴槽に入るだけで全ての疲れが融けていく気がした。また細かい部分を言うと、ディスプレイやスピーカーがあったり、ライトを何段階かに分けて暗くできるのも気が利いていた。それから窓がガラス張りで、線香花火のような光のまぶされた夜景が一望できるのもきれいだった。きれいと言えばホテルの浴衣をまとった冥《めい》はもっときれいで、真夜中のオレンジ色の間接照明の中だと妖精《ようせい》のように見えたし、朝の光の中だと曙光《しょこう》の羽を持った天使に見えた。

全体として、ぼくらはホテルという空間をとても気に入った。ここでならば誰にも邪魔されずに、二人でゆっくりといられる。そこで二泊目からは別の高級ホテルを転々とした。ちなみに父親からはひっきりなしにラインのメッセージが届いていたが、もちろん取り合わなかった。

二泊目のホテルは、洋室ではあるもののインテリアが和風で、行灯《あんどん》と和紙に覆われたシーリングライトが穏やかな光に部屋を染めていた。そして花の匂《にお》いに似たルームフレグランスが漂っていた。バルコニーには坪庭《つぼにわ》があり、苔《こけ》むした鐘楼《しょうろう》が設置され、モミジの樹が植えてあった。

到着した時には既に夕食の時間だった。一泊目の時に、ホテルのレストランは無闇《むやみ》に広い上に人目もあって落ち着かないことがわかったので、夕食は外部のフードデリバリーを頼んで、ホテルの部屋にまで運んできてもらうことにした。近隣の中華料理屋から、麻婆豆腐《マーボーどうふ》やよだれ鶏をはじめとした中華のディナーセットを頼んだ。フードデリバリーだと思いもよらぬ食べ合わせも可能で、冥はここにマクドナルドのてりやきマックバーガーとチキンマックナゲットを足していた。味が合うかはわからないが楽しくていい。コーラだけはルームサービスで頼んだ。たぶんぼくらはその日の宿泊客の中で最も馬鹿《ばか》で楽しい夕食をとっていただろう。その後はだだっ広い部屋の片隅でささやかにジェンガに興じた。

翌日の朝はホテルのビュッフェを食べた。それからは冥がたびたび行ってみたいと言っていた、スポーツアミューズメント施設に行くことにした。高校生のデートスポットとしては最もベタなものだが、ぼくも冥も行ったことがなかった。運動に適した服装ということで、冥はあの見慣れた部屋着の、英字の書かれたTシャツにショートパンツという格好に戻り、ぼくもくたびれたシャツにジーンズを履いた。

平日の午前中なので、スポーツアミューズメント施設は空いていた。まずフットサルのコートに入り、二人でパスをし合った。それから、サッカーボールでストラックアウトが出来るコーナーがあったので、一シュートずつ順番でやった。ぼくも冥もサッカーが下手《へた》で、変な所にばかりシュートが飛んでいくので、そのたびに箸《はし》が転んだように笑い合った。たった九枚の的を破るのに、二人合わせて二十回以上シュートをする羽目になった。

昼食は施設のフードコートで、ぼくはのびかけのうどんを、冥はラーメンを注文し、たこ焼きを二人で分け合った。昨日までに取った食べ物の方が豪勢だったが、なんだかんだでこういう食べ物の方が好きだなとぼくは思う。自然体でいられる気がする。二人してデザートのソフトクリームも食べる。クリームの甘みが強すぎたけれども、これもこれで思い出に残る味だった。冥《めい》はソフトクリームのコーン部分が好きじゃないと言っていたので、代わりにぼくが彼女のコーンも食べてあげた。

午後は同じ施設の中で、フリスビーを投げたり、ARのアトラクションをやったりした。CGの恐竜が追いかけてくるアトラクションで、冥は嬌声《きょうせい》を上げていた。

学校が終わる時間になったのか、高校生が段々と増えてきて混雑してきたのと、ちょっと疲れてきたので退散して、三泊目のホテルに向かった。ホテルの受付では、アミューズメント施設の入場料の二十倍以上の金額を父親のカードで払うことになった。価格とは理解不能なものだとぼくは思った。

軽く休んでから、夕食はチェーン店のファミリーレストランのフードデリバリーを頼み、その間は冥と一緒にアニメ映画を観《み》た。爽快《そうかい》なエンターテインメント映画で、たまにはこういうのも良くて、ぼくらは興奮しながら感想を語り合った。

それからぼくらはホテルの屋上にあるプールに向かった。高級ホテルにはプールがあることが多く、実のところぼくらはずっと入れるタイミングを窺《うかが》っていたのだ。一昨日はプールに入るような気分にはならなかったし、昨日も〈魂送り〉の疲労があったので、今日初めて入ることができた。

プールは高層階のフィットネス施設の隣にあった。レジャー用というよりはフィットネス用らしく、二十メートル×四レーンのプールで、特にデザイン的に遊びもなかったが、プールサイドが広く取られていて、また一面がガラス張りで夜景が見下ろせたので開放感があった。オレンジ色の照明は大理石調のタイルを淡く照らしていて、塩素の臭いも最小限にされていたので、人工の湖のようにも思われた。

客はぼくらしかいなかった。この時間は大人たちは酒を飲むのに忙しく、いつも閑散としているのだとホテルスタッフは言っていた。夕食前だと混雑していて、プールサイドに等間隔で並べられたラウンジチェアも満席になるそうだ。しかし今、この場所は地下の鍾乳洞《しょうにゅう》のように静まり返っている。こんなにも立派な施設を独占できることは素晴らしいことだ。

だが何よりも素晴らしかったのは、冥の水着姿が見られたことだ。ぼくはホテルでレンタルできる、黒のトランクス型の水着を穿《は》いていたが、彼女はレンタルの水着は気に入らなかったらしく、ホテル内のお店で水着を買っていた。

冥はフリルの付いた黒のオフショルダービキニを着ていた。ボトムは花弁のようなフリルスカートになっていて、よく見るとトップとボトムのどちらにも、小さな白のドットが入っていた。ストラップが細いので、彼女の雪のようにきれいな肩と、真っ直《まっす》ぐな鎖骨の陰影がよく見えた。小ぶりな胸の上には祝祭的な印象で黒いフリルが、その下には薄いあばら骨の筋が透けて見えていて、腰は不健康なくらいにくびれながらフリルスカートに繋《つな》がっていた。そしてスカートからは長細くて白い脚が伸びていた。

ホテルからはビーチボールとスイミングチェアがレンタルできた。貸してくれたホテルのスタッフは、笑いながらぼくらにこんな雑談を投げかけた。

「二人は兄妹？　お父さんとお母さんは下にいるの？」

冥《めい》はいたずらっぽく笑いながらこう答えた。

「そうよ。パパとママは下のバーでお酒を飲んでいるの」

それからぼくらは、貸切状態のプールで遊び回った。水をかけ合ったり、ビーチボールを投げ合ったり、お互いのスイミングチェアをひっくり返して遊んだり、冥の乗ったスイミングチェアをすごい速度で前に押したりした。そうして無邪気な子供のように笑い合った。

時たま、お互いの肌と肌が自然と触れ合う時があった。その成り行きで、スタッフに隠れてボディタッチやキスやハグをすることもあった。人気《ひとけ》のないプールなだけはあって、人目を忘れて際限なくいちゃいちゃしてしまいそうな気もしたので、その辺りはお互いに自制心を持つことにした。

ジェットバスが併設されていたので、プールで遊んだ後、ぼくらはそこに入った。二面がガラス張りになっていて、そこからはゴッホの『星月夜』のような夜景が見えていた。あるいはぼくにそう見えただけかもしれない。ジャグジーにいる間、ぼくらはぎゅっと手を繋《つな》いで、決して離さなかった。

翌日の朝は冥に対して、普段よりも親密な気持ちを持てているような気がした。いやそんな気持ちの高ぶりはずうっと続いていた。たぶん永遠に終わらないのだ。

朝食はバイキングを食べた。チェックアウトの時間まではだらだらしていて、それから新幹線に乗って隣の県に向かった。関西を代表する有名なテーマパークに向かうためだった。昼食は新幹線の中で鉄道弁当を食べた。ぼくと冥は市の名物らしい、味噌《みそ》かつ弁当を選んだ。味噌かつは初めて食べたが、まずまずの美味《おい》しさだった。たぶん、作りたてだったらもっと美味しいのだろうが、弁当なので豚かつもお米も冷えてしまっていて、割高な値段ほどに味を楽しめているかというと疑問が残った。でも新幹線の中でわいわい食べることも含めて駅弁なのだろう。ぼくは冥に味噌かつを一つ献上し、代わりに付け合わせの山菜漬を食べてあげた。

テーマパークに着いた。レジャーシーズンでもない平日の昼間ということで空いていて、テレビで報道されるような人気のアトラクションも十分ちょっとで乗れた。有名なテーマパークと言っても、ぼくは漠然とスケールアップした遊園地に過ぎないだろうと思っていたのだが、想像よりも遥《はる》かに面白く、火と爆炎と大音量の音楽と、キャストの臨場感豊かな口上によって、ぼくは映画の中にいるような気分になり、冥も楽しげな声を上げていた。

そしてともかく水がかかった。冥のアドバイスを聞いて、事前に『ミニオンズ』のお揃《そろ》いのポンチョを着ていたのだけれども、それが意味をなさないくらいに、半端じゃないくらいに濡《ぬ》れた。アトラクションの設計者が、人は濡らせば濡らすほど喜ぶものだと考えている節があった。でも夏場に冷たい水を浴びると気持ちがいいもので、冥もぼくも濡れるたびに嬌声《きょうせい》を上げた。すると喜んでいると思われたのか、キャストからでっかい水鉄砲で狙われてますます濡《ぬ》れた。馬鹿《ばか》みたいにずぶ濡れになって、お互いの衣服がぐずぐずになっているのを見てまた笑い合った。

冥《めい》は最初、アトラクションが終わった後に、水浸しの状態でテーマパークを歩いていいものかについて逡巡《しゅんじゅん》していたが、他の客があまり気にせずに、濡れたのを自然乾燥に任せて歩き回っているのを見ると、あまり気にしなくなった。パーク全体が、日本の法律からちょっと自由になっている感じがした。

夕食はパーク内で食べて、夜はホテルに向かった。そのホテルにもプールがあり、ぼくらはふたたび行ってみた。だがそのプールには夜になっても客がいた。ほんの四人だったが、高校生のぼくらはかなり目立つ。じろじろと見られるので白けてしまった。

さっさとジャグジーに入って部屋に戻った。でもなんとなく欲求不満のようなものが残っていたので、冥と一緒にお風呂《ふろ》に入って体を洗い合ってみた。恋愛を扱う邦画にはつきものの、ベタすぎる行動のように思えたけれども、実際にやってみると楽しくて、『愛がなんだ』のごっこ遊びもした。

翌日は朝から新幹線に乗って、山野《やまの》を殺した市に戻った。オカカシツツミの最後の工程は、阿加田町《あかだまち》のそばまで戻って行わなければならない。そしてそれまで、あと一日しかない。だから事前に近くまで戻っておく必要があった。

その頃になるとぼくらは人前でも気にせずに手を繋《つな》いだり、気分がいい時にはカジュアルなキスを交わすようになった。今更《いまさら》他人の目なんて気にならなかった。いや、そもそも他人の目なんて、ぼくら二人の世界には存在していなかった。ぼくらの世界にはぼくらしかいなくて、考えるまでもなくそれは当たり前で、むしろ世界を分かち合える人間がこの世界に一人でもいるということが、途方もない奇跡のように思えた。

二人で、冥が最も居心地がいいと言っていた三泊目のホテルに戻ってきた。そしてランチをとり、アフタヌーンティーを楽しんだ。色んな場所に遊びに行ったが、最後の日は部屋の中で、二人でだらだらと過ごすのが一番いいとぼくらの意見は一致していた。だからぼくらは本を読んだり、音楽を聞いたり、気ままにいちゃついたりした。冥の読んでいる本はきっと、命の終わりまでに読み終えることは出来ないだろう。でも無意味に日常を続けることが、喪失の一日前にいるぼくらには大切なことに思えた。

夜はふたたびプールに行ってみた。プールは閑散としていて好都合だった。でも今更水をかけ合って遊ぶような気持ちにはなれなかった。ぼくらの心境は昨日とも一昨日とも変わっていて、外面ではしゃげばはしゃぐほど、内面ではもう二度とこんな日は来ないのだという、凍てつくような憂鬱《ゆううつ》に晒《さら》されて息が詰まった。

一応、大きなスイミングチェアに二人で乗って、抱き合いながらぐるぐる回ってみたりもした。十分くらいは気が紛れたけれども、すぐに飽きてしまった。ジャグジーでいちゃついてみたけれども、スタッフの視線がぼくらに厳しく注がれている気がして、さっさと自室の浴槽に戻ってその続きをした。

行為の最中に、冥《めい》はぼくの腕を噛《か》んだ。じゃれ合う感じじゃなくて本気で噛んだ。自分の作った傷跡を永遠にぼくの腕に残してやろうという、そんな意志の感じられる噛み方だった。激痛がしたし、稲妻に似たものが全身を走った。でも、そんなふうにして彼女の噛み跡がぼくの体に残るのは素敵なことにも思えたから、ぼくは彼女に体を噛まれるままにしていた。

二回噛んだところで、冥がなぜだか「ごめんなさい」と謝って、またあのオカカシサマの油を取り出した。どうやら彼女はそれを使って、ぼくの腕に付いた噛み跡を治してしまうつもりらしかった。ぼくは断りたいくらいの気持ちだったのだけれども、でも治すことで冥の気が晴れるなるならそっちの方がいいと思って、されるがままにした。

けど、いくら「気にしてない」と言っても、冥の罪悪感はなくならないようだった。彼女は噛んだこと自体よりも、「噛む」という形で顕在化した、自分の中にある巨大な感情を怖がっているように見えた。だからぼくは言葉にする代わりに、冥の腕をふざけて噛んでみた。がおーだとか言って、洒落《しゃれ》っぽく、弱い力で。すると冥はようやく笑ってくれて、ぼくが全く気にしていないことをわかってくれた。むしろ「マゾ?」だなんて言って、ぼくをからかってくれたりもした。

噛んだ一件で、なんとなくぼくらの気は楽になった。冥の歯が、緊張という名の風船に穴を開けて、中の空気を丸ごと出させてくれたかのようだった。今更慌《いまさらあわ》てたって仕方がないという気持ちになってきたのだ。そんな時にふと冥が言った。

「カラオケに行ったことはある?」

「ほぼないかな」とぼくは答えた。遠い昔に、親戚《しんせき》の集まりでカラオケに行ったことがあるけれども、それは「ある」には入らないと思った。

「私もないの。試しに行ってみない?」

最後の日の夜に、お互いに行き慣れてもいないカラオケに行くというのは、奇妙な行動に思えた。でも今のぼくらには、そういった可愛《かわい》い逸脱が必要な気がした。

最後の日はだらだらと過ごす方がいいと、ぼくらは思っていた。でも間違っていた。静かに過ごせば過ごすほど、憂鬱《ゆううつ》の荒波が打ち寄せてきてろくなことがない。ぼくらは高校生なのでよく間違える。そして間違えた時は方針を変えるべきだ。

ホテルのアメニティにカラオケはなかった。たぶん、一泊数万円もするホテルに泊まってまで、カラオケをやりたい酔狂な奴《やつ》なんていないのだろう。だからぼくらはわざわざ町に繰り出して、目についたカラオケ店に入った。受付で年齢を聞かれたが大学生だと嘘《うそ》をついた。

カラオケルームで大声を出すのは楽しかった。冥の舌足らずな歌声を聞くのも心地よかった。フードメニューのフライドポテトとメロンサイダーも美味《おい》しかった。そうこうしているうちに、なんだかぼくらは様々な順序を間違えてここにいるような気がした。本来はカラオケの十段階くらい後に、高級ホテルがあるべきではないか？

カラオケの安っぽいエアコンの風に当たり、頭を冷やしていると、さっきまで自分たちがやっていた行動が全体的に馬鹿《ばか》らしく思えてきた。冥《めい》も同じだったらしく、プールから噛《か》みつきまでの一連の狂態を二人で話し、ネタにして笑い合った。冥はカラオケのソファに仰向けになってお腹を抱《かか》えていて、ぼくは笑いすぎて赤面した顔をテーブルにうずめていた。めちゃくちゃにぼくらは笑った。ここ数日間で一番笑ったかもしれなかった。

あのホテルにいるよりも、この部屋で冥が歌っているところをぼんやりと眺めている方がいい。少なくとも今夜に関してはその方がいいとぼくは思った。

さっきの失敗を上書きするみたいにささやかなキスを冥とした。安っぽいメロンサイダーとフライドポテトの味がして、その味が冥としたキスの中でも、結果的に一番好きだったかもしれない。そうして交互に歌を歌っているうちにいつの間にか眠りに落ちていた。

意識を失う直前にも、ぼくは冥が歌うところをぼんやりと眺めていた。そしてふと、ぼくはこの女の子のことが、何をしていたって無条件に、しみじみと好きだなと思った。


七月二日、金曜日。

冥が魂を捧げなければならない日がやってきた。

その日の早朝、ぼくらは阿加田山《あかだやま》の対岸にある神ヶ島《こうがしま》に向かった。

3

神ヶ島は宍路湾《ししろわん》を隔てて、阿加田山の北に位置している島だ。島という名前だが、陸地と砂州によって繋《つな》がり、歩いて行くことができる、いわゆる「陸繋島《りくけいとう》」だ。

約一万年前、縄文時代に氷河期が終わり、地球上のあらゆる海面が上昇した。この時に、かつては陸だった日本列島の一部も島になった。しかしこういった島は浅瀬にあるから、波が砂を堆積させ、陸と繋がったりもする。そういった島を陸繋島と呼び、神ヶ島もその一つだ。

オカカシツツミの伝承に神ヶ島が含まれているのは、かつてこの島が地続きだったことを古代の人たちが覚えていて、その郷愁のようなものがあるからだと、図書館の本には書いてあった。

陸繋島は景観が良いから観光地になることが多いが、神ヶ島に誰かが観光に来る、という話は聞いたことがない。阿加田町自体が田舎で、アクセスが悪いからだと思う。一九〇九年までは人が住んでいたと図書館の本には書いてあったが、現在では無人だ。今となってはそれは本当に、ただぽつりとあるだけの場所なのだ。誤って印刷された地図のしみみたいに。

ぼくらは電車で阿加田駅に戻り、手近な杉林に入り、オカカシサマの体内に入った。そして阿加田山を北上した。

「今日はね、私がオカカシサマを操作しなくてもいいの」

冥《めい》が言った。言われてみれば今の冥は、進行方向に目を向けてすらいなかった。完全に自動操縦モードといった趣きだ。

「そうなんだ」

「うん、オカカシサマが、私たちを連れてってくれるんだって」

冥が言う。それが自分にとっては死出の旅路であるということを、暗に自覚しているようなさみしげな言い方だった。ぼくはなんとなく相槌《あいづち》を打てなかった。

オカカシサマは、はっきりと道を覚えている様子で、すごい速度で、そして見事なことにほとんど雑草や灌木《かんぼく》を折らずに阿加田山《あかだやま》を登っていった。もっとゆっくり進んでくれればいいのにと内心では思っていたが、オカカシサマはそもそも感情などを持っていないかのような、事務的に思える速さで山を進んでいった。

急な斜面を降りると、不意に杉林の群生が途切れ、岩場が現れた。岩場は海に面した砂浜に繋《つな》がり、砂浜は砂路《すなじ》になった。進むごとに道幅が狭くなっていき、だいたい車が二台ほどすれ違えるくらいの幅になった。この道は潮の満ち引きによって幅が変わるが、今は干潮の時刻だから、これが最大の幅なのだろう。

黄色い砂州の周りには、砂粒が水に濡《ぬ》れて焦げ茶色になった部分があった。そういうふうにしてこの道は、夜には宍路湾《ししろわん》の下に沈んでしまうのだろう。

神ヶ島《こうがしま》は砂路の向こうに見えていた。ぼくは阿加田町に住んでいるが、神ヶ島を見るのは初めてだった。阿加田山の裏になんて来たことがないし、日常会話でも神ヶ島の話はしたことがなかった。繰り返しながら、人間にとってはあってもなくても同じような島なのだ。でもそれは確かに存在していた。人間が知ろうが知るまいが関係ないというふうに。

神ヶ島は、ちょうど巨大な鯨が横になったような形をしていた。頭部のように大きな峰が一つ、尾びれのような小さな峰が一つある。だがそれは遠くから見た印象に過ぎず、近づくに連れて、そんな呑気《のんき》な感想は失われていった。下方から見ると島は予想以上に大きく、奇怪なまでに巨大な岩の塊としか思えなくなった。

その島は原初的な恐怖を感じるくらい、孤高に存在していた。この感覚を前にもどこかで感じた覚えがあると思ったら、阿加田山の山腹にある磐座《いわくら》を初めて見た時だった。人間にはどうすることも出来ない、超然とした領域にある、摂理のごとく純粋で、暴力的なまでに不変のもの。元来自然とはそういうものだと、神ヶ島の威容は伝えているような気がした。

不意に戦慄《せんりつ》が走った。島の入り口の、まばらな砂浜の上に廃鳥居が立てられていて、傾きながら潮風を受けているのが見えたのだ。元は朱色で漆《うるし》が塗られていたであろうその鳥居の、脚の部分はどす黒く変色し、朽ちかけていた。鳥居があるということは、神ヶ島も霊場として祀《まつ》られていたのだ。この島も磐座と同じく御神体だったのだろう。

いや、オカカシツツミの伝承を思い出してみれば、ここが阿加田山と同じく霊場であることは当たり前だった。オカカシサマが安息を得る場所を祀《まつ》らないわけがないからだ。

そうではなく、ぼくが反射的に恐怖を感じたのは、その廃鳥居の不気味さが間接的に、この島が人々の魂が集まる、死の島であることを思い起こさせたからだ。

ここは半分、死後の世界なのだ。

そして冥《めい》はこれから、ここに行くのだ。

吐き出されるかのように、ぼくらはオカカシサマの口から排出された。砂浜には強い波風が吹いていて、辺り一面、潮の臭いに満ちていた。阿加田町《あかだまち》は海に近い所にあるが、山稜に囲まれているため、普段は潮の臭いを嗅《か》ぐことはあまりない。この島は馴染《なじ》みのない臭いが充満している。それだけでも充分、居心地が悪かった。

冥はやけに澄み切った表情で神ヶ島《こうがしま》を見上げていた。そして島の稜線越しに降り注ぐ、真夏の昼の陽光に目を細めていた。彼女の形の濃い影が、地面の起伏を反映して複雑な形で砂浜に出来ていた。堂々としているとまでは言えないが、怯《おび》えることはなく、冥は神ヶ島の威容に立ち向かっていた。

もしかすると冥は、もう腹をくくっているのかもしれない。ぼくにはわからない心の動きから、ぼくには知らない内的な経験を元に、自らの身に降りかかる運命を受け入れているのかもしれない。

「呼ばれてる」

と冥は囁《ささや》いた。そして確かな足取りで神ヶ島を歩いていった。

でもぼくは彼女の後を追うことができなかった。これで終わりなのだと思うと、どうしても足が動かないのだ。だけども彼女がふたたび振り向いたから、ぼくの方をさみしげに見つめたから、ぼくは彼女を困らせないように小走りで彼女の所に行って、そして彼女と連れ立って歩いた。

手を繋《つな》いだ。島の周りをぐるりと回るような小径《こみち》があったから、そこを波しぶきを浴びながら二、三分ほど歩いた。冥が潮水で大きく濡《ぬ》れた時に、ふとテーマパークでかけられた水しぶきのことを思い出した。その話を今するのは変だろうか？　でも沈黙が嫌《いや》で口に出してみると、冥も同じことを連想していたようだった。あのアトラクションは楽しかったと冥が言った。ぼくはキャストの口上が面白かったと言って、それを誇張して真似《まね》てみせた。すると冥は幸せな猫のように笑ってくれた。

そうしているうちにぼくらは、自然の作り出した小さな洞窟《どうくつ》の入り口に着いた。体を屈《かが》めれば入れるくらいの大きさで、すぐに行き止まりになっていそうに思えたが、ともかくここから自分を呼ぶ声がするのだと冥は言った。

「去年、一回ここに来たことがあるの」と冥は言った。

「そうなの？」とぼくは聞いた。

「うん、全ての儀式が神ヶ島で終わるって知ったから、島の方も確認しておかないといけないと思って。その時もオカカシサマに案内してもらったの」

そうか、冥《めい》は去年もオカカシツツミを行って、その時は千里眼を使って姉の死の真相を突き止めただけで、生《い》け贄《にえ》は捧げずに終わったのだ。その辺りの経緯は旅行中に聞いたけれども、その時にも神ヶ島《こうがしま》に来たらしい。用意周到な彼女のことだから、この島も調べないわけにはいかなかったのだろう。

「この洞窟《どうくつ》はすこし進むと、島の中の鍾乳《しょうにゅう》洞に合流するの。でも、すぐに人が通れないくらいの狭さになって、事実上の行き止まりになっていたはず」と冥は言った。

「でも、ここへ呼ばれているんだよね」

「うん」と冥は肯《うなず》いた。

ともかく入らないわけにはいかないのだろう。ぼくらは意を決して中に入った。

入ってすぐは岩で出来た洞窟が続いていた。満潮の時に侵入した海水で足下《あしもと》は濡《ぬ》れていて、藻が茂って滑りやすくなっていた。天井が低いので頭もぶつけそうだった。

やがて道が閉ざされ、そして道の代わりに、頭から入ればなんとか通り抜けられそうなくらいの狭さの、小さな風穴《ふうけつ》が開いていた。一目にはどこにも繋《つな》がっていない、単なる穴のように見えたが、それが冥の言っていた鍾乳洞への合流地点らしく、ぼくらは順番に泥だらけになりながら穴を通った。

中は真っ暗だった。ぼくはスマートフォンのバックライトを点《つ》けた。

　するとそこは、確かに鍾乳洞としか言えない空間が広がっていた。ぬめった黄土色の土が奇々怪々な模様を作り、石筍《せきじゅん》と石柱がびっしりと地面に生えていた。足下の泥は靴が埋まるほどにやわらかく、くるぶしを冷たい地下水が撫《な》でた。鍾乳洞は地上で出来るものだから、地上の鍾乳洞と海のそばにある洞窟が、たまたま繋がってしまったのだろう。

　冥の言葉とは裏腹に、鍾乳洞は広かった。道は折れながらも確かに奥深くにまで続いていた。高さ的にも広さ的にも、充分に人間が通れそうな道が伸びていた。

「おかしいのだわ」と冥は言った。鍾乳洞特有の残響音がその後に続いた。「私が最初に来た時と、まるっきり様子が変わっているの」

　冥はスマートフォンで一枚の写真を表示した。それは彼女が去年ここに来た時に、フラッシュを焚《た》いて撮影したもののようだった。

　正直なところ鍾乳洞というものは、写真で見たってどれも同じに見えるし、光の当て方や撮る時の角度によって、同じ場所を撮っても違う写り方になりそうな気もしたが、少なくとも冥の写真の鍾乳洞では、一面が壁になっていて先に進めなくなっていた。正確にはコウモリが通れるくらいの穴が上部に開いていたそうだが、人間が通れないことには変わりがない。

　鍾乳洞の内部が一年前から変わっている。

　そして道が出来ている。冥を誘い込もうとしているかのように。

　どう解釈していいかわからなかった。ともかく超常的なことが起きているのは確かだった。

少なくとも科学では解釈できないことが起きている。

その時だった。不意に冥《めい》がうわごとのように口走った。

「あ……ああ……呼ばれている」

そして冥はおぼつかない足取りで鍾乳《しょうにゅう》洞の奥へと歩いていった。明らかに異常な様子だった。だからぼくは慌《あわ》てて彼女の名前を呼んだ。

「冥っ！」

でも彼女は振り向いて、「栞《しおり》」と言っただけで、熱に浮かされたような足取りを止めなかった。

「こっち……こちらに……行かなきゃいけない……私は……」

冥は一心不乱に鍾乳洞の奥に進んでいった。まるで大いなるものの号令を聞いて、抗えずに従っているかのように。

冥、とぼくはふたたび叫んだ。だが彼女はもう振り向かなかった。

ぼくは必死に冥を追いかけた。鍾乳洞内の足場は悪く、ぼくは彼女を追いかける中で、何度も転倒することになった。そのたびに洞窟《どうくつ》らしい反響音が虚《むな》しく響き、転倒の余波でつらら石からしずくがぽたぽた落ちる音が続いた。足下《あしもと》の鍾乳石に気をつけていても、宙から伸びる老人の指のような鍾乳管に、したたかに頭を打ち付けられることもあった。ただ激痛が通りすぎていき、自分が何にぶつかったのかわからないことも多かった。ともかく何が起きようとも、ぼくは冥を視界に捉えたまま、絶対に目を離したりはしなかった。

一方の冥はぼくとは対照的に、するすると洞窟の奥に進んでいった。何かに足を取られないどころか、泥に濡《ぬ》れるのも最小限に。早歩きくらいの速度で、まるでサーカスの軽業師のように。まるで優雅なお散歩のように。まるで道を完全に熟知しているかのように。冥は熟知するどころか初めてこの道を歩いているのだから、ただオカカシサマに導かれているのだろう。

「栞……」

冥は弱々しくぼくの名前を呼んだ。意識があるのかもないのかもわからない言い方だった。顔もこちらに向けなかった。あるいは向けられないのかもしれない。

「冥！」

とふたたび彼女の名前を呼んだ。冥は弱々しく答えた。

「もう駄目……お別れみたい……」

冥の声は広い鍾乳洞の中で、不気味な反響を帯びていた。

「そんなことは言わないでくれ」

懇願するようにぼくは言った。ぼくの返答には応えず、冥ははっきりとした口調で言った。

「私を追わないで。一刻も早くここを出て」

「なんで」

とぼくは早口で聞いた。ほんのわずかにだが、冥の意識は戻っているようだった。冥はその一瞬の正気の中で、わずかな逡巡《しゅんじゅん》の後に言った。

「だってここは、もう半分――」

と冥《めい》が口にしたところで、不意に視界がどす黒い恐怖のようなもので覆われていく感覚があった。

ともかくおぞましい気持ちになった。冷や汗が出て、泣きそうになった。続けざまに腐った食べ物を口にしたような生理的な嫌悪感がやってきた。具体的に何かが起きたわけではないのに、その感情は抗いようもなく、ぼくの胸の中で広がっていった。

気のせいだ。気の迷いだ。そう自分に言い聞かせて、我に返るために自分の大腿《だいたい》部を音が出るくらい力強く叩《たた》いた。だが恐怖と嫌悪感はぼくの頭の周りをぐるぐる回って、目眩《めまい》に似た状態を作り出した。

それを我慢していると、感情が体に救助信号を送るかのように、みぞおちが何度も何度も内側から激しく殴られるような感覚があった。耐えがたい痙攣《けいれん》が起こり、臓腑《ぞうふ》が収縮し、胃の底が詰まり、喉《のど》の奥から生温かいかたまりがせり上がってきて、ぼくは鍾乳《しょうにゅう》石のはざまに、なすすべもなく嘔吐《おうと》した。

吐き気は一度だけでは終わらなかった。恐ろしいことに何度でもやってきた。胃の中に食べ物があろうがなかろうが関係なく。むしろ胃に何もない時こそ、嘔吐は苦しかった。透明な鬼がぼくの臓腑を戯《たわむ》れに絞り上げて、胃液以外の液体が出ないかを試しているみたいだった。

正体不明の恐怖だ。理解不能の嫌悪感だ……いや違う。ぼくはこの恐怖の原因を知っている。どうして湧き起こるかはわからなくても、要因は突き止めている。本能的にわかっている。

ぼくらはおそらく、死者の魂が集まる、神ケ島《こうがしま》の地中にある黄泉《よみ》の国に向かっている。オカカシサマに命を捧げた冥は、そこへ抗うすべもなく導かれている。そして彼女を追っているぼくも、死の世界へ接近しつつある。そして死への生理的な忌避感が、恐怖となり、嫌悪となり、嘔吐となってぼくにもたらされている。

恐怖と嫌悪と嘔吐と転倒のマラソンレース。いや、冥は早歩き程度で、ぼくが足場に転んだり、苦しみに喘《あえ》いだりして上手《うま》く進めていないだけだから、マラソンよりも競歩、あるいは障害物競走に近かったかもしれない。ぼくと冥はオカカシサマの差し金で、黄泉比良坂《よもつひらさか》で障害物競走をさせられていた。

ともかくなんと名を付けようと、今まで生きてきた中で、一番苦しい持久走であることには変わりがなかった。疲労で息が切れ、傷ついた肌が焼けるような痛みを発し、暗闇のせいで足《あし》下《もと》もよく見えず、おびただしいほどの不快感で気が狂いそうになった。

でもぼくは冥を追うことを止《や》めることはできなかった。いや、なぜ止めることができるだろうか？　冥はまだ、ぼくの前にいるのだ。体の自由は利かなくても、冥界へ行く途中であろうとも、死が確定しているとしても、それでもまだ、具体的な形を持ってぼくの前にいるのだ。ならばぼくは体が壊れてでも、彼女の影を追わざるを得ない。それは宿命に似たものだった。

意地のようなものだった。使命のようなものだった。冥《めい》から目を離すくらいならば、ぼくの体よ、いっそのこと神様にバラバラにされてしまえ。こんなちまちまとした責め苦を与えるくらいならば、オカカシサマよ、さっさとぼくの首を折って殺したらどうだ。

捨て鉢の気持ちで追い続けた。どれくらい冥の背中を追いかけたかはわからない。一時間くらい経《た》った気もするし、ほんの数分だったかもしれない。

そしてようやく、冥が立ち止まった。

「冥」

追いついたぼくは、そう言って彼女の手を取った。すると冥ははっと我に返った様子で、ぼくの方を見返した。

「栞《しおり》」

「冥が元に戻って良かった」

「こんなに傷を」冥はぼくの外見を見て、顔面を真っ白にして言った。ぼくは自分の外見を自分の目では見られないが、少なくとも冥がそんな反応をするくらいにはひどいものになっているのだろう。「ごめんね、覚えてないけれども、きっと私のためなのよね」

冥はそう言ってぼくの手を包装紙で扱うみたいに丁寧に握った。

「ううん、いいんだよ」とぼくは言って、冥の手を解《ほど》いた。これだけ親しくなっても尚《なお》、ぼくは冥の軽いスキンシップにドキドキしてしまう時があった。そして今、ぼくらはおそらく敵地にいて、ドキドキしている暇はなかった。「それよりも、ちょっと明るくなってる？」

ぼくは言った。そもそも先ほどまでは、お互いの顔を視認できないくらいに暗い場所にいたのだ。ところが今は冥の顔の輪郭が、彼女のつややかな肌と大きな瞳《ひとみ》と真《ま》っ直《す》ぐな鼻とぷっくりした唇《くちびる》が見えている。鍾乳洞《しょうにゅうどう》の中はにわかに明るくなっていた。

いや、これはすこし前から気づいていたことなのだけれども、そもそもぼくらがいる場所は、純粋な鍾乳洞からは変容していた。途中から足音が響かなくなり、地面が泥ではなくなり、黒い何かに変わって走りやすくなったのだ。正体を突き止めるほどの時間はなかったけれども、ようやく足下《あしもと》を確かめられるくらいの余裕ができた。

足元にはアスファルトが広がっていた。

ぼくは驚いた。せいぜい、鍾乳石や泥とは違った黒色の岩石くらいになって、空間的にすこし広くなっている程度だと思っていたのだ。ところがアスファルトといえば、完全に人工物じゃないか。天然の鍾乳洞と人工のアスファルトが、一体どこで繋《つな》がったのだろう。だいたい神《こう》ケ島《がしま》は無人島で……って、今更《いまさら》常識的なことを考えても仕方がないか。

そして風が吹いていた。

風があるということは、ぼくらは外にいるのだ。あまり心地のよくない、生暖かい風だったが、確かに記憶に残っている風だった。いやそれどころか、何度も体で受けた覚えのある風だった。そう、これはアスファルトで温められた密度のある夏の風だ。

続けて排気ガスの臭いがした。

排気ガス?

劇場のステージライトが徐々に明るくなっていくように、視界がはっきりとしていった。目を疑った。目の前には一台の乗用車が停まっていた。いや、一台どころじゃない。何台という自動車が数珠つなぎになっている。

そしてその横を縫うように、中年男性がクロスバイクを漕いで進んでいく。カンカンという、聞き覚えのある、あの遮断器の音がする。

すこしして夏の空気の膜を貫くように、一台の電車が踏切を通り抜けた。

町だ。

ぼくと冥《めい》は町にいる。

さっきまで無人島の鍾乳《しょうにゅう》洞の中にいたとは思えないくらいに、たくさんの人たちが歩いている。都会のようでもあり、住宅街のようでもある。ここはどこだろう。ぼくにとって見覚えのない町であることは確かだ。

「ここはどこ?」

とぼくは冥に聞いた。そしてふと、鍾乳洞にいた時に感じていた、恐怖心や嫌悪感が完全に消え失せてしまっていることに気づいた。

冥は確信がある様子で、

「ここは私が小学六年生の時まで、つまりは阿加田町《あかだまち》に来る前に住んでいた、東京の世田谷区《せたがや》にある町よ」

と言った。

もちろん鍾乳洞の出口が、たまたま東京の世田谷区に繋《つな》がっていた、という考え方はしない。ぼくらは既に、そんな常識が通用する世界にはいないはずだ。ここは別の世界なのだ。そして別の世界は別の世界の論理に従って、ぼくらにこの町を見せたはずだ。

ふと冥がなにかに気づいたように、目をぱちくりさせた。なにか大切な発見をしたらしく、すこし体を前に乗り出して、それを確かめてみたいといった様子を見せた。ただその前に冷静になって、ぼくをおずおずと見上げて、気遣うような視線をくれた。

「痛い？」と冥は聞いた。

「めちゃくちゃ痛い」

「大丈夫？」

「あんまり」

「もうすこしだけ無茶をさせてもいい？」

いいよ、とぼくは言った。

こんな世界の果てなのか、世界に含まれているのかもわからない場所まで来たのだ。もう、とことん彼女についていくまでだ。

とはいえ、ミネラルウォーターだけは買わせてもらった。鍾乳《しょうにゅう》洞の中で感じた気持ち悪さはなくなっていたが、喉《のど》にこびりついた胃酸はそのままだったからだ。水を飲んだらそれも消えて、今となっては自分が何に苦しめられていたのか、それすらも思い出せない。まるで悪い催眠術にかけられていて、もう解かれたみたいだ。

冥《めい》は踏切を越えて、とことこと進んでいった。ぼくは彼女の隣を歩いていった。

人々が泥だらけのぼくらを、訝《いぶか》しげに見ながら通りすぎていく。人が多いので、背の高い建物こそ見えないが、ここは東京なのだと実感する。

ぼくらはスーパーマーケットの横を抜けて、コーヒー店の前を通って、雑貨店の隣を通った。建物は密集しているが、一つ一つはぼくらの町にでもあるようなありふれた店だ。でも都会のにおいとでも言うのだろうか。どの店にも活気があって、たくさんの人たちが行き来していて、そこからしか生まれない前向きな生活感があった。冥が育った町だという先入観があるからか、自然と贔屓目《ひいきめ》になってしまっている気がするけれども、ぼくはこの町がなんとなく好きだった。

道を折れて路地に入る。段々と店舗が減り、住宅がその代わりの面積を満たしていった。狭い道の両脇《わき》に、三階建て以上のマンションがずらりと立ち並んでいた。阿加田町《あかだまち》も一戸建ての住宅が密集している路地が多かったが、この町は土地が少ないがゆえの必然的な狭さといった感じで、そんなに悪い気はしない。適切な距離といった印象だ。

冥はマンションの一棟一棟や、パステルカラーの公園や、月極駐車場の看板や、停車しているスーパーマーケットのロゴの入った車など、なんでもないものの一つ一つを眺めては、自分の記憶と答え合わせをして、正解していることを確認したような嬉《うれ》しそうな顔をした。

やがて一つのマンションに辿《たど》りついた。

もはや説明を求めるまでもない。ここは小学六年生まで冥が住んでいたマンションなのだろう。古くもないが新しくもない、洋風のタイル張りの小洒落《こじゃれ》たマンションだった。なんとなくだが、家族四人で住むには手狭な気がする。でもここに冥が住んでいたと思うと、不思議と納得感があった。知っているがゆえにそう思ってしまうだけかもしれないけれども、少なくとも阿加田町にあった凡庸な一軒家よりも、冥には都会のマンションが似合うだろう。

冥はオートロックに三桁《けた》の部屋番号を押し、「呼出」のボタンを押した。

応答を待っている間、緊張したように集合玄関機を見つめていたが、やがて回線が繋《つな》がった。

「はい」と通話口の誰かが言った。女の人の声だ。

「冥よ」裏返りそうな声で冥が言った。

「はーい」

そして玄関の自動ドアが開いた。

冥はドアが開き切るよりも前に中に入った。普段の冷静さはめっきり影を潜めて、まるで子供に戻ったような素振りで、一秒でも早く目的地に辿りつきたいというふうに、マンションの階段を時たま一段飛ばしにして駆け上っていった。激しい音がするのにもお構いなしだった。

ぼくはその後ろを慌《あわ》ててついていった。

五階に着いて、冥《めい》は廊下に出た。冥は疾風のように走り続けていき、やがて目的の部屋に辿《たど》りついた。

彼女は走ったままの勢いで、一片の躊躇《ちゅうちょ》もなく、即座にインターフォンを押した。それこそ小学六年生の子供が帰宅を告げるような活発さで。

すこしの時間の後、部屋の鍵《かぎ》が開き、ドアが開いた。

部屋の中には私服を着た、高校生くらいの女の子がいた。一般的な背丈の、痩《や》せてもないし太ってもない女の子だ。髪の毛はロングヘアーで、ややくせのある冥の髪質とは違って直毛だった。眉《まゆ》は山なりで目尻《めじり》が垂れている、優しそうな容姿だった。顔つきから受ける印象はまるで違うけれども、さり気ない鼻とさくらんぼ色の唇《くちびる》の形はどことなく冥と似ていた。ぼくはその顔を見るだけで、彼女が誰かということが直感的にわかった。

冥の姉、佐藤明里《さとうあかり》だ。

冥は躊躇《ためら》うこともなく、強すぎるくらいの力で、明里の体を抱きしめた。明里は驚いた顔をしたけれども、すぐに優しい表情になって、左手で抱擁《ほうよう》を返し、右手で自分の妹の頭をゆっくりと撫《な》でた。

「お姉ちゃん、お姉ちゃん」と冥は子供のように繰り返した。その声は涙を帯びていた。「私ね、私ね、お姉ちゃんにひどいことをした奴《やつ》らをね、片っ端から殺してやったんだよ。うんとひどい目に遭わせてやったんだよ。翔真《しょうま》もね、祐人《ゆうと》もね、間抜けにたくさん血を噴き出してね、ばかみたいにくたばってね。西本《にしもと》も横田《よこた》も蒼樹《そうき》も南賀《なんが》もそれから山野《やまの》もね、みんなこっぴどく懲らしめてやったんだよ。お姉ちゃんにしたことを償わせてやったんだよ」

早口で捲《まく》し立てる冥の頭を、明里はよしよしと撫でていた。

「それで……それで……やっと会えたね」

冥は顔を上げて明里の顔をふたたび見つめた。冥の目元には、まるで生まれつき持っていたもののように自然な微笑が滲《にじ》んでいた。明里は何も言わなかったが、冥の愛情に答えるように柔和な笑みを浮かべていた。それから二人はふたたび抱擁を交わした。

「会いたかったよ、お姉ちゃん」

エピローグ

ぼくがこの世界に来てから三日が経《た》った。

明里《あかり》さんは、そのマンションの一室で一人暮らしをしているようだった。彼女の両親はまだこちらに来ていないから、一人で住まざるを得なくなったようだ。でも東京にある高校には通っているようで——この世界の高校がどういうものかはわからないが、ともかく通学はしているとのことだった。そのおかげで特別に寂しい気持ちになることもなく、比較的平凡に暮らしているとのことだった。

ぼくは冥《めい》と明里さんを、気持ちとしては姉妹水入らずにしてあげたかったのだけれども、残念ながら帰る場所がなかったし、元の世界に帰る方法もわからなかったし、怪我《けが》のせいであまり派手には動けなかったから、二人の住居に居候させてもらった。明里さんがぼくから冥の暮らしぶりを聞きたがったという理由もあった。

果たしてこの世界において、日付というものがどういう意味を持つかはわからなかったが、ともかく七月四日の日曜日になった。

日曜日なので明里さんも学校に行っていなくて、台所で料理をしていた。ぼくらはその音を聞きながら、だらだらとレンタル店で借りてきた漫画を読んでいた。ちなみに昨日も、ぼくらは漫画を読んだり映画を観《み》たりして過ごした。つまりは阿加田町《あかだまち》でぼくらがやっていた普段通りの暮らしを、ほとんどそのまま送っていた。ずっと部屋の中にいるのも不健康な気がするから、キャッチボールくらいは取り入れた方がいいだろうか。明里さんはソフトボールが趣味らしく、幸いにもグローブとボールはあった。

ふとスマートフォンを見ると、気になるニュースがあった。果たしてこちらの世界で見られるニュースが、あちらの世界の位置づけと合っているのかはわからないが、ともかくその記事を読んでいると、ふと冥が言った。

「ねえ、栞《しおり》」

「何？」

「あなたはそろそろ帰った方がいいんじゃないかしら」

どうやら冥は、ぼくが三日もこの世界に滞在していることを心配しているみたいだった。でもぼくは、心配は無用だということを冥に伝えた。

「どうやら向こうの世界にも、ぼくの居場所はないみたいだ」

そう言って、ニュースの表示されたスマートフォンを冥に手渡した。それは以下のような内容だった。

＊

『阿加田《あかだ》で高校生男女が不審死。心中か。一連の事件との関連が捜査される。

三日午後十四時頃、阿加田町にある無人島、神ケ島《こうがしま》の洞窟《どうくつ》内で、女子高校生の佐藤冥《さとうめい》（15）さんと、男子高校生の中川栞《なかがわしおり》（16）さんが、手を繋《つな》いだまま倒れているのが発見され、現場の警察官によって死亡が確認された。二人は三日前に失踪《しっそう》届を出されており、捜索が行われていた。阿加田署は心中を図ったと見て、死因を含めて詳しい状況を調べている。

阿加田町では六月二十七日に大規模な住宅火災が起き、百棟あまりが全焼。またその前日には男性宅が襲撃され、死者、重傷者が出ていた。その他、六月下旬に四人の男女が殺害されて土に埋められていたのが、町の焼け跡から発掘されるなど、残虐な事件が相次いでおり、署は一連の事件との関連を調べている。

またネット上で広がりを見せている、高校教師・山野裕貴《やまのひろたか》（36）さんの不審死動画に二人が映り込んでいることについても、阿加田署は調査中として、詳しいコメントは差し控えている』

＊

冥はしばらくぼくのスマートフォンの画面を見つめていた。既に読み終わるくらいの時間は過ぎているが、何度も読み返しているようだった。ぼくは言った。

「どうやらきみとぼくは心中をしているみたいだよ」

冥はチャーミングな笑みを口元に浮かべて言った。

「素敵ね。アメリカン・ニューシネマみたい」

「そうだね」とぼくは答えた。アメリカン・ニューシネマは観《み》たことはないけれども、どういうものかという知識はあった。

「それじゃあ、あなたは向こうに帰る必要はないということ？」

「というより、帰れなくなったんじゃないかな」

「お祝いをしましょう」冥はぽん、と軽快な音を立てて手を叩《たた》くと言った。「もう二度と私たちは、離れ離れになることはないのだわ」

こちらの世界の暮らしが、どれくらい長く続けられるものなのかはわからない。それは永遠かもしれないし、一瞬で終わってしまうものかもしれない。あるいは永遠も一瞬も、こちらでは大して変わりはないのかもしれない。なんにせよ暫定的には、ぼくと冥は一緒にいられるということだ。

冥《めい》は台所にいる明里《あかり》さんに、今日は祝祭的な食事にしようという話をしていた。明里さんは苦笑して、それじゃあ夕食はピザでも食べようか、なんて言っていた。

冥はぼくのいる部屋に戻ってきた。ソファのぼくの隣に座ると、動画配信サービスに対応した大型ディスプレイを点《つ》けて、ぼくと一緒に観《み》る映画を探し始めた。そんなふうにして昨日も二作の映画を観た。ぼくは基本的に特別な希望がない限り、冥の選んだ映画をそのまま観るようにしていた。

冥がサムネイルをクリックし、映画が始まった。まもなくしてオープニングのクレジットが流れ始めた。

なにげない素振りで、冥がぼくの肩の上に頭を乗せた。窓からはレースのカーテン越しに、いつまでも続くとしか思えない夏の日差しが、穏やかに部屋に射し込んでいた。

〈参考文献〉

中沢新一『アースダイバー　神社編』（講談社）
吉野裕子『山の神 易・五行と日本の原始蛇信仰』（講談社学術文庫）
今野圓輔『日本迷信集』（河出文庫）
マーヴィン・ハリス（著）、鈴木洋一（訳）『ヒトはなぜヒトを食べたか―生態人類学から見た文化の起源』（ハヤカワ・ノンフィクション文庫）
上野正彦『死体は語る』（文春文庫）
上野正彦『死体の犯罪心理学』（アスキー新書）
西澤 哲『子どものトラウマ』（講談社現代新書）
内藤朝雄『いじめの構造―なぜ人が怪物になるのか』（講談社現代新書）
左巻健男『絶対に面白い化学入門 世界史は化学でできている』（ダイヤモンド社）
中山太郎『日本巫女史』（国書刊行会）
莫言『白檀の刑〈上〉』（中公文庫）
『武甲山信仰① 武甲山の伝説』（平成17年発行 横瀬町歴史民俗資料館）

あとがき

作者の中西鼎《なかにしかなえ》です。このあとがきにはネタバレが含まれます。

本作は姉を殺された少女が、復讐《ふくしゅう》として姉の死に関わった七人の命を、順に奪っていく物語です。ところどころ陰鬱《いんうつ》で悲哀のある物語ですが、その先に見える救いのようなものを描ければいいいと思って書きました。

閉塞感のある生きづらい時代だからこそ、単に明るいだけの物語ではなく、暗い部分を始まりとしながらも、最終的に光が射し込んでくるような物語が求められているんじゃないかと、普通の人たちよりも、傷つき苦しんだ人たちの救われる物語が、底抜けの明るさよりも、底に闇があるからこそ引き立つ、揺るぎない明るさが人々は見てみたいんじゃないかと、少なくとも僕はそれを見てみたいと思って、この作品を書きました。

ただ、実際に書いてみると困難な部分がいくつかありました。特に『冥《くら》がりと明かり』を書くことは、僕の作家人生の中で最も苦しい経験になりました。凄惨なシーンは、なるべく体調のいい日にまとめて書いたり、作中で起きることに似た出来事について書かれた、いくつかのルポタージュを読んだり、研修医をやっている精神科志望の友人に、佐藤明里《さとうあかり》の置かれている状況を伝えて、彼に明里を診療してもらうような形で明里の心情を知ろうとしたり、本当に四苦八苦しました。

一方で、冥《めい》と栞《しおり》の冒険譚《たん》の一部の楽しいシーンは、本当に心の底から楽しんで書きました。具体的にどのシーンが楽しかったかを書くと長大になってしまうので、そこは読者の皆様のご想像にお任せしますが、たぶん読者の皆様が「楽しい」と感じながら読んで下さった部分は、基本的に僕にとっても楽しい部分だったと思います……という総括は、いささか美辞麗句《びじれいく》くさく見えてしまうかもしれませんが、たぶん本当にそうなのです。

喜びを描くならば、苦しみを描かないと嘘《うそ》になってしまうと思ったし、一方で苦しみだけを描いて、喜びや楽しさを描かないことも、同じくらい嘘になってしまうと思いました。だから本作は「辛《つら》いシーンも楽しいシーンも、どちらもなるべく省略せず、各キャラクターの身に起きた出来事を、一つ一つ忠実になぞっていく小説」を目指しました。そんなふうにして生まれたこの作品が、読者の皆様にとって印象深い一冊になってくれたならば、編集部の湯浅《ゆあさ》さんの言葉を借りるならば、「ロマンス」として受け取っていただけたならば幸いです。

ここまで読んで頂いた読者の皆様に厚く御礼を申し上げます。また別の作品で会えることを願っています。

二〇二三年　某日　中西鼎

GAGAGA

ガガガ文庫

さようなら、私たちに優しくなかった、すべての人々

中西 鼎

発行	2023年8月23日　初版第1刷発行
	2024年3月20日　第2刷発行
発行人	鳥光 裕
編集人	星野博規
編集	濱田廣幸
発行所	株式会社小学館 〒101-8001 東京都千代田区一ツ橋2-3-1 [編集]03-3230-9343 [販売]03-5281-3556
カバー印刷	株式会社美松堂
印刷・製本	図書印刷株式会社

Printed in Japan ISBN978-4-09-453144-2